MÉMOIRES D'OUTRE-BOMBE
est le cent quatre-vingt-deuxième livre
publié par Les éditions JCL inc.

Données de catalogage avant publication (Canada)

Guérin, François, 1952 5 sept.-
   Mémoires d'outre-bombe
   ISBN 2-89431-182-6
   I. Titre.

PS8563.U33M45 1998	C843'.54	C98-940774-8
PS9563.U33M45 1998		
PQ3919.2.G83M45 1998		

© **Les éditions JCL inc.**, 1998
Édition originale: août 1998

Mémoires
d'outre-bombe

ROMAN

© **Les éditions JCL inc.**, **1998**
930, rue Jacques-Cartier Est, CHICOUTIMI (Québec) G7H 7K9 Canada
Tél.: (418) 696-0536 – Téléc.: (418) 696-3132 – C. élec.: jcl@saglac.qc.ca
ISBN 2-89431-182-6

FRANÇOIS GUÉRIN

Mémoires
d'outre-bombe

LES ÉDITIONS JCL

Nous remercions le Conseil des Arts du Canada
de l'aide accordée à notre programme de publication.
Notre maison d'édition bénéficie également du soutien
du ministère du Patrimoine canadien et de la Sodec.

Mémoires d'outre-bombe

«Ah, les cons! ça y est, ça devait arriver. Les salauds, ils l'ont fait, ils ont osé. Ils l'ont déclarée! Merde! Les pauvres cons!»

C'est en apercevant cet hurluberlu passer devant moi en gesticulant et en beuglant comme un damné (c'est le cas de le dire) que j'ai compris qu'on allait bientôt profiter, aux frais de la princesse, d'un sacré spectacle! D'ailleurs, j'aurais dû m'en douter avant, y a qu'à voir la gueule consternée des gens. Ils sont là à déambuler, hagards, sans tonus. Remarquez, ça les change de l'air compassé qu'ils trimballent habituellement. Ils pourraient au moins trouver mieux, franchement, pour ce qu'il leur reste de temps à survivre. Quel manque d'imagination, tout de même. C'est tout ce qu'ils trouvent à faire, se promener encore plus résignés qu'à l'accoutumée.

En tout cas, moi, j'ai enfin trouvé une raison de vivre. Évidemment, puisqu'il n'y a plus de raisons de vivre. C'est logique. Puisqu'il n'y a plus à s'interroger sur la finalité, puisque nous sommes tous condamnés à court terme, peut-être aussi rapidement que l'instant qui vient, puisque nous savons tous maintenant comment ça va finir, autant se pencher sur le contenu du moment présent, le seul qui soit chargé d'un peu de signification. On peut enfin laisser de côté les ergotages sur le destin, sur le sens de la vie, sur son avenir et les choix à faire. Y a plus de passé qui compte, encore moins d'avenir, seul le présent regorge tout à coup d'un intérêt nouveau et particulier. Faut en profiter. «Vivre l'instant présent!» Quelle expression idiote! Du moins en d'autres temps. Maintenant, faut voir. L'instant présent sera peut-être le dernier... Il ne reste plus qu'à espérer qu'on sera en plein dedans quand ça nous tombera dessus, pour ne pas mourir à petit feu, ou plutôt à petite dose.

C'est fascinant! Imaginez: s'attendre à ce que chaque pas

effectué soit peut-être le dernier. J'ai pas de mérite. Je ne suis pas la seule à penser ainsi.

D'ailleurs, il y a deux réactions principales. Ceux qui se terrent dans leur cave (caves eux-mêmes), se pensant ainsi, je suppose, davantage à l'abri; et les autres qui se promènent dans les rues la tête en l'air dans l'espoir d'apercevoir, avant le voisin, le magnifique objet qui va incessamment y faire son apparition. Maigre satisfaction, il me semble, voir «ça» avant le voisin, non mais, c'est un monde. La jalousie, c'est quelque chose.

Évidemment, le mercantilisme américain s'affiche dans toute sa splendeur! Ils n'allaient pas laisser passer une si belle occasion, vous pensez bien. Les clubs vidéo sont assaillis. On y vend, à prix d'or (mieux vaut mourir riches, ça fait toujours ça pour se consoler, et ça laisse croire qu'il reste peut-être un espoir que l'inévitable ne se produise pas), le dernier produit à la mode: «Vivez l'apocalypse avant qu'il n'arrive.» C'est pas bête. Comme ça, on a une petite idée. Sinon, autrement, hein, comment pourra-t-on comprendre ce qui nous arrive quand on sera brûlé vif? Il sera trop tard pour se plaindre après, dire qu'on a rien vu, qu'on veut que ça recommence à la limite, qu'on ait bien le temps de saisir, de sentir comment c'est chaud, tout bien. Alors, je me suis nantie d'une petite cassette, moi aussi. Mais ce n'était qu'un navet, bâclé une fois de plus. Ils auraient pu se forcer...

En outre, j'ai dû être leur dernier poisson. Débourser de l'argent pour acquérir un bien quelconque, c'est devenu une idée démodée. De plus en plus, on voit des vitrines réduites en miettes. Quelle riche idée! Piller impunément, c'est le pied! Piller quoi, on s'en fiche, piller pour piller, l'appât de l'interdit. Faut bien vivre ça une fois dans sa vie, même si ça doit être son dernier geste. Les flics font pareil d'ailleurs, alors hein, pourquoi se priver? Les objets de quelques-uns à la portée de tous. Suffit de saisir. Les gens travaillent de moins en moins. On se demande ce que peuvent bien penser ceux qui demeurent en poste. Faut être givré à l'extrême. Ce doit d'ailleurs être le cas, au sens propre comme au sens figuré.

La radio, c'est la seule chose qui reste, braire dans un micro, ça demande moins d'efforts sans doute. Les «gens de la presse» n'ont plus le moral, ça leur coupe la plume, les pauvres. Quant à la télévision, faut pas chier la honte pour continuer à y faire le con et à nous raconter en couleur des bobards sur un ton comme si on allait tous partir au Club Med. Il est vrai que ce ne sont plus que des retransmissions. Mais personne ne les écoute, ça change.

Tiens, on vient d'annoncer que la première vient de sauter quelque part. Ah! enfin, on se demandait. Faut pas exagérer. Faut faire ça sérieusement, enfin. Là, au moins, l'attente prend un sens, on commençait déjà à douter, à se demander si on n'avait pas une fois de plus été trompés.

La gueule des gens quand ils ont appris ça! Y en a même qui se vautrent par terre comme des loques. Et des cadres dirigeants en plus, qui n'ont même pas lâché leur mallette! On les pensait plus dignes, les apparences sont trompeuses. D'autres sont complètement hébétés, comme il se doit. Non mais, c'est pas une raison, ils pourraient au moins regarder où ils mettent les pieds.

— Attention, hé connard!

Il ne réagit même pas. Encore un indifférent, quelle plaie.

Et celui-ci alors! Sur le coin de la rue, nu, il agite une cloche en radotant. On s'affale dans tous les recoins. Et les autres qui errent, la queue entre les pattes. Et ça pille, ça pille. Y a des voitures qui s'amusent à battre des records de vitesse sur la rue principale en écrasant, à qui mieux mieux tout ce qui se trouve sur leur chemin. De belles maisons bourgeoises sont éventrées et saccagées. Je ne vous parle pas des banques. On se croirait revenu au temps du Far West. C'est marrant, suis morte de rire. Mourir de ça ou d'autre chose, vous me direz. Bon, je vous l'accorde. Ça me rappelle cet oncle (un oncle est toujours un bon exemple) qui s'est étouffé avec une arête de poisson. C'est bête, vraiment. Le pauvre, il va manquer ça, on vit des moments exaltants.

Y en a un qui m'a couru après tantôt, la braguette déjà ouverte. Je l'ai ramené à de meilleurs sentiments, avec des arguments, disons, frappants. Il n'en a pas redemandé. Je ne suis même pas sûre qu'il se soit relevé. Non mais, je ne suis pas pour autant devenue un objet à piller, moi.

Pourtant, pour forniquer, ça, ça fornique! Un peu partout, dans les parcs (ça c'est banal) mais aussi sur les coins de rues, au resto, dans les églises, dans les camions d'ordures, dans les cimetières, ce qui est de circonstance, et j'en passe. Le spectacle en vaut la peine. Des couples (quand ils sont en couple) pour tous les goûts. Je ne décris pas, ça serait trop compliqué. Mais c'est la tringle à tout vent. Plus rien qui retienne, à part le manque d'imagination et l'impuissance. Des gens assistent aux ébats d'un œil terne, davantage par convention que pour profiter de la belle occasion. Y a bien quelques péquenots, comme celui-là, là-bas, qui rouspètent pour la forme, même qui appellent «à la décence» sous prétexte que les choses peuvent peut-être encore s'arranger. Pour marquer son incrédulité, un des participants lui urine dessus. L'autre s'en va la tête basse en reniflant des rancœurs.

La mort, en définitive, c'est elle qui règle les conventions sociales. Quand on ignore son arrivée, on reste sur ses gardes, bien posés, civilisés, tout ça. On a du temps à économiser. S'agit de ne pas gâcher inutilement la mise. Mais quand on sait que c'est irrémédiable, on ouvre les vannes. Là, il n'y a plus de temps à perdre. On réalise soudainement tout ce qui reste à faire, tout ce que l'on aurait pu faire et tout ce qu'on ne fera jamais. On est bien baisés. C'était bien la peine de se mouler aux normes. On se retrouve amoindris sans raison. Alors maintenant, on en profite un bon coup. On cherche futilement à se racheter. Tellement même, que c'est à se demander pourquoi certains mettent fin à leurs jours. Le désespoir, soi-disant, n'explique pas tout. Rester vivant est tout autant un suicide. La différence c'est qu'ils auront choisi eux-mêmes le dernier de leurs moments. C'est bien le temps de jouer les idéalistes. Ça leur fait une belle jambe, tiens. Comme celui qui vient juste de s'écraser devant moi, le con, il a failli aboutir sur moi. C'est un autre passant un peu devant qui a écopé. Je parie que c'était voulu qu'en sautant du haut du quarante-cinquième étage, il atterrisse sur quelqu'un.

Il y en a qui persistent à tout prix à vouloir prouver que le réflexe de conservation est inhérent à la «nature humaine». Leur technique? Plier bagage et aller voir ailleurs si je suis à l'abri. Il n'y a que deux options possibles finalement: voir sa carcasse foudroyée, pulvérisée (en fin de compte on ne la verra pas) ou s'amuser à en suivre les lentes dégradations et à en souffrir toutes les conséquences. Nul ne sera épargné. C'est une question de choix. La nature humaine, elle l'a belle dans ce cas-là.

Tenez, prenez la bouffe, par exemple. C'est simple, il n'y en a plus! À quoi bon maintenir les épiceries ouvertes et assurer le ravitaillement? Ça ne vaut plus trop la peine de s'enrichir sur le dos de l'estomac, si je puis dire. Et puis, dans les circonstances, continuer à travailler, «bonjour, monsieur, bonjour, madame, qu'est-ce qu'on vous sert?», merci, très peu pour moi. L'ennui, c'est que l'événement attendu tarde quelque peu à se manifester. Alors, le plus drôle, c'est que les magasins d'alimentation, dévastés, sont maintenant vides et le resteront. On n'avait pas prévu ce coup-là. On commence même à signaler des cas de mort par inanition. C'est vraiment débile. On entend ça selon la rumeur, mais après tout, quelle importance. Les gens, d'ailleurs, ne continuaient plus à s'empiffrer que par habitude. Se maintenir en vie pour mieux mourir. Mais mourir de faim dans la situation actuelle, cela a un peu des allures de comédie. Enfin, moi, je trouve. On s'amuse comme on peut.

Faut croire qu'il y en a qui vivent vraiment aussi rabougris qu'ils en ont l'air. Je dis ça à voir comment ils agissent à présent, flic-floc, comme je me venge de ma médiocrité. Ils flinguent! Ils canardent! Ils font des cartons! Et même, les plus sophistiqués, ils mitraillent! Ils descendent à vue tout ce qui se promène sur deux pattes! C'est le dernier cri! C'est pareil au pillage mais un cran au-dessus, quoi.

Qu'est-ce qu'on risque? Qu'un plus habile vous chope la cervelle avant vous? Entre vous et moi, crever de ça ou de radiations machins, là. Alors, c'est le vrai jeu de quilles. Les gens se tapent sur la gueule, il y a des séances de torture publique, des cadavres mutilés sont abandonnés un peu partout. Ça devient vraiment risqué de sortir dans les rues, quoique à peine plus qu'avant.

Tiens, d'ailleurs, y en a un qui se pointe vers moi. Quel minus! Quelle larve ça doit être, cette épave, en temps normal. Il m'accoste, l'air pas trop aimable. Peut-être qu'il lit les pensées après tout.

— Salut, salope! qu'il me fait.

Moi, pas rancunière, je lui réponds.

— Bien le bonjour, jeune homme.

Poum! Ça alors, faut être gonflé! Au couteau qu'il travaille, celui-là. C'est un propre au moins. J'ai jamais vu venir le coup. Ça m'a traversé l'abdomen. J'ai vu mieux, pas trop plaisant. Enfin, pour ce que ça compte, on va pas chipoter. Lui non plus d'ailleurs. Il n'essuie même pas sa lame. Et puis, il m'abandonne par terre. Faut dire que je suis déjà bien clamsée. Et je le comprends. Il n'a pas encore fini sa journée, sa dernière peut-être bien. Ça se paie.

«C'est de toi, ça?»

— Alors?

— ...

— Quelle éloquence.

— C'est toi qui as écrit ça?

— Non, c'est le ministère de la Défense!

— Quand as-tu écrit ça?

— J'ai pondu «ça», comme tu dis, l'an dernier. Je me suis levée un matin. Il pleuvait. Je n'avais rien de spécial à faire. J'avais l'esprit qui baguenaudait. En prenant mon café, les mots ont commencé à s'aligner dans ma tête, et je me suis mise à les immortaliser sur papier! Pourquoi cette question?

— Eh bien, sans vouloir te vexer, tu me comprends, n'est-ce pas, on n'est pas là pour se disputer, ni...

— Ça va, ça va. Cesse tes précautions oratoires. C'est moi qui t'ai demandé ton avis. Tu peux y aller. Je suis simplement curieuse de savoir ce que tu en penses, même si ça ne te plaît pas.

— Ce n'est pas que ça ne me plaît pas. C'est un texte énergique, qui ne manque pas de surprises. Il y a du style, du rythme, je dirais, et tout. Non, c'est à un autre niveau. C'est pourquoi je te demandais quand tu avais écrit ton texte, car on dirait que ça a été conçu en pleine époque de la guerre froide, tu sais, quand la planète entière vivait avec ce petit titillement derrière la tête de voir quelqu'un un jour appuyer sur le bouton de la prochaine guerre mondiale. Je ne t'apprendrai rien en te disant que l'arrière-plan de ton histoire ne repose pas tellement sur la réalité politique actuelle. Il y a quand même eu du changement de nos jours dans les relations internationales. Une guerre atomique généralisée où tout le monde y passe, ça ne m'apparaît pas très plausible maintenant, quel que soit l'avis qu'on peut porter sur nos chers dirigeants politiques. Du moins, je le pense.

— Tu me pardonneras de ne pas partager ton optimisme pubertaire. C'est certain que «l'arrière-plan», comme tu dis, est un peu éloigné des goûts du jour, mais je ne crois pas que cela soit une raison pour ignorer les conséquences d'un conflit nucléaire potentiel. On ne sait jamais ce qui peut arriver. Mais si tu trouves que mon histoire manque de réalisme, considère-la autrement. Disons qu'il s'agit d'une fable, de politique-fiction. Ça m'a plu d'imaginer une apocalypse qui aurait été annoncée d'avance et comment pourraient y réagir la plupart des gens. Je me fous pas mal que ça soit plausible ou non. C'est seulement une projection imaginaire.

— Je veux bien, mais je crois que toute fiction ne peut véritablement fonctionner que si le lecteur est en mesure d'établir des liens avec son quotidien, de définir des repères par rapport à une situation réelle. Ce que je dis, c'est que, politiquement, les repères qu'on peut détecter dans ton texte appartiennent à une époque révolue.

— C'est ce qu'on espère en effet.

— C'est ce qu'on espère, bien sûr, mais à cause de ça, j'ai l'impression que l'efficacité de ton histoire en prend un coup. C'est difficile d'y croire et d'embarquer. Moi, j'ai lu ça comme quelque chose d'un peu abstrait, sans être vraiment touché.

— Bon, très bien, alors au lieu d'une fable politique, disons que c'est une fable sociologique. De la sorte, le contexte politique perd de son importance. On imagine une situation, n'importe laquelle, à la condition qu'elle soit susceptible de déclencher un certain nombre de réactions. Et on observe les résultats, c'est-à-dire les comportements qui pourraient en découler. Moi, j'ai choisi le cas d'une échéance atomique et je me suis amusée à imaginer comment ça se passerait peut-être. On pourrait concevoir autre chose. Ce que je décris constitue une hypothèse parmi d'autres.

— Une hypothèse sur comment on réagirait, nous tous, si on apprenait tout d'un coup qu'on était promis à un avenir atomique à plus ou moins court terme.

— Oui, c'est ça, en plein ça, rien de plus.

— Prenons ta cassette vidéo, la cassette sur l'apocalypse, vendue dans toutes les bonnes succursales. Tu ne trouves pas ça un tantinet exagéré? Juste un tout petit peu? Tu t'imagines vraiment que dans une situation pareille on s'amuserait à produire, à commercialiser et, pire encore, à consommer un documentaire sur les cataclysmes nucléaires?

— C'est un peu une blague. Disons que j'imaginais une escalade progressive de la situation, en supposant que, peut-être au début, les gens réagiraient sans doute en ne prenant pas vraiment au sérieux ce qui arrive, comme c'est souvent le cas lorsqu'on apprend une nouvelle trop extravagante pour qu'on puisse l'accepter telle quelle. La meilleure manière de réagir à l'inacceptable est par l'absurde.

— Et ça, c'est ta vision de l'Homo sapiens, qui, je te le rappelle, fait référence à la sagesse immanente de l'être humain!

— Comme c'est bien dit!

— Te moque pas de moi, je ne suis pas sérieux. Seulement, tu admettras que ta conception de la nature humaine est plutôt défaitiste.

— Le jour où tu m'auras prouvé qu'on peut penser autrement, je te promets une variation moins désespérée, moins défaitiste, comme tu dis.

— Je ne me sens pas de taille à te faire changer d'idée là-dessus. Je doute d'avoir assez d'arguments convaincants. Mais il y a autre chose qui m'accroche. Il y a aussi le..., disons, le style...

— Quoi le style?

— Je te regarde et je lis le texte, je fais difficilement l'association.

— L'association entre moi et ce que j'ai écrit?

— En quelque sorte.

— Tu te demandes comment une sympathique et jolie fille comme moi peut écrire une histoire aussi morbide.

— Il y a un peu de ça. Tu admettras qu'effectivement ce n'est pas le lot habituel des filles sympathiques.

— Et jolies.

— Oui, oui, et jolies...

— J'y tiens.

— ...

— Et pourquoi pas finalement?

— Oh, c'est une pure question d'habitude sans doute, ou même de préjugés mâles bien ancrés, même s'ils sont mal fondés. Si tu me permets une grossière généralité, et si tu me promets de ne pas m'arracher les yeux, je serais tenté de dire que, traditionnellement, dans la littérature dite féminine, on s'attend davantage à de longues introspections, teintées d'émotivité à fleur de peau...

— Tu ne manques pas d'air!

— Non, mais écoute, ça n'enlève rien. Ça catégorise d'une manière grossière, je te l'ai déjà dit. Mais tu admettras que si on essayait de tracer un axe, avec tous les écarts qu'on veut bien reconnaître pour nuancer la position, je ne crois pas être si à côté de mes pompes en avançant que les écrivaines...

— Et je suppose alors que tous les hommes qui écrivent s'inspirent du modèle Rambo? Tant qu'à généraliser. Moi, je déteste les généralités, surtout quand il s'agit d'individus et encore plus quand on essaye de déterminer les différences entre sexes. Cela ramène tous nos traits de personnalité, toutes nos caractéristiques individuelles à une vague pâte plus ou moins informe et plus ou moins homogène. Je trouve ça un peu dégradant. Je m'intéresse beaucoup plus aux petits détails, à tout ce qui peut expliquer la plus légère déviation par rapport à une étiquette ou à une définition arrêtée.

— Les généralités sont utiles pour permettre les comparaisons et les raisonnements. Sinon, si on s'attarde à l'infinité des nuances qu'on peut déceler dans n'importe quoi, on ne s'en sort pas. On est condamné à des discussions sans fin.

— Moi, je n'y crois pas aux généralités. Je leur dénie même toute utilité.

— Bon, ça va, alors oublie ça. Je vais m'y prendre d'une manière moins risquée. On ne se connaît pas depuis très longtemps. Nous ne nous sommes vus que quelques fois. On a tout de même eu le temps de se fabriquer une petite image l'un de l'autre. Et on se sert de cette image pour faciliter nos contacts, car elle nous permet d'anticiper jusqu'à un certain point tes réactions comme les miennes. C'est un processus normal quand deux personnes commencent à se connaître. Aussi, si tu m'avais demandé d'essayer de deviner le sujet d'un texte que tu aurais écrit, j'aurais été à des années-lumière de m'attendre à ça.

— «Ça», comme tu persistes à dire, est un texte que j'ai écrit par mes propres moyens et qui me plaît, quand bien même il ne répondrait pas aux poncifs que tu as pu te forger sur mon compte, ou sur celui de la littérature féminine, à laquelle je n'aspire d'ailleurs aucunement.

— Ton histoire reflète pourtant une vision très pessimiste et ce n'est pas ainsi que je te percevais.

— Et alors? Ça te déçoit?

— Non, pas du tout, ça signifie simplement que je ne te connaissais pas aussi bien que je le pensais. Et dans le fond, c'est tant mieux. Les gens les plus intéressants sont ceux qu'on n'a jamais fini de connaître. Mais il n'en demeure pas moins que ça me semble un peu gros de penser que tout le monde perdrait ainsi les pédales, même dans la perspective de périr atomisé.

— Je sais bien que ça peut paraître un peu rebutant, qu'il s'agit d'une vision pas très rose de nos mœurs sociales. Cependant, reporte-toi à la crise des missiles à Cuba en 1961. Tu te souviens, on était passé à deux doigts de la guerre. Kennedy avait menacé l'Union soviétique d'une déclaration de guerre si les missiles stationnés à Cuba n'étaient pas retirés. À cette époque, ça aurait été une guerre atomique, à coup sûr. Les gens ont été nerveux pendant plusieurs jours. On a eu droit à un bon échantillonnage de réactions un peu extrêmes. On pense aux abris souterrains creusés en catastrophe, aux magasins d'alimentation vidés par les gens qui engrangeaient des provisions. C'est pas encore si grave, mais je me souviens que quelqu'un avait raconté, quand les choses se furent un peu calmées, que si la guerre avait éclaté, il aurait fait le plein d'essence et de provisions et il serait parti le plus loin possible. Comme si cela aurait pu servir à quelque chose. Si tu n'appelles pas ça perdre les pédales...

— Oui, mais de là à trucider tout ce qui bouge...

— C'est parce qu'aujourd'hui la menace nucléaire a été banalisée, ramenée à un vague souvenir de la Seconde Guerre mondiale, époque honnie qu'il vaut peut-être mieux ne pas trop remuer. Imagine-toi, cependant, un instant: c'est une belle matinée, tu reviens du marché, avec ton panier rempli de victuailles, tu penses à tes enfants partis en vacances chez leurs grands-parents. Tu t'arrêtes un moment pour reprendre ton souffle, et ce souffle est ton dernier. Une lumière, un bruit et une chaleur et aujourd'hui tes descendants vont se recueillir en ton souvenir sur la tache sombre que l'explosion a gravée sur le mur devant lequel tu circulais.

— Eh, j'en connais un brin sur Hiroshima, j'ai fait un travail scolaire sur le sujet. Ville militaire fondée en 1593, elle a été choisie comme première cible de la bombe atomique, le 6 août 1945, etc.

— Tu sais alors combien il y a eu de morts?

— Les estimations sont difficiles, car les registres de la ville ont été détruits et les mortalités subséquentes causées par les radiations n'ont pu être comptabilisées avec précision. On pense qu'il y a eu environ 75 000 victimes sur le coup, et 200 000 à ce jour, en incluant tous les décès probablement consécutifs aux radiations.

— Et tu crois pas que c'est assez pour perdre les pédales, surtout si on tient compte du pouvoir dévastateur des armes d'aujourd'hui?

— Je ne sais pas.

— Tu as dû lire des témoignages de survivants, ceux qui ont dû abandonner leurs proches hurlant sous les décombres au milieu des brasiers, ceux qui ont dispersé les cendres de leur enfant carbonisé, ceux qui ont développé des cancers dont on meurt encore aujourd'hui. D'ailleurs, connais-tu les effets des radiations?

— Approximativement.

— Cela commence par des délires et des convulsions, des cataractes aux yeux, des nausées et des vomissements. Puis il y a la perte de fertilité et la diminution du système immunitaire. Et enfin, il y a les cancers, en particulier la leucémie. Moi, je ne peux être indifférente à ça. Et si on m'annonçait une attaque nucléaire imminente, je ne sais pas comment je réagirais, je ne sais pas.

— Tu sais, à mon avis tu cours bien plus de risques à sortir dans la rue de nos jours que de recevoir une ogive sur la tête.

— Tu as sans doute raison, mais les effets d'un conflit nucléaire sont incomparablement plus sérieux. Il me semble qu'on ne peut pas négliger une telle éventualité sous prétexte que les probabilités ne sont pas de ce côté. Le problème est justement là, selon moi. On oublie de plus en plus la gravité d'un conflit nucléaire, on est de moins en moins avertis de ce que ça implique. Et même si je sais combien les procédures d'escalade pouvant mener au déclenchement d'une attaque nucléaire sont très complexes et nous prémunissent jusqu'à un certain point contre un acte isolé, je demeure persuadée que le meilleur moyen d'éviter une telle barbarie est encore d'en rappeler les conséquences possibles et de demeurer clairvoyants sur ce sujet.

— Je veux bien...

— Mais tu t'en fiches.

— Non, pas du tout, mais cela s'insère dans un ensemble de sujets qui méritent tous que l'on demeure aux aguets, ou avertis, comme tu dis. Je n'ai malheureusement pas assez de ressources pour chacun, et certaines situations conflictuelles m'apparaissent plus tangibles que d'autres. Je me sens donc davantage concerné par celles-là. C'est normal, non?

— Je te souhaite de faire les bons choix, mon vieux. Moi, je ne me sens pas capable de faire le tri.

— Tu as le dos large. Je ne suis pas contre, mais tu t'exposes à être malheureuse pour un sacré paquet d'années. Tu vas finir par être hantée par une sorte de délire humaniste de fin du monde.

— Ta sollicitude me touche!

— Je blague. Dans le fond, tu as raison, mais qu'est-ce qu'on peut y faire? Tu crois que c'est avec des histoires de ce genre qu'on peut espérer faire en sorte que la menace nucléaire demeure présente à l'esprit de chacun? Et que par ce délicat stratagème, nous pourrions garantir un avenir exempt de radiations à nos enfants?

— Je ne suis pas sénile quand même. D'avoir écrit quelques pages n'a rien à voir avec des visées évangélistes quelconques. Moi non plus, je ne sais pas trop ce qu'on peut y faire. En attendant, j'avais le goût d'écrire une petite histoire, qui m'est venue comme ça, et ça correspondait à un sujet qui m'intéresse et qui me sollicite. Tu as lu le résultat, et tu as commenté abondamment d'ailleurs. Mais pour moi, ça ne va pas plus loin. Je suis simplement contente de l'avoir fait.

— Tu en as d'autres, des textes?

— Pas encore.

— Tu as l'intention d'en écrire encore?

— Bien sûr, et je te ferai lire le prochain, puisque tu aimes ça!

Comment je l'ai rencontrée

C'est sa tresse que j'ai remarquée en premier. La première fois que j'ai vu Joana, elle portait une longue tresse, toute mince, qui lui descendait sur le devant de l'épaule droite. Oui, je me souviens même de quelle épaule. J'ai toujours eu un faible pour les tresses. Je leur trouve un côté irrésistible. Je n'ai jamais trop su comment l'expliquer, et je ne me suis même jamais vraiment posé la question. Mais peut-être est-ce à cause du côté quelque peu désuet de cette coiffure, qu'on ne voit plus guère de nos jours. Pour moi, cela évoque les temps anciens où on prenait justement le temps qu'il fallait pour patiemment séparer chaque mèche de cheveux, et les torsader jusqu'à ce que la tresse soit complétée. Aussi, je suis toujours un peu intrigué lorsque j'en remarque aujourd'hui. Sans doute, j'admire et j'envie ces personnes de posséder encore assez de temps libre pour une coiffure soignée. J'aime aussi imaginer qu'à cause même du temps exigé pour coiffer une tresse, il s'agit là de personnes avec une personnalité peu banale, qui savent résister aux pressions ambiantes et choisir ce qui leur convient. Elles soulignent ainsi sobrement leur individualité et leur originalité, sans recourir à des artifices plus clinquants, destinés à épater la galerie. D'ailleurs, il faut bien l'admettre, je suis sûrement un des derniers de la race à être touché par une tresse de cheveux.

Que voulez-vous, je suis un esthète. J'aime penser que je suis attiré par autre chose que par des gros seins ou des lèvres charnues. Je prends la peine d'apprécier une tresse, tout autant que ces autres parties corporelles qui échappent à notre attention, comme la base du cou, le dedans du coude et la longueur des phalanges. Il n'en demeure pas moins que, comme tout le monde, je m'intéresse aussi au visage. Aussi, ai-je été un peu déçu, en remontant la tresse, de constater des traits, je dirais, plutôt mal dessinés, une peau moite et rugueuse, et une bouche qui laissait voir une dentition tirant légèrement sur le jaunâtre. Quelque chose cependant rachetait le tout. Et même jusqu'à un certain point recomposait ces traits en leur donnant une allure finalement très appréciable. Cette chose, c'était son regard. En l'observant, appuyée sur la commode du salon, un peu en retrait de tout le monde, une coupe à la main, habillée d'un jean (quelle horreur) et d'une chemise orange sans motif, chaussée de sandales usées, une écharpe au cou, on ne pouvait qu'être frappé par sa façon d'observer autour d'elle. Ses yeux semblaient percer les carapaces de chacun, comme si, à la manière d'un faucon, elle sélectionnait soigneusement une victime sur qui elle allait incessamment s'abattre. Décidant d'être sa proie avant qu'elle ne choisisse quelqu'un d'autre, je me suis approché d'elle.

— Vous vous amusez?

Elle n'a pas répondu. Je m'étais approché par le côté, ménageant mon effet de surprise. Sans grand succès. J'ai répété un peu plus fort, estimant que les rires et les conversations bruyantes avaient sans doute couvert mes paroles.

— Vous vous amusez?

Elle ne m'entendait toujours pas. Surmontant l'irritation que la surdité ou la distraction provoque toujours en moi, je lui ai rejoué, avec plus d'insistance, mon entrée en matière.

— Hé! Vous vous amusez?

Elle a légèrement sursauté. Elle s'est tournée vers moi, me frappant de plein fouet de ses yeux inquisiteurs, qui mettaient presque mal à l'aise. J'ai pourtant accusé le coup, arborant le sourire figé de circonstance.

— Oui, un peu...

Je n'ai pu faire le lien entre sa réponse et ma question, mais comme elle n'avait pas encore pris le large et qu'elle me regardait toujours, je me dis que je devais sans doute continuer. Je lui ai prodigué quelques encouragements, que la soirée était encore jeune et tout. Puis j'ai commencé mon interrogatoire, destiné à mieux faire connaissance.

— Vous êtes une amie de Patrick?

Patrick, l'excentrique, comme on l'appelait entre nous, était notre hôte ce soir-là, comme d'ailleurs plusieurs mémorables autres soirs. Patrick était pilote de ligne, célibataire bambocheur, dont le grand plaisir (et le nôtre du même coup) était de nous faire partager ses trouvailles gastronomiques, glanées çà et là au cours de ses escales. Il éprouvait une passion quasi obsessionnelle à s'égarer dans les coins aussi perdus que lui permettait son temps entre deux vols, à entrer en contact avec les habitants; il communiquait uniquement par signes, bien souvent, ou alors, comme il se doit, dans un anglais laborieux et succinct. Ce qu'il cherchait à faire, c'était de découvrir des denrées locales, rares et prestigieuses, mais surtout, cuisinées d'une manière artisanale.

Auparavant, son hypothèse était que tout pouvait désormais être acheté. Il s'agissait seulement d'avoir le fric et on pouvait se gâter d'un voyage gastronomique international rien qu'en se rendant à l'épicerie spécialisée du quartier. Et du fric, Patrick en possédait. Et de la bouffe, il en avait acheté depuis qu'il avait obtenu son brevet de pilote. Il dépensait inconsidérément au gré de ses impulsions. Son seul critère était que ça devait être différent de la fois précédente. On pouvait se compter chanceux de faire partie de ses proches, tant il nous a régalés de festins inoubliables.

Et il aurait sans doute continué longtemps ainsi, si, un jour, porté par ses pas à Thira, en Grèce, cette superbe île des Cyclades, appelée aussi Santorin, il n'avait pas été attiré par une dame, habillée en noir avec un vieux fichu sur la tête, qui lui souriait de sa plus belle bouche à moitié édentée. À partir de ce moment, un changement majeur s'était produit dans sa démence gastronomique. Il continua par la suite de nous convier à ses banquets, mais avec une sorte de saut qualitatif par rapport à ce qu'il nous offrait auparavant. Désormais, ce n'était plus la nouveauté qui comptait. C'était davantage la rareté, autant du produit lui-même que de sa confection. Il n'y avait rien qu'il affectionnât davantage que de débusquer une terrine de canard unique dans ses saveurs et son onctuosité, sans commune mesure avec ce que les produits commerciaux semés dans tous les comptoirs pouvaient offrir. Pour ça, cependant, il devait s'aventurer chez les paysans ou de petits artisans desservant une clientèle locale. Si, par la même occasion, il pouvait s'offrir une petite tranche du pays qu'il visitait, c'était le bonheur parfait.

Ce jour-là, en Grèce, fut le premier du genre. Patrick se promenait dans les petites rues, circulant du côté de la mer où une pente douce conduisait à une plage noire composée d'une poussière de pierres volcaniques, ou de l'autre côté, là où une falaise abrupte témoignait de la catastrophe naturelle qui s'était produite plusieurs siècles auparavant, quand l'île avait explosé suite à un séisme. Pour répondre à son salut, Patrick s'était approché de la dame, et lui avait dit le seul mot grec qu'il connaissait, «kalimera», qui veut dire bonjour. La dame, qui lui avait simplement souri par gentillesse, fut tellement ravie d'entendre de la bouche de cet étranger un mot de sa langue, qu'elle se mit à lui baragouiner des histoires auxquelles Patrick, ne comprenant pas un strict mot, répondait par des hochements de tête et son sourire enjôleur. La dame, tout en parlant avec fortes intonations et grands moulinets des bras, lui touchait fréquemment la main et approchait dangereusement sa bouche dont émanait une odeur un cran en dessous du fétide. Patrick accusait le coup, mais commençait à regretter de s'être approché et à maudire son entregent, sentant qu'il serait difficile de poursuivre sa balade.

C'est alors que la dame le prit par la main et lui fit signe d'entrer. Patrick allait refuser avec l'énergie du désespoir, mais il se laissa convaincre par le geste de la dame, geste universel, poing fermé, pouce levé pointé vers la bouche, la tête en l'air. En d'autres termes, elle l'invitait à boire un coup. Patrick mourait justement de soif, sans compter que la perspective de visiter un intérieur grec lui souriait grandement. Il se laissa donc entraîner, espérant ne pas trop s'enfoncer dans une arnaque quelconque.

Patrick franchit le rideau de perles sur les pas de la dame. Lorsque ses yeux se furent habitués au contraste entre l'intérieur sans fenêtre et la lumière éclatante de l'extérieur, il put distinguer une longue pièce unique, voûtée, tout en pierre. Cela ressemblait à un tunnel de chemin de fer, dont on aurait obstrué une des extrémités. Le mobilier était des plus modestes, ramené à l'essentiel, un réchaud, une paillasse, de vieux meubles sympathiquement décrépits, une table et des chaises au siège en paille tressée. La dame le fit asseoir et lui apporta bientôt un café, ces boissons épaisses jusqu'à en être sirupeuses, à moitié emplies de marc. Patrick raffolait de cette potion et la cala d'un coup sec, en prenant bien soin de laisser la poudre bourbeuse dans le fond de la tasse. Le jus était fameux. Il exprima son contentement par un sourire radieux auquel la dame répondit par la stupéfaction. Sans doute escomptait-elle s'amuser un peu à ses dépens, sachant combien ces liquides étouffent habituellement les pauvres Occidentaux en mal de sensations fortes.

Elle n'était pas encore au bout de ses surprises. Pendant que la dame préparait le café, Patrick avait repéré sur une tablette une bouteille de ce qui lui semblait être un vin résiné, ces vins blancs grecs dont on aidait autrefois la conservation en ajoutant de la résine de pin, et dont on perpétue aujourd'hui la tradition, simplement pour des questions de goût. Désignant la bouteille, Patrick lui demanda:

— Retsina?

La dame jeta un regard dans la direction indiquée par Patrick et éclata d'un rire enthousiaste et fébrile. Elle devait se demander sur qui elle venait de tomber. Quelqu'un qui aimait son café et qui, mieux encore, allait partager avec elle, en plus de sa solitude quotidienne, son péché mignon, le vin résiné grec. Elle se précipita avec une vitesse que ne laissaient pas soupçonner ses jambes arquées et chétives, s'empara de sa bouteille, agrippa au passage deux verres à la propreté douteuse, et sans se départir d'un sourire qui lui détendait toutes les rides du visage, déposa le tout sur la table.

Elle ouvrit précautionneusement la bouteille, plaça un verre devant Patrick et lui versa comme à son Altesse royale quelques décilitres de son précieux liquide. Elle leva des yeux fiévreux en direction de Patrick, attendant son verdict. Amusé par l'expérience, il prit le verre et l'amena à portée de nez. Une forte odeur de pin, comme prévu, se dégageait du verre, mais aussi une fraîcheur et une complexité qu'il n'avait jamais perçues auparavant dans le vin résiné. D'autres odeurs, de miel, d'acacia, d'abricots, se confondaient en un amalgame que Patrick huma avec de plus en plus de délectation, jusqu'à ce qu'un toussotement de la dame lui rappelât qu'elle attendait qu'il goûte au vin.

Il prit une légère gorgée, la fit circuler dans sa bouche et l'avala. Il procédait toujours ainsi, histoire de se rincer la bouche et d'éliminer toute interférence entre le liquide et son jugement. Mais dès cette première gorgée, l'étonnement lui fit lever les sourcils jusqu'au haut du front. Il prit tout de suite une seconde gorgée, la laissa en bouche plus longtemps, la faisant rouler sur la langue pour en extraire toutes les saveurs, avant de l'absorber. Les sensations gustatives se bousculèrent et se prolongèrent en apparence indéfiniment. Jamais Patrick n'avait goûté un vin résiné de cette tenue, ces vins étant en général plutôt âcres et grossièrement parfumés. Ici, on avait atteint un équilibre parfait, dans un vin presque moelleux, auquel la résine de pin apportait une structure et une complexité incomparables.

Patrick ne savait pas comment exprimer son ravissement à la

dame. Il se leva spontanément, sous le coup de l'excitation, et se bécota le bout des doigts avec des gémissements de plaisir, avant de se rasseoir et de continuer sa dégustation. La dame avait éclaté de rire. C'était une belle journée pour elle. Elle fit signe à Patrick de se lever et de la suivre. Elle l'entraîna vers un réduit dans le fond de la pièce, caché par une tenture. Elle l'ouvrit et pénétra à l'intérieur en tenant le tissu pour que Patrick la suive. Il franchit la porte basse et découvrit en se redressant une pièce dans laquelle se trouvaient quelques cageots et deux fûts en bois. Une toute petite lucarne laissait voir à l'extérieur une minuscule cour dans laquelle poussait un vieux pin. Patrick comprit que ce qu'il venait de boire, c'était la dame qui l'avait fabriqué. Il en était renversé. Une commotion de sentiments et d'idées se produisit dans sa tête. Il comprenait qu'il vivait un moment déterminant, de ceux qui remettent en question le petit confort de l'existence et les certitudes pourtant laborieusement acquises. Devant lui s'offraient d'un seul coup des perspectives innombrables de découvertes et d'expériences nouvelles. Jusqu'à cet instant, Patrick avait toujours tiré une fierté de son penchant expansif pour les mets raffinés, les boissons rares, les beaux objets, sa connaissance des arts, fierté qui constitue le préambule au snobisme, lorsqu'elle ne s'affiche plus qu'en étalage pur et simple. Même s'il ne tirait aucune vanité de ses goûts recherchés, on pouvait nettement percevoir son jugement un peu condescendant envers ceux qui n'avaient pas, comme lui, accédé au panthéon du bon goût et de la classe. Mais comme sa générosité compensait sa propension pour le côté clinquant des biens de consommation offerts à notre convoitise, on ne lui en tenait pas rigueur. Ce qui n'empêchait pas Patrick de se considérer comme un élu de la caste des esthètes évolués.

Mais soudainement, tout son édifice de valeurs, forgé avec les années, son ambition et ses préjugés, s'écroulait. Il se rendait compte qu'il avait toujours tenu pour acquis que la connaissance des goûts et des arts était réservée à une classe de gens privilégiés, détachés des soucis primaires d'alimentation et de logement.

Lorsqu'il rencontrait de nouvelles personnes, Patrick s'informait d'abord de leur niveau social, et en déduisait leur degré d'éducation et leur profil de goûts. Il n'avait jamais réalisé ce que cet exercice de simplification de ses relations sociales avait d'étriqué et de désobligeant envers ceux qu'il classait indignes de lui. De même que juger quelqu'un sur l'apparence ou la chance d'avoir grandi dans un milieu favorable constituait un acte injuste et dénué de fondement. Mais cette fois, ses grandes lignes de pensée et de comportement s'effondraient. Tout son système de références était balayé par cette petite dame voûtée et édentée, que le hasard lui avait fait rencontrer et qu'en d'autres temps il n'aurait même pas remarquée. Sous son apparence anodine, la dame cachait la rare capacité de reconnaître et, mieux encore, de fabriquer un vin délectable. Qui plus est, elle possédait la gentillesse de partager sa production, et la simplicité de prendre plaisir à l'appréciation des autres.

Bousculé par cet afflux d'idées, Patrick en déduisait que le raffinement n'était pas une simple question de moyens et de magasins de luxe. Dans ce petit coin de la planète, dans un minuscule réduit où vivait une personne seule, il avait éprouvé une de ses plus belles sensations gustatives. Cela ne pouvait être unique. Cela signifiait que des trésors de ce genre pouvaient se nicher n'importe où, qu'il fallait simplement savoir les débusquer, sans préjugés envers leurs auteurs ou leurs possesseurs. Aussi simple que paraissait cette idée, c'était la première fois qu'elle lui venait à l'esprit. Il prit appui sur le côté du mur, tentant de rétablir le fil avec ce que la dame lui racontait à grands gestes. Cette dame qui, comme passe-temps, confectionnait rien de moins qu'un nectar digne des plus grands crus. Et Patrick n'avait même pas eu à débourser ou à soudoyer pour en profiter. Ému malgré lui, il ne s'aperçut pas que la dame était en train de remplir un récipient à même le fût. Elle trouva un bouchon de liège égaré par terre et d'un coup sec l'enfonça dans le goulot de la bouteille, pleine d'un liquide ambré aux reflets d'or. Et avec un geste, non dénué de solennité, mais surtout empreint du plaisir que seuls connaissent les gens qui aiment donner, elle tendit le bras et fit cadeau de la bouteille à Patrick.

Il la saisit par réflexe et remercia la dame avec un sourire. Leur rencontre arrivait à son terme. Patrick se dirigea vers la sortie. Sur le seuil, il tendit la main. Sans un mot, la dame la lui serra avec les deux siennes. Pendant que Patrick s'éloignait, elle le salua encore avant de réintégrer son antre, où, qui sait, allaient peut-être naître d'autres trésors. Patrick tenait précieusement la bouteille. Il n'en croyait pas ses yeux. Quelques jours plus tard, de retour chez lui, il fit envoyer à la vieille dame une gerbe de fleurs, accompagnée d'une petite carte buvard où il avait versé une goutte du vin. Il avait signé en remerciant. Il ne sut pas si les fleurs étaient arrivées à leur destinataire. Et les assignations de ses vols ne le ramenèrent jamais plus sur cette île. Mais encore aujourd'hui, Patrick raconte cette anecdote avec une voix imprégnée d'émotion, trop heureux par le fait même d'étaler ses nouvelles convictions gastronomiques. Ce qui souvent l'amène à retomber dans son verbiage élitiste...

Depuis, Patrick mettait régulièrement la main sur ce qu'il appelait ses perles. Aujourd'hui, nous étions conviés à déguster un madère hors d'âge débusqué dans la cave d'une ferme perdue en Hongrie (Patrick ne sut jamais comment un madère avait pu de si loin aboutir dans cette cave) d'où il ramena également un foie gras absolument délectable. En complément de programme, un fromage bleu sentant la chèvre et l'herbe, sur lequel je n'ai cependant pas pris de risque.

Donc, je m'informe pour savoir si cette fille est une amie de Patrick. Je lui mentionne mon nom, elle me donne le sien. Joana. Pour tenter de la décrisper, je lui mentionne que mon nom, le sien et celui de ma femme commencent tous par la lettre «j». Sans plus de succès. J'avais affaire à rude parti. Je tente alors de l'aborder sur son travail.

— Agent de bord.

Surpris et amusé, car je n'avais jamais rencontré une personne qui exerçait ce métier, je n'ai pu m'empêcher de répondre sur un ton qui m'a échappé, mais qui, pourtant, ne se voulait en rien ironique.

— Hôtesse de l'air?

Elle n'a pas apprécié. Susceptible, la demoiselle. Elle y est allée d'une réplique cinglante dont je ne me souviens pas, mais j'ai senti qu'il fallait que je corrige rapidement la situation, si je tenais à conserver tous mes membres. Je lui ai laborieusement expliqué que j'étais simplement surpris de rencontrer pour la première fois une hôtesse de l'air, pardon, un agent de bord, chez Patrick, malgré le fait que, lui et moi, nous nous connaissions depuis des années. Elle a préféré changer de sujet et m'a demandé quel était mon travail à moi.

— Je suis rédacteur de guides d'utilisateur.

J'avais dit cela d'un ton détaché, ne voulant surtout pas laisser paraître que j'enviais davantage mon sort que le sien. À ma grande surprise, elle a sollicité des précisions, alors que j'étais certain qu'elle s'excuserait et se dirigerait vers les cabinets. Je lui ai donc raconté un peu longuement en quoi consistait mon travail, en tentant d'émailler le récit de quelques commentaires amusants, petit numéro de charme quoi. Ça se passait plutôt bien, mais je voulais aussi l'entendre causer. C'est la moindre des politesses d'accorder un droit de parole aux personnes qu'on vient de rencontrer. Et j'étais sincère en plus, j'étais curieux qu'elle me parle de son boulot. Pour l'inciter à la confidence, je lui ai confisqué son verre, malgré ses protestations, et je me suis rendu au buffet pour refaire le plein. Patrick, il n'y a pas à dire, savait s'y prendre. Les bouteilles vides, objet du culte de ce soir, avaient fait place à de nouvelles recrues, toutes autant dignes d'intérêt. Fabuleuse manière de prolonger la soirée. J'ai tout de suite remarqué un

Château-Latour, sur lequel je me suis précipité comme un affamé, trop excité de goûter pour la première fois à ce premier cru, d'une bonne année en plus et parvenu à maturité. Il faudra que je brûle quelques lampions à la gloire de Patrick.

— Hé! Patrick. Tu vas me donner des syncopes!
— T'en fais pas, j'ai un vieux calva pour arranger ça!

Prudemment, ne voulant perdre aucune goutte, je suis retourné auprès de Joana, et je lui ai tendu son verre. Elle a bu le précieux liquide comme s'il s'agissait d'une vulgaire limonade. Cela m'irrite toujours un peu de constater l'indifférence ou la nonchalance avec laquelle les gens traitent leurs breuvages. Patrick déteint sur moi, il faut croire. J'ai enfin exhorté Joana à me parler d'elle-même et en particulier de son travail.

Mais le vin devait déjà me monter à la tête. Elle s'est mise à me raconter que ce qu'elle aimait le plus de son métier, c'est lorsqu'elle avait une chance de poser l'appareil. Lorsque je lui ai demandé des explications, elle a bien sûr nié avoir dit une telle absurdité, mais j'étais pourtant certain d'avoir bien entendu. Bref, je crois qu'elle s'est un peu foutue de ma gueule, mais je n'ai rien laissé paraître. Par la suite, cependant, elle a bien voulu bavarder sur la journée qu'elle venait de passer. Je trouvais ça vraiment palpitant. Beaucoup de questions me venaient en tête.

— Au fait, comment fais-tu pour les décalages horaires?
— J'ai un don! Je n'ai besoin en moyenne que de quatre heures de sommeil par nuit. À certains moments, je dois cependant compenser et me taper une cure de sommeil d'une douzaine d'heures. Je suis d'ailleurs mûre, j'ai l'impression. Mais, en général, grâce à ça, je n'ai aucun problème avec les décalages.

— J'adorerais avoir si peu besoin de sommeil. Que fais-tu de ton temps libre?
— Ça dépend. Quelquefois mon travail se prolonge à l'aéro-

port, alors le problème ne se pose pas. Souvent, je marche. Une fois, même, j'ai marché de l'aéroport à mon hôtel, en pleine nuit, une petite balade de dix-huit kilomètres.

J'étais plutôt ébahi, n'étant pas moi-même un marcheur très émérite.

— Bien sûr, cela n'est pas toujours sans conséquence. Si mon sommeil est bien adapté à mes horaires, il n'en va pas de même pour mon estomac. Je mange très peu, mais souvent. Il est très rare que j'aie faim. J'ai quelquefois des chutes de pression. Quoi qu'il en soit, jusqu'à présent je tiens le coup. Comme on a remarqué ma facilité d'adaptation, on m'a assignée aux vols les plus irréguliers, ce qui m'a permis, en contrepartie, de voyager un peu partout, et de visiter pas mal de pays.

Elle m'a ensuite raconté un incident qui s'était produit un jour.

— Il y a des moments où, mine de rien, je suis très fière de mon travail. Tu sais, sans que ça ne paraisse trop, le personnel à bord d'un avion tient un peu les passagers à sa merci. Tout ça passe en général inaperçu, sauf lorsque survient un incident plus grave. Je me souviendrai toujours de ce vol où nous avions sans arrêt subi des turbulences. Moi, je suis habituée, ça ne me dérange plus, je sais comment me tenir et marcher sans perdre l'équilibre, même si l'avion est ballotté. Mais pour les passagers, surtout ceux qui prennent rarement l'avion, il s'agit d'une épreuve plutôt traumatisante. La moindre secousse leur semble présager une catastrophe. C'est plutôt amusant d'ailleurs de remarquer tous ces visages verdâtres, pratiquement révulsés, tandis que moi, je continue de débiter mes banalités avec le sourire fendu jusqu'aux oreilles. Il y en a qui te regardent comme s'ils t'imploraient de faire cesser leur tourment. Je ne peux que les rassurer, leur dire qu'il n'y en a pas pour longtemps. Sauf ce soir-là. Nous étions comme englués dans une zone de turbulences. Il n'y avait rien à faire. L'avion bougeait sans cesse et ça n'en finissait plus. Certains passagers hurlaient à la moindre vibration. Ça devenait exaspérant. Puis, tout à coup, dans mon aire de travail, j'ai entendu un cri d'affolement. Nous venions juste de frapper un trou d'air, et l'avion avait chuté de quelques pieds. Tout le monde braillait de frayeur. Mais le cri en question que j'avais entendu était différent. Je savais qu'il traduisait une situation plus grave. J'ai laissé en plan mon service et je me suis précipitée vers le siège d'où venaient les cris de terreur. Déjà, certains passagers reluquaient la scène. Je me suis mise à les repousser. Lorsque j'ai enfin pu m'approcher, il y avait là une dame âgée, paniquée, qui tenait la tête de son mari évanoui sur ses genoux. À leurs côtés, un petit garçon d'environ cinq ans pleurait, incapable de comprendre la signification de ce qui se produisait. J'ai pris les commandes, comme on dit. J'ai demandé à la dame de se lever et de s'occuper du gamin. J'ai ensuite averti un agent de bord de chercher un médecin parmi les passagers. Cela arrive souvent. Puis, j'ai étendu l'homme sur les sièges vacants de la dame et du petit avant de constater que le trou d'air avait dû être trop fort pour ses nerfs. Il semblait souffrir d'un malaise au cœur. J'ai entrepris de le masser et de lui pratiquer le bouche à bouche. Par miracle, il est finalement un peu revenu à lui, juste au moment où un passager, qui se disait justement médecin, est venu prendre la relève. Je lui ai confié le vieil homme. Le médecin l'a examiné brièvement, puis il a levé un regard admiratif vers moi. «Vous lui avez sauvé la vie, madame. Quelques minutes de plus et c'en était fait.» J'ai alors aperçu la dame qui tenait son enfant serré contre lui. Elle avait un air hébété, complètement secoué. «Tout va bien, madame, cet homme est médecin. Il m'a dit que votre mari allait s'en sortir.» Je me suis ensuite penchée vers le petit bonhomme. J'ai demandé à la dame: «C'est votre fils?» Elle a tourné vers moi un regard à peine revenu à la réalité. «Vous êtes gentille, mais c'est plutôt mon petit-fils. Nous sommes ses grands-parents. Nous allons rejoindre sa mère qui séjourne à Barcelone. C'est notre premier voyage en avion.» «Vous permettez?» J'ai tendu les bras au gamin. Il m'a regardée d'un air indécis. «Dis, jeune homme, ça te dirait d'aller visiter la cabine de pilotage?» Un sourire a illuminé son visage, tout taché par les pleurs et les restes du repas. Il est venu vers moi et m'a prise par le cou. «Je vais le distraire quelque temps. Profitez-en pour vous occuper de votre mari.» Le médecin devait justement lui communiquer quelques directives. Pendant ce temps, j'ai fait visiter l'avion au petit garçon. Je lui ai présenté les pilotes, toujours friands de ce genre de visite, surtout quand ils sont eux-mêmes pères de famille. Le bambin n'avait pas assez de ses yeux. Il posait des questions sans arrêt. Nous nous sommes bien amusés. Quand je l'ai ramené à sa grand-mère, il avait retrouvé toute son humeur et il s'est mis à lui raconter tout ce qu'il avait vu. La grand-mère, dans une scène un peu pathétique, caressait les cheveux de son mari, appuyé sur son épaule. Les deux affichaient une expression de douleur et de désarroi qui faisait peine à voir. Je leur ai livré quelques paroles d'encouragement et j'ai salué le petit, avant de reprendre mon service. Certains passagers de ma section commençaient à perdre patience et à réclamer ma présence.

Nous avons pris une pause, le temps d'une gorgée de vin.

— Au débarquement, les services ambulanciers attendaient le couple. En sortant de l'avion, la grand-mère n'a rien pu me dire, mais elle m'a jeté un regard tellement empreint de reconnaissance, que je porte encore ce souvenir en moi avec toute la chaleur qu'il me procura à ce moment. Ce jour-là, je me suis dit que j'aimais vraiment mon métier.
— C'est une belle histoire.
— Et authentique, à part ça.

Joana me posa de nouveau des questions. Elle voulait savoir comment on devient rédacteur de ces guides qui expliquent le fonctionnement des logiciels. Peu de temps après, Patrick se pointe en trombe et nous annonce que la soirée se déplace ailleurs, dans une discothèque, je crois. Je ne suis pas très avide de ce genre d'endroit, mais quand Patrick a décidé quelque chose, ce n'est pas une mince tâche que de lui résister. Heureusement, Joana m'a fourni un prétexte.

— Désolée, Patrick, je dois rentrer.

Patrick n'allait pas lâcher le morceau si facilement. Il s'est mis à protester à grands cris, pour que tout le monde l'entende. Joana demeurait imperturbable, ce qui me la rendit encore plus sympathique.

— Et toi, mec, tu viens, oui? Fais-lui entendre raison, tu l'as accaparée toute la soirée!
— Moi aussi, je dois y aller, Patrick. Une autre fois peut-être.

Je vis nettement la grivoiserie envahir les yeux de Patrick. Apparemment, il s'imaginait que j'étais de mèche avec Joana pour terminer la nuit avec elle. Je me suis senti affreusement gêné. Cela ne m'était même pas venu à l'idée. Patrick nous fit une joyeuse génuflexion, avant de nous souhaiter une bonne nuit, de sa voix la plus mielleuse, et de retourner à ses autres invités. Ce con! Il me laisse tomber, après avoir ainsi semé le doute dans l'esprit de tout le monde, y compris dans le mien. Joana regardait Patrick s'éloigner. Elle ne laissait rien paraître de ses sentiments. Je ne savais plus trop quelle conduite adopter. Mais je me disais qu'après tout, peut-être Joana avait envisagé, elle aussi, une petite partie de lit nocturne. La soirée avait été agréable et m'avait prédisposé à ce genre d'élans. Étant donné tout le temps que nous avions passé à discuter, elle souhaitait peut-être que je l'accompagne maintenant, et que nous poursuivions la soirée sur un mode plus intime. J'étais un peu troublé, mais l'idée faisait son chemin doucement. Et puis, je ne risquais pas grand-chose à tenter le coup, quitte à me gourer complètement.

— Au fait, je te raccompagne?

À ma grande surprise, elle a accepté, volontiers, ce qui semblait corroborer mes attentes. Patrick nous est tombé dessus une dernière fois avec ses allusions aussi subtiles qu'une borne-fontaine. Je l'ai remercié pour ses charmantes attentions, mais surtout pour les délices dont il nous avait gratifiés. Sur quoi, il a bruyamment fermé la porte, nous livrant, Joana et moi, à un silence réconfortant. En retournant à la voiture, j'ai voulu entretenir un peu le dialogue et maintenir l'ambiance. J'ai expliqué à Joana comment Patrick s'imaginait que je voulais coucher avec toutes les femmes afin d'échapper à la mienne, dont le pire défaut était de résister à Patrick! Mais, finalement, pourquoi je lui racontais tout ça? Ce n'était sûrement pas ainsi que j'allais efficacement lui transmettre mes avances. Je retournais ces pensées lorsque j'ai aperçu sur le pare-brise de ma voiture un déclencheur de rage.

— Merde! Une contravention!

Si Joana n'avait pas été là, je crois que j'aurais perdu le contrôle et que j'aurais enfoncé ma portière à coups de pied. Seul l'orgueil m'a permis de me contenir, et de justesse. Il n'y a rien au monde, je dis bien rien au monde, ni la bêtise humaine, ni la pollution, ni même les cors aux pieds, que je déteste autant que les contraventions. C'est ainsi. Je ne sais même pas d'où ça vient. Encore que je soupçonne la fois où j'ai été conduit au poste simplement pour avoir tutoyé un flic qui m'avait arrêté sur l'autoroute. Je me souviens encore de sa sale gueule d'imbu de pouvoir. Il avait pris un plaisir délibéré à me faire poireauter, et à me faire sentir que le déroulement de ma soirée ne dépendait que de son bon vouloir. Par association, je le revois dès que j'hérite d'un «procès-verbal». Je revis chaque fois l'humiliation qu'il m'avait fait subir ce jour-là.

J'ai pris place au volant, le regard complètement noir. Je m'apprêtais à démarrer quand j'ai entendu cogner sur la voiture. C'était

Joana que j'étais en train d'oublier. Confus, je lui ai ouvert la portière.

— Pardonne-moi. Ces petits bouts de papier me font toujours perdre contenance.

— Si tu veux, je peux rentrer par mes propres moyens.

Ça y est, un peu de vexation en prime.

— Non, non. Je suis calmé. Où va-t-on?

Heureusement, le détour n'était pas trop important. Cette contravention m'avait achevé. Je me sentais soudainement très las. Mais, en même temps, un peu honteux de m'être laissé emporter pour une cause qui paraissait manifestement dérisoire à Joana, je fis l'effort d'une conversation pour me racheter à ses yeux.

— Patrick, quand même, sacré personnage, non? Il sait recevoir, on doit lui donner ça.

Joana répondit à peine, l'air distrait, perdue dans ses pensées. Bien fait pour moi. Ça m'apprendra à mieux contrôler mes chaleurs. J'ai alors décidé de me cantonner dans un silence buté qui a duré jusqu'à l'arrivée à l'hôtel de Joana. Un hôtel. Nous aurions été à l'aise pour nous livrer à quelques exercices d'assouplissement. Maintenant, c'est sûrement loupé.

— Dis-moi...

Mon estomac se noua d'un coup sec. Finalement, voulait-elle m'offrir de monter à sa chambre?

— J'ai écrit une nouvelle et j'aimerais que tu la lises.
— Une nouvelle?

— Oui, un récit, quoi.

— Maintenant?

— Non, non, je ne l'ai pas avec moi. Mais lors d'une prochaine escale, si tu veux bien.

Je me disais aussi. Mes intestins retrouvèrent leur position naturelle. Elle me donnait tout de même une chance de reprendre un peu de crédit.

— Tu écris des histoires, c'est ça?

— C'est ça, une histoire. Et je cherche quelqu'un pour me donner une opinion. J'ai pensé que tu pourrais le faire.

— Oh, tu sais, je n'ai rien d'un critique littéraire, mais ce serait avec plaisir.

— Alors, à la prochaine. Merci de m'avoir raccompagnée.

Je lui ai donné une de mes cartes de visite, puis je me suis penché légèrement vers elle pour la bise d'au revoir. Elle s'est cependant calée dans le siège, m'a rapidement tendu une main froide et est sortie sans attendre de la voiture. Je l'ai regardée entrer dans son hôtel, mais elle ne s'est même pas retournée. Curieuse fille, tout de même.

De retour à la maison, après avoir mis une éternité à trouver une place de stationnement, je n'avais qu'une envie, me mettre au lit et prendre Janine dans mes bras. Mais elle dormait évidemment à poings fermés, avec la confiance d'une personne qui ne doute jamais. J'ai néanmoins réussi à la réveiller en douceur, en opérant par petites succions dans le cou.

— Tu empestes l'alcool et le tabac!

Terminus, tout le monde descend!

40

Comment je l'ai rencontré

Ce que je m'ennuyais ce soir-là... C'était le couronnement d'une journée affreuse. Le matin, déjà, j'avais failli arriver en retard, ce qui est hautement impardonnable pour un agent de bord. J'ai pris mon service en vitesse, oubliant d'ajuster mes bas. Évidemment, la première chose qui arriva, ce fut un accroc, une splendide échelle le long du mollet. J'avais l'impression que les passagers ne voyaient que ça. Et je n'avais pas le temps avant le décollage d'aller enfiler une autre paire. De toute façon, je me suis souvenue que dans ma précipitation j'avais oublié des bas de nylon de rechange. Rien à faire.

Le vol était long, neuf heures, sans compter les préparatifs avant le décollage et après le débarquement. Il me faut toujours une grande respiration avant d'entreprendre ces périples, comme si le fait d'être confinée autant d'heures dans un espace climatisé nécessitait une réserve d'air frais dans les poumons pour m'aider à passer au travers. Dès le départ, les passagers, irrités par un retard imprévu qui les avait fait languir plus de deux heures dans la salle d'attente, affichaient pour la plupart une mine bourrue. Déjà, à l'embarquement, beaucoup tempêtaient à la moindre contra-riété. Des passagers s'engueulaient pour des riens, une mallette mal rangée, un dérangement mal accueilli pour simplement sortir de son siège et se rendre aux cabinets, un coup de coude inoppor-tun à cause de l'étroitesse des allées, bref je devais user de mon sourire le plus figé et de toutes mes ressources de diplomatie pour éviter que ça ne dégénère. J'avais déjà eu assez de mal à assimiler que le client a toujours raison, ayant même presque coulé mon examen d'admission, à cause d'une remarque ironique à l'endroit d'un passager lors des exercices de simulation; autant faire bon usage du principe et se croiser les doigts pour que ça serve à quelque chose. Aujourd'hui, je sentais que ça ne serait pas inutile de mettre mes cours de savoir-vivre en pratique.

Après être péniblement parvenue à faire asseoir les passagers de ma section et à leur faire boucler leurs ceintures, je devais maintenant y aller de mon petit numéro sur la sécurité à bord de l'appareil, pendant que le pilote entamait les manœuvres de décollage. Le sourire toujours crispé, je rappelais où se trouvaient les sorties de secours et la signification de certains signaux, pendant qu'un agent de bord débitait un boniment retransmis sur les haut-parleurs. Puis arrivait le moment que je détestais par-dessus tout, celui où il fallait démontrer le fonctionnement du gilet de sauvetage. Je ne sais pas pourquoi, chaque fois que j'enfile ce gilet d'un jaune criard, il y a toujours un petit rigolo ou un enfant qui y va de sa platitude, du genre «Maman, on dirait un gros canari», ce qui, je ne sais toujours pas pourquoi, m'amène à stupidement rougir, nourrissant du même coup l'amusement général. Et moi, grosse dinde devant, je garde le sourire béat qui me fait paraître encore plus ridicule.

Après je devais regagner mon strapontin, seul moment de répit accordé avant d'attaquer les demandes de tout un chacun. L'avion fut évidemment coincé sur la piste un long moment pour permettre aux équipes au sol de retirer la glace qui s'était formée sur les ailes. La chaleur dans l'habitacle augmentait, en même temps que les protestations impatientes des passagers. Le décollage eut enfin lieu, et un certain soulagement commença à s'installer.

Je me suis levée pour entreprendre ma première tournée. Je distribuais des bonbons, des couvertures, des écouteurs, avec un petit mot de bienvenue et toujours ce sourire qui, je le sentais, allait aujourd'hui me provoquer des crampes de mâchoire, comme cela se produit quelquefois. Plusieurs passagers réclamaient déjà une consommation, et j'étais, à tout moment, empêtrée par les incontinents qui se rendaient aux cabinets.

La sonnerie retentit. Ça y est, j'en étais sûre. Je me suis rendue au siège d'où provenait le signal. Une vieille dame l'occupait, maigre, les yeux à la fois paniqués et extatiques. Elle me dit que c'était son premier vol et elle s'est mise à me raconter de sa voix aigrelette, que j'entendais à peine, combien elle était excitée et que, comble de l'infortune, elle devait déjà se rendre aux toilettes. J'en ai conclu que je devais l'aider, mais j'étais occupée. C'était le moment de préparer la distribution des repas.

— Pourriez-vous patienter quelques instants?
— Oh non, pas question, sinon il faudra me trouver un siège sec.
— Il n'y a personne pour vous aider?
— Non, je voyage seule. Mon fils m'attend à l'aéroport. Je ne l'ai pas vu depuis onze ans. Je me suis enfin décidée à monter dans un avion pour lui rendre visite et il...

Je la trouvais sympathique, mais je devais me décider à l'interrompre, le service ne pouvant pas vraiment attendre.

— Bon, allons-y, je vais vous mener aux cabinets.
— Merci, ma petite, merci beaucoup.

Il me fallut encore une fois user de tous mes maigres talents de conciliation pour faire passer ma dame avant ceux qui attendaient déjà. Ça maugréait. Comme il se devait, les toilettes étaient congestionnées par quelqu'un qui mit une éternité à sortir. À voir son air, cela avait dû être pénible. Ma dame, accrochée à mon bras, soupirait de plus en plus fort, et j'étais persuadée que j'allais recevoir d'un moment à l'autre une chaude ondée sur mes chaussures. J'ai précipité la dame à l'intérieur dès que la voie a été libre, mais au moment où j'allais refermer, elle s'est retournée et m'a demandé de l'attendre, car elle était incapable de s'essuyer, surtout dans un espace aussi contigu. J'étais sciée. Que pouvais-je faire? Ceux devant qui j'étais passée, et qui attendaient impatiemment leur tour, riaient méchamment aux éclats, heureux de cette douce revanche. Et je craignais trop ce qui pourrait se produire si je laissais la dame livrée à elle-même. J'ai donc patiemment attendu que la dame fasse appel à moi. Un agent de bord m'a engueulée, me signifiant qu'il y avait autre chose à faire, ce qui redoubla les rires de mon assistance et aggrava l'état de ma pression sanguine. Enfin, j'ai entendu la dame qui m'appelait. Je suis entrée dans la cabine pour procéder. Je ne sais pas comment, coincées ainsi, nous y sommes parvenues, elle cherchant un angle pour me présenter son postérieur, moi faisant des efforts proportionnés pour surmonter ma nausée. Finalement, nous sommes ressorties, sous les applaudissements des passagers qui allaient sûrement en faire des gorges chaudes durant des années.

Après avoir reconduit la dame à son siège, et après avoir coupé court à ses remerciements et aux effusions de sa gratitude, je me suis ruée à la cuisine pour prendre mon chariot et pour commencer la distribution des plateaux de repas dans ma section. Je devais être tombée sur un lot de congressistes réunis tous en même temps pour mettre fin à leur jeûne. Ils étaient affamés jusqu'à en être enragés, et j'ai eu droit aux regards désapprobateurs de chacun parce que je me présentais en retard. J'étais toujours bloquée par les gens qui allaient et venaient, surtout ceux qui avaient déjà terminé leur dîner et qui faisaient leur promenade de digestion en déambulant dans les allées, trouvant sans doute le lieu et le moment bien choisis. Je ne pouvais rien leur dire, ils étaient dans leur droit, dixit le règlement, mais cela me compliquait la tâche et accroissait l'impatience de mes clients.

J'ai enfin terminé la distribution des repas. Vint ensuite un moment que je redoute toujours, celui où on sert le café en même temps que l'on ramasse les plateaux. Je devais revenir à la cuisine, vider mon chariot des plateaux non utilisés, mettre la cafetière, les boissons froides et les digestifs sur le dessus, et remonter les allées. À ce moment, l'avion entra dans une zone de turbulences, avec un sens de l'à-propos parfait. La catastrophe était inévitable, je la pressentais avec angoisse. Et comme toujours lorsqu'on s'attend à un malheur, il finit par se produire. Je n'étais pas à ma troisième rangée quand j'ai été frappée par-derrière par marmot s'amusant à échapper à sa mère qui tentait de le ramener à son siège. J'étais déjà penchée avec la cafetière pour servir un passager. La tasse s'est renversée sur lui. Il a poussé un hurlement de douleur et de rage. Il s'est relevé, impulsivement, à la vitesse de l'éclair et m'a asséné une violente bourrade. Je suis partie à la renverse et je me suis étalée de tout mon long. J'ai eu la chance que la cafetière tombe par terre sans trop se renverser au lieu de valser dans les airs et aboutir sur la tête de quelqu'un. Je me suis mise à pleurer de douleur, de découragement et d'amertume en tentant laborieusement de me redresser. Heureusement, ma collègue a pris la relève et est parvenue à calmer le passager en lui promettant le remboursement intégral des frais de nettoyage, une bouteille de champagne, courtoisie de la maison, etc.

Le voyage s'est poursuivi ainsi avec encore deux ou trois incidents mineurs (l'incontournable vomi du passager malade, le lait à faire chauffer pour le bébé, trop froid puis trop chaud, l'acheteuse invétérée qui veut essayer tous les parfums avant de signifier qu'aucun ne lui plaît), et c'est avec un soupir de soulagement, qui me vida d'ailleurs de mes dernières onces d'énergie, que j'ai mis le pied à l'aéroport, attendant de récupérer mes bagages, sous les regards goguenards de ceux qui s'étaient pourtant déjà bien assez foutus de ma gueule.

— Alors, pénible ce voyage, hein?

J'ai tourné la tête vers Patrick dont j'avais reconnu l'éternelle voix claironnante. J'ai fait un effort pour lui sourire, provoquant finalement la crampe prévue. Patrick m'était sympathique, même si je n'avais aucune affinité avec lui. Il avait été le premier à m'aider sur un vol, et je lui en avais toujours été reconnaissante. Cela se passait à la descente de l'avion. Une passagère m'engueulait avec véhémence, parce que je n'avais pu retrouver le sac à main qu'elle prétendait avoir oublié à l'intérieur. J'avais eu beau chercher et protester de mes efforts, la dame m'accusait de tous les maux, de manquer de professionnalisme et même d'être probablement une voleuse attendant de filer avec son précieux sac après l'avoir camouflé quelque part. Ça commençait à ressembler à de la diffamation, et je sentais que j'allais bientôt commettre une grave bêtise, comme la frapper ou lui cracher au visage, surtout qu'il s'agissait de ma première envolée et que j'avais eu à subir toute la tension nerveuse qui accompagne un nouvel emploi. Patrick avait suivi la scène de loin et il s'était approché pour prendre le relais, juste au bon moment.

— Chère madame, si vous voulez bien me suivre, je vais vous mener aux autorités policières qui enquêteront, avec tout le savoir et le doigté dont je les sais capables dans ce pays, pour déterminer si vous avez bien perdu votre sac à main ou s'il s'agit d'une manœuvre d'extorsion à l'endroit de la compagnie aérienne, dont malheureusement, vous comprenez, de plus en plus de passagers sont friands de nos jours.

Elle l'a regardé, tellement stupéfiée, qu'elle n'a pu prononcer une seule parole. Elle est partie en trombe et s'est engouffrée dans l'aéroport, où je l'ai entendue plus tard se disputer avec un douanier. Patrick éclata de rire.

— Rassure-toi, tu n'entendras plus jamais parler d'elle. Ceux qui perdent véritablement un bien précieux n'agissent pas ainsi. Ils espèrent tellement le retrouver et ils sont tellement à ta merci pour ce faire qu'ils font tout pour ménager tes sentiments et te gagner à leur chagrin. Ceux qui gueulent n'ont pas la conscience claire, c'est du moins ma théorie.

Je lui ai souri, éperdue de reconnaissance. Sous le coup de

l'émotion, je lui ai offert de prendre un verre, après le service, au bar de l'hôtel où séjournait l'équipage, invitation qu'il a acceptée avec un enthousiasme presque suspect. Mais Patrick était ainsi. Tout l'amusait. C'était un pilote consciencieux, mais perçu par la plupart de ses collègues comme un original dont il valait peut-être mieux se tenir à distance. J'ai failli inventer un prétexte pour annuler, voyant son empressement à accepter mon offre. Finalement, nous nous sommes retrouvés au bar. Il a pris trois consommations, sur mon compte, et m'a raconté toutes sortes d'anecdotes plus ou moins roublardes. Il a insisté, sans que je puisse le contrer, pour me raccompagner, et m'a offert ses meilleurs vœux de bonne nuit avant de regagner sa propre chambre. Il n'avait rien demandé, il avait passé un bon moment, c'est ce qu'il m'avait dit, et apparemment il n'en exigeait pas plus. Ça tombait bien. J'étais rompue de fatigue. Comme ce soir, d'ailleurs.

Donc, Patrick me demande de mes nouvelles. Je lui raconte en gros les points forts de l'envolée, en l'enviant de ne rien vivre de tout ça dans son poste de pilotage.

— Tu sais, contempler des cadrans, des boutons et des manettes pendant plus de neuf heures, ça n'a rien de particulièrement exaltant. On fera un échange un de ces jours!

J'ai ramassé ma valise. Patrick surveillait la sienne avec un intérêt manifeste. J'allais le laisser, quand il m'a accrochée par le bras.

— Pas si vite, hôtesse chérie. Quand on a vécu une journée d'enfer, il n'y a qu'un seul remède: une soirée signée Patrick. Ah, voici ma valise, enfin. Il y a là-dedans une bouteille de madère qui a l'âge de mon grand-père et je la partage ce soir avec un groupe d'amis. On se retrouve dans trois heures chez moi, et tu n'as rien à dire, tu es invitée.

— Dis donc, tu as la santé. Tu ne crois pas que la journée a été assez longue comme ça? Et avec le décalage horaire en plus?

— Une petite douche bien fraîche, une heure de sieste et je te fais l'aller-retour Paris-Singapour d'une traite.

— J'ai bien peur de ne pas être aussi fringante.

— J'ai dit: pas d'objections. Tu n'es jamais venue à une de mes soirées. Viens, tu ne le regretteras pas. J'ai un cercle d'amis fidèles qui n'en reviennent pas de tout ce que je leur rapporte de mes voyages. Viens au moins goûter au madère, tu partiras quand tu en auras assez.

Et toujours avec ce sourire qui faisait qu'on ne pouvait rien refuser à Patrick. J'ai donc cédé. Je me suis dirigée à l'hôtel avec en poche l'adresse de son pied-à-terre. J'ai appliqué sa recette, une douche bouillante et deux heures de sieste. Je me suis réveillée en sursaut, j'ai enfilé mes vêtements dans un état second, et un taxi m'a déposée devant chez lui. Je commençais à émerger des brumes, mais j'étais convaincue que, d'un instant à l'autre, je tomberais endormie dans le premier coin venu.

J'ai eu à peine le temps de sonner qu'on a ouvert la porte toute grande et d'un seul coup. Une décharge de décibels m'a aussitôt assommée. Le salon attenant à l'entrée régurgitait une lumière vive, une musique tonitruante, des bruits de conversation assourdissants et le cri de bienvenue de Patrick. J'ai sursauté et je serais partie en courant, s'il n'avait pas eu le réflexe de m'emprisonner le bras et de me tirer de force à l'intérieur de son logement. Évidemment, il n'allait pas rater l'occasion d'y aller d'un petit numéro.

— Écoutez tous, je vous présente Joana, la crème des agents de bord, pour qui il y a deux sortes de passagers, ceux dont elle fait de la chair à pâté et ceux qui la réduisent en bouillie!

J'ai entendu des salutations à la ronde, et Patrick m'a amenée vers une table dressée au milieu du salon sur laquelle trônait sa précieuse bouteille et diverses choses qu'il m'a identifiées en vitesse, avant de me filer un verre empli à moitié d'un liquide brunâtre.

— Tu as de la chance, une minute de retard de plus et tu n'aurais rien eu! Amuse-toi bien. On se reparle tantôt.

Il est parti dans une direction pour être happé par une gonzesse surexcitée, tout à fait le genre de Patrick, j'imagine. Après ce tourbillon, j'ai décidé de me retirer dans un coin un peu discret pour reprendre mon souffle et pour jauger la situation. J'ai déniché un meuble bas, juste à la hauteur de mes fesses pour que je puisse m'appuyer. Tous les sièges étaient déjà occupés. J'ai pris une gorgée machinale du liquide dans mon verre. J'ai été agréablement surprise de la chaleur et des saveurs qui accompagnaient cette gorgée, mais mon attention était surtout attirée par le tableau d'ensemble dont je commençais à cerner les contours. Il y avait d'abord l'appartement de Patrick. Ce que j'en voyais me faisait davantage penser à un bazar qu'à un lieu conçu pour les fonctionnalités bien précises généralement associées à un logement. Les murs étaient couverts d'objets (dagues, cimeterres, lyres, tambourins, sacs de cuir, colifichets), de gravures dont certaines semblaient très anciennes, mises côte à côte avec des tableaux abstraits aux couleurs confuses, des affiches de concert et de cinéma, tout ça en vrac. Les interstices demeurés libres étaient comblés par un nombre incalculable de photographies. Le mobilier jouait dans le même registre. Tout était parfaitement désordonné, mais cela semblait voulu, comme si on avait cherché à pratiquer un hétéroclisme raffiné, ce qui, pour moi, ne va pas tellement ensemble. Il y avait un fauteuil à languettes de cuir, une chaise en bois au dossier arrondi, un tabouret en plexiglas, une table basse en osier, un divan tellement profond qu'il fallait probablement un treuil pour s'en extirper, des socles dispersés un peu partout, chacun couronné d'une statuette africaine ou d'une sculpture aux formes indécises. On sentait les convives précautionneux, tous sur leurs gardes par crainte de culbuter un de ces socles et d'abîmer un objet en apparence précieux. Des étagères étaient encombrées de livres de toutes sortes, d'immenses armoires en bois peint, ornées d'innombrables moulures, s'alignaient côte à côte, sans que personne n'ose les ouvrir, de peur sans doute que le barda qu'elles devaient contenir ne s'écroule sur eux. Bref, un capharnaüm.

Après mon inspection générale à distance, je me suis mise à jeter des coups d'œil furtifs sur les amis de Patrick. Il y avait là un nombre à peu près égal de mecs et de filles, mais de style très différent, tant dans l'habillement que dans le comportement. Il y avait évidemment l'hystérique de service qui riait à strier les oreilles à la moindre blague stupide de la cour de mâles rampant à ses pieds. Il y avait une fille en sandales et en short. Sa chemise était déboutonnée, et je m'amusais à suivre les mouvements oculaires du type avec qui elle conversait, tentant discrètement de lorgner les rondeurs qui s'offraient trente centimètres plus bas. La gonzesse affichait une désinvolture trop affectée pour que ce déboutonnage soit dû au hasard. Elle-même semblait d'ailleurs hautement se divertir des efforts de son interlocuteur pour viser son bustier sans que ça ne paraisse. Une autre fille portait par contraste une longue robe, très belle d'ailleurs, que je lui enviais car, à part l'uniforme d'hôtesse que j'endure pour mon travail, je suis incapable de me supporter avec une robe. Je me sens étriquée et maladroite.

Je ne regardais pas de trop près, car j'avais décidé de passer inaperçue et de filer en douce dès mon verre terminé. Je regrettais un peu d'être venue. Je me sentais trop lasse pour faire l'effort de participer, et j'avais comme décidé que, de toute façon, je n'avais aucune affinité avec la population présente. Je réalisais qu'un motif secret de m'être pointée ici concernait sans doute le désir de rencontrer un type sympathique, quelqu'un de moins encombrant que Patrick, et que je pourrais revoir à l'occasion lors de mes escales fréquentes dans cette ville. Manifestement, cependant, tout le monde était en couple. Et les mecs que j'apercevais, coincés dans leurs petits vestons, les cheveux bien traités et leurs binocles sur le bout du nez, m'énervaient tous lorsque je les entendais par bribes discourir sur les vertus du madère comparé au xérès.

J'ai repris une gorgée et je me suis abandonnée quelques instants aux effets bénéfiques que ce liquide me procurait. Mon verre achevait; aussitôt après, je filerais. Je raconterais à Patrick que son madère m'avait rendue malade et que j'étais sortie sans déranger personne. Ce serait payant de voir la mine de Patrick lorsqu'il apprendrait que son précieux nectar m'avait indisposée.

À ce moment, j'ai aperçu du coin de l'œil un raseur qui s'approchait de moi. J'ai fait semblant d'être distraite et j'ai affiché un air renfrogné, manière de lui refroidir les initiatives. En vain.

— Vous vous emmerdez?

J'ai fait la sourde. Mais j'avais affaire à un entreprenant.

— Hé! Vous vous emmerdez?

En réprimant un soupir, je me suis tournée vers lui. Il portait un pantalon en velours côtelé (quelle horreur), un lainage en laine synthétique et des lunettes sur le dessus de la tête. Ça lui faisait au moins un signe distinctif, comparé aux autres. Des pellicules mouchetaient ses épaules, ce qui m'a amenée à remarquer ses cheveux gras. Une belle tache, d'origine inconnue, ornait son genou gauche, et le collet élimé de sa chemise laissait deviner quelques jours de fonction. L'habituel mâle quoi. Une fois mon inspection accomplie, je me suis consacrée à sa question qui m'avait plutôt surprise. Je ne me doutais pas que mon ennui paraissait autant. J'ai décidé, à tout hasard, de lui répondre franchement.

— Oui, un peu.
— Juste un peu? Allons, allons, un peu d'effort tout de même!

Je n'ai pas compris ce qu'il voulait dire. Décidément, je sentais que ça allait être les grands esprits entre nous. À court d'idées, je lui ai octroyé un mince sourire, sans répondre.

— Vous êtes une amie de Patrick?
— J'ai cette chance, apparemment.
— Mon certificat de naissance mentionne Joël. Et vous?
— Moi, c'est Joana. Et j'ai beaucoup de difficulté avec le vouvoiement en dehors de mon travail.

Il a hésité quelques secondes, forgeant sans doute une réponse destinée à m'épater.

— Nos noms commencent par la même lettre. C'est curieux, ma femme, ou ma conjointe, si tu préfères, ou encore ma concubine comme on disait dans le temps du péché, se nomme Janine.

Je n'étais pas du tout certaine qu'il m'amusait. Mais mon verre n'était pas terminé, et je n'avais pas encore forgé le prétexte pour filer. Le coup du mal au ventre ne pouvait plus vraiment fonctionner. Je ne suis pas comédienne à ce point.

— As-tu un travail? C'est quoi ton travail?
— Agent de bord.
— Hôtesse de l'air?

J'ai senti une désagréable poussée d'adrénaline m'envahir le système sanguin au ton qu'il avait employé pour répéter «hôtesse de l'air». Il y avait peut-être une mauvaise interprétation de ma part, mais j'étais sûre que ça ne me plaisait pas.

— Torcheuse de passagères lors de leur baptême de l'air! C'est plus respectable ainsi?

Il m'a regardée, surpris. Il soupesait les deux volets de ma réponse, se demandant sans doute ce que c'était que de nettoyer des passagères trop émues de leur premier vol, et pourquoi je lui demandais si c'était plus respectable, puisque, après tout, rien ne certifiait qu'il trouvait ce métier dégradant. Je regrettais un peu ma brusquerie et j'ai émis un petit rire pour désamorcer la tension qui s'installait.

— On s'est mal compris. C'est la première fois que je rencontre un agent de bord, même si je connais Patrick depuis des années. À ma connaissance, c'est la première fois qu'il invite une collègue chez lui.
— Ce n'est pas la réputation qu'on lui colle. Et ton travail à toi, c'est quoi?
— Ah, je suis rédacteur pour une compagnie d'informatique...

Il avait dit cela avec un ton un peu désabusé, pour faire modeste sans doute, même s'il estimait que ça valait cent fois mieux que ma situation. Mais je fus soudainement plus attentive à sa conversation. Ce Joël commençait finalement à m'intéresser. J'avais écrit un petit texte quelque temps auparavant. J'avais envie de le faire lire à quelqu'un d'un peu compétent et d'obtenir un point de vue pour m'aider à le peaufiner. Un rédacteur était sans doute une personne indiquée. Il pourrait certainement corriger les faiblesses du texte, sans porter un jugement littéraire dont je n'avais cure.

— Ça consiste en quoi, ce boulot?
— Eh bien, la compagnie pour laquelle je travaille produit des logiciels, principalement dans le domaine graphique, tu vois? Des logiciels pour faire des illustrations, traiter des images, dessiner des plans d'architecte, ainsi de suite. Ils ont aussi une division de logiciels de jeux. En fonction de la demande et du marché, la priorité est mise sur le développement de produits spécifiques. Je

suis alors prêté à un ou l'autre de ces secteurs pour rédiger le guide d'utilisateur, c'est-à-dire un livre explicatif qui décrit le fonctionnement du logiciel à l'éventuel acheteur.

— Pas mal, tout ça. Je me verrais assez bien faire ce travail.

— Oui, il y a des côtés intéressants, même si ces manuels ne sont lus par personne et qu'ils ne servent pas à grand-chose. Vois-tu, j'aime écrire et j'ai toujours aimé écrire. Le problème, c'est que je n'ai rien à dire. J'ai déjà fait quelques essais, mais je n'ai décidément pas la veine de l'écrivain. Il y a longtemps que je suis fixé à ce propos. Toutefois, en étant rédacteur, je peux composer des textes, ce que j'adore faire, mais à l'intérieur d'un cadre entièrement tracé d'avance. Les chapitres sont déjà bien ordonnés avant même que je démarre la rédaction: une section générale sur les fonctions, une autre sur les droits d'utilisation, une autre sur les configurations techniques requises, ainsi de suite, autant de chapitres qu'il y a de grandes fonctions dans le logiciel, des exemples, des écrans et des rapports, un index, une table des matières, etc. Ça va tout seul. Pour moi, c'est très bien comme ça, je n'ai à m'occuper que des phrases et de la structure du texte. Je n'ai pas en plus à trouver des idées, un sujet, une intrigue, des personnages. Je n'ai aucun talent pour ça.

— On dit toujours ça. Mais, même moi, j'ai écrit une nouvelle...

— Ça n'a toutefois pas que des bons côtés. Il faut constamment être en contact avec les programmeurs...

Il n'avait peut-être pas entendu, absorbé qu'il était dans son monologue. J'aurais souhaité qu'il m'invite à lire mon texte. Il faudrait m'y prendre plus explicitement.

— ... qui font leur travail à moitié. Pour rédiger convenablement mon manuel, je dois bien sûr utiliser leur logiciel et le connaître à fond. Or, les programmeurs en profitent pour me laisser le soin de détecter et de leur signaler les erreurs, au lieu d'effectuer les tests eux-mêmes. Je passe la moitié de mon temps à noter les fautes de français (je veux bien admettre qu'ils n'ont pas à savoir écrire comme Racine pour programmer, mais ils pourraient au moins utiliser le dictionnaire), les anomalies d'affichage, les gels du programme qui obligent à éteindre et à repartir l'ordinateur, et j'en passe. Le contrôle de la qualité, c'est moi. À force, j'ai fini par devenir critique. Et en tant qu'utilisateur régulier, je peux assez bien déterminer maintenant les perfectionnements qu'il serait opportun d'apporter à l'interface. Alors, d'une part, j'amène aux programmeurs la longue liste des problèmes à corriger, et, d'autre part, mes suggestions d'amélioration. Dans les deux cas, je me fais recevoir comme un fauteur de troubles, comme un éternel insatisfait, comme un sinistre individu maniaque et méticuleux. Bref, il me faut déployer des trésors de persuasion pour simplement les amener à corriger «sauver» un fichier par «enregistrer».

— Les patrons, ceux qui s'occupent de la boîte, ne s'intéressent pas à la qualité de leurs logiciels?

— En fait, ils ne s'aperçoivent pas de grand-chose. Lorsque le logiciel est lancé, il est en général impeccable. Car, je finis toujours par avoir gain de cause. Dans le fond, les programmeurs savent bien que j'ai raison. Seulement, ils y mettent une mauvaise volonté crasse. Ce sont des artistes, vois-tu. Ils laissent aux êtres inférieurs dans mon genre le soin de régenter les méandres de la langue française, mais ils détestent mettre les mains sous le capot.

— Tu exagères un peu, non?

— Eh bien, disons que je profite de mon auditoire pour me défouler un peu. Ce n'est pas comme ça avec tout le monde. Étrangement, d'ailleurs, il y a quelques femmes programmeurs, et c'est avec elles que j'ai le moins de difficulté. Il faut y mettre la forme, cependant. Jamais les aborder de front, toujours m'introduire avec un petit mot gentil, toujours laisser croire que je suis le méchant qui leur apporte du travail fastidieux, mais que les connaissant et me fiant à leur sens professionnel sans borne, je suis certain qu'elles se feront un devoir d'apporter les corrections voulues dans les plus brefs délais.

— Je voudrais bien être témoin de ça.

Il s'est mis à rire, un rire franc où perçait une légère pointe de sarcasme, mais en même temps un rire comme en produisent ceux qui ont une bonne estime de soi et qui concluent ainsi les bons coups qu'ils racontent.

— Mais je parle, je parle. Je vois que nos verres sont vides. Ne bouge pas, je reviens tout de suite.
— C'est que je dois partir justement...

Peine perdue, il était déjà rendu au buffet. Je me demandais un peu quoi faire. J'étais éreintée, mais en même temps sa conversation (ou était-ce le madère?) m'aidait à reléguer aux oubliettes les tourments de la journée. Avant que je puisse me décider, il était déjà revenu avec deux nouvelles coupes. Il m'a tendu la mienne, avec les yeux brillants.

— Goûte-moi ça, un Latour de 1982!

Décidément, c'est une manie dans le cercle d'amis de Patrick. Goûte par-ci, goûte par-là. Je n'avais aucune idée de ce qu'était un «La Tour», mais j'ai avalé une gorgée avec un plaisir calculé, pour faire bonne contenance.

— Mais, au fait, toi, parle-moi de ton travail. Je t'assure, je n'ai pas voulu paraître moqueur tout à l'heure. Je vais même te faire une confidence. J'ai rencontré Patrick à l'école de pilotage. J'ai abandonné au bout de deux mois, ce n'était pas pour moi, mais je n'en éprouve pas moins une grande passion pour les avions. J'aimerais bien que tu me racontes comment ça se passe durant un vol, vu de l'arrière-scène.

On ne me demande pas souvent (en fait, je crois même que

c'était la première fois) de parler de mon travail. J'ai choisi un métier que tout le monde connaît par définition (une hôtesse de l'air, ça travaille dans un avion) mais qui, pour une raison qui m'échappe, ne semble intéresser personne. Il y a bien sûr le fait que plusieurs clichés tenaces sont galvaudés à propos de notre travail, comme d'affirmer que l'apparence est plus essentielle que l'intelligence, que les femmes fortes, âgées ou portant des lunettes n'ont pas le droit de postuler, que notre travail se ramène à un simple rôle de placier, etc. Tout ça m'a un peu affectée au début, même que j'ai hésité avant de m'inscrire à la formation. Avec le temps, j'ai fini par me foutre complètement des préjugés (enfin, pas toujours, si j'en juge par la réaction que j'ai eue vis-à-vis de Joël lorsqu'il m'a demandé quel était mon travail), surtout à partir du moment où j'ai réalisé que mon rôle, loin de se ramener à un simple guide des places assises, en était beaucoup plus un de relations publiques et d'assistance. Combien de fois suis-je intervenue pour retrouver des bagages, soigner des blessures, réconforter des passagers angoissés à bord d'un avion? J'ai souvent eu droit à des expressions de gratitude qui m'ont toujours rassérénée dans mon choix de métier et qui ont fini par me le rendre attachant. Cet aspect caché des choses, cependant, c'était la première fois, pour autant que je me souvienne, que quelqu'un s'en informait. Je voulais bien répondre à ses questions, mais je doutais un peu de sa sincérité à m'écouter. J'avais un peu l'impression que ce type faisait ça par politesse, qu'il se fichait éperdument de ce que j'allais dire, à part le fait que ça lui permettait de reprendre son souffle avant de ramener le crachoir à lui. Pour éprouver sa sincérité, j'ai décidé de m'amuser à lui tendre un petit piège, manière de m'assurer s'il était un minimum attentif lorsque je parlais.

— Moi, j'aime bien mon travail, malgré certains aspects stéréotypés. Ce que j'aime le plus, cependant, c'est lorsque le pilote me cède son siège et que je pose l'appareil à sa place. Il y a aussi les moments...

— Pardon? Attends un peu là, tu dis qu'il t'arrive de poser l'appareil toi-même?

— Non, je n'ai pas dit ça. Comment veux-tu que je fasse atterrir un Boeing? Il faut quand même une certaine formation, non? Tu dois le savoir, tu prétends avoir suivi deux mois de cours de pilotage avec Patrick.

— Mais qu'as-tu dit alors?

— J'ai dit que ce que j'aimais le plus, c'était de m'asseoir aux côtés du pilote lors de l'atterrissage et de le regarder manœuvrer.

— Je prends rendez-vous dès demain avec mon audiologiste!

J'ai éclaté de rire malgré moi. Son expression de surprise en valait la peine. Finalement, peut-être était-il vraiment intéressé à m'entendre gloser sur mon métier. Je lui ai globalement raconté la journée que je venais de passer, le problème des décalages horaires, comment mon organisme réagissait à tous ces changements. Je lui ai aussi parlé de moments plus marquants et plus valorisants, comme lorsque j'ai sauvé la vie d'un passager. Tout ce temps, il ne m'a pas interrompue un seul instant, sauf pour me demander des précisions. Et de parler de ma journée et de mon travail me fit grand bien. Je me rendais compte qu'avec tous les déplacements qu'exige le boulot, je ne rencontre pas tellement de gens en dehors des collègues de travail. Évidemment, avec eux, il n'est pas question de raconter ses journées. Pourtant, je constatais le soulagement à décrire à quelqu'un d'attentif le déroulement de mon quotidien. Cela me procurait un certain recul et me faisait considérer le travail sous un autre angle, dans lequel les actes et les événements prenaient leur place d'une manière plus équilibrée et moins disproportionnée.

Je désirais quand même ramener sur le tapis ce petit texte que j'avais pondu quelque temps auparavant. C'était la première fois que l'idée me venait de composer un texte de fiction, et je m'estimais assez satisfaite du résultat, compte tenu du fait qu'il s'agissait de mon premier essai. Je souhaitais le faire lire à quelqu'un, pas tant pour aller chercher des louanges que pour obtenir un point de vue critique et des idées qui pourraient me servir pour une nouvelle tentative. Joël était la première personne que je rencontrais qui pouvait peut-être me rendre ce service. J'ai tenté de réintroduire le sujet par un biais.

— Dis-moi, comment devient-on rédacteur?

— Oh, ce n'est pas bien compliqué, il me semble. Évidemment, il faut certaines dispositions, entre autres, tu t'en doutes, savoir aligner plus de trois mots à la suite, et si possible sans faire d'erreurs. Il y a aussi le fait qu'en informatique, la langue anglaise exerce une sorte de monopole qu'il est un peu vain de nier, qu'on le regrette ou non. Alors pouvoir écrire en anglais et traduire d'une langue à l'autre m'a été nécessaire avant d'aspirer à ce travail.

— Mais ton emploi actuel, par exemple, comment ça s'est passé pour que tu l'obtiennes?

— D'une manière un peu bizarre. Je connaissais quelqu'un qui avait des contacts avec la compagnie. C'est souvent comme ça d'ailleurs qu'on parvient à dénicher un gagne-pain. Un jour, il m'annonce qu'il leur a parlé de moi, car ils étaient à la recherche d'un rédacteur. Ça tombait bien, je venais juste de terminer un petit boulot alimentaire et mes cours du soir. Je décide d'adopter la méthode inquisitrice. Je me pointe en vitesse, j'atterris à la réception, j'appuie mes deux poings sur la table, j'affiche mon air le plus déterminé et je demande à la préposée de parler immédiatement au directeur des ressources humaines. La fille se met alors à rire d'une manière convulsive. J'étais un peu désemparé. Elle me dit: «C'est une petite compagnie ici. Si vous voulez un job, c'est par moi que ça passe!» Je lui dis que je viens pour le poste de rédacteur. Elle me répond, avec beaucoup de tact, histoire de me mettre à l'aise et de m'encourager, que je suis déjà le dix-huitième candidat. J'insiste quand même pour une entrevue, car bien entendu, personne ne me va à la cheville. L'ennui, c'est que je n'avais aucune expérience dans le métier, le pire étant que je savais à peine distinguer un micro-ordinateur d'un appareil de télévision! Je m'étais préparé toute une série de réponses pour le cas où on aborderait la question de l'expérience. À ma grande surprise, rien de tout ça n'est arrivé. La préposée m'a remis un texte imprimé et un crayon, et elle m'a désigné un petit guéridon un peu en retrait. «C'est parti. Vous avez trente minutes pour me corriger toutes les fautes. Bonne chance.» Au même moment, elle a déclenché une petite minuterie placée avec ostentation sur son comptoir. Je me suis installé en vitesse sur le minuscule meuble, délibérément inconfortable, j'en étais sûr, et je me suis attelé à corriger les participes passés, les anglicismes et les erreurs de convention.

— C'est quoi ça?

— Les erreurs de convention?

— Oui.

— Oh, j'appelle comme ça les fautes qui concernent la manière d'écrire les nombres, les adresses, les noms de ville, etc. Par exemple, on écrit quatre-vingts avec un «s» à vingt, mais quatre-vingt-quatre sans le «s» et avec des traits d'union. La langue française est truffée de pièges de ce genre.

— Oui, j'ai remarqué.

J'avais appris le français avec mon père, lorsqu'il avait été affecté à l'ambassade de Paris. Comme je connaissais déjà l'espagnol et passablement bien l'anglais, j'ai pu rapidement assimiler la langue, mon système cognitif, comme j'avais lu une fois, étant déjà bien adapté à cet apprentissage. Mais j'ai toujours été un peu horrifiée par l'exception qui confirme la règle, surtout durant la rédaction de ma petite histoire. J'avais choisi d'écrire en français simplement parce que j'étais en escale en France quand les idées me sont venues, et aussi parce qu'il s'agit du pays où j'ai séjourné le plus longtemps dans ma vie. Il n'y avait aucun rapport entre le pays et le sujet de mon histoire, mais c'est comme ça que ça s'est passé.

— Alors, je ramène ma correction au bout de vingt-six minutes, bien chronométrées. La fille m'envoie poliment promener. «Merci, nous vous appelons s'il y a du nouveau, au revoir.» Je suis reparti déprimé et la queue entre les jambes. Oh, pardon, c'est une expression...

— Oui, oui, je connais, c'est pas grave.

— Mais au bout de huit jours, alors que j'avais déjà oublié cette histoire, le téléphone rugit et j'entends qu'on m'offre le poste, moyennant un salaire qui, pour moi, était plus que convenable. J'étais estomaqué. Pas d'entrevue, je ne rencontre qu'une personne à la réception, je passe un test et on me déroule le tapis rouge sans autre formalité. Je me suis pointé à la compagnie, un peu méfiant. La même personne était toujours assise à son comptoir. Elle me fait patienter quelques minutes et m'emmène ensuite dans un bureau où je suis «accueilli» par un type tendu et surmené qui me fait remplir des tas de formulaires. Quand j'ai eu enfin terminé mes griffonnages, il me fait signe de le suivre, me désigne un bureau au bout du couloir et me dit que c'est là que je m'installe. Avant même d'avoir le temps de poser une question, il avait déjà tourné les talons et était retourné à son bureau répondre au téléphone, consulter son ordinateur et se préparer un café. Un bureaucrate-orchestre. Je me suis dirigé dans mon aire de travail, un peu penaud. Il y avait un bureau, un téléphone, un classeur, l'inévitable néon au plafond, et dans le coin droit, pesant vingt-deux kilos, mon adversaire pour les années à venir, un ordinateur. Comme je suis très fort en déduction, j'en ai conclu que ma première tâche consistait sans doute à me familiariser avec cet engin et le traitement de texte qui l'habitait. Heureusement, les manuels étaient à portée de la main. J'ai donc pu entreprendre mon apprentissage, avec les moyens du bord. Il m'a quand même fallu cinq minutes juste pour trouver l'interrupteur sur l'ordinateur!

Saloperie d'ordinateurs. Je me demande bien pourquoi on s'embarrasse ainsi d'un tel boulet, d'une quincaillerie aussi malcommode.

— Tu n'as jamais su pourquoi ton embauche s'était déroulée aussi cavalièrement?

— Oui, quand même. Tu te doutes bien que j'ai fini par rencontrer quelques personnes plus accessibles. Par recoupements, j'ai réussi à savoir que je m'étais classé troisième pour les tests. Mais heureusement pour moi, les deux premiers candidats ont refusé les offres, jugées insuffisantes. Le plus drôle, c'est qu'avec mes brillants états de service, on m'a accordé des augmentations qui ont amené mon salaire à un niveau supérieur à ce qu'exigeaient les deux autres. D'autre part, j'ai su aussi que l'expérience importait peu. Il existait déjà un modèle de guide d'utilisateur en vigueur dans la boîte. Alors, tout ce qu'on voulait, c'était que je me conforme au modèle. L'expérience avait peu à y voir dans ce cas, sous réserve, bien entendu, que je fasse montre d'aptitudes solides pour la grammaire et la langue anglaise.

— Et écrire toute la journée, ça te va?

— Oh, en fait, je n'écris pas toute la journée, je rédige, ce qui est bien différent. Je n'ai pas à me creuser les méninges pour des idées, je ne fais que décrire sur papier les fonctions d'un logiciel selon un plan préétabli. Ce n'est pas si exigeant, du moins pour moi. Comme je savais déjà bien dactylographier, maîtriser le clavier de l'ordinateur s'est avéré finalement assez simple. Je ponds à peu près vingt-cinq pages par jour, ce qui épate toujours les néophytes!

— Et tu n'as jamais écrit un petit texte pour toi-même, une histoire de fiction, un article, quelque chose du genre?

— Non, jamais.

Juste comme j'allais lui demander s'il désirait lire mon histoire, Patrick s'approche en coup de vent pour annoncer que tout le monde partait terminer la soirée dans un vague club que je ne connaissais pas. J'ai senti qu'il était alors plus que temps pour moi de lever l'ancre. En compagnie de Joël, les heures avaient finalement filé. Il était tard dans la nuit, et je réalisais tout à coup à quel point j'étais épuisée.

— Pas pour moi, Patrick. Je te remercie, mais il faut vraiment que j'y aille maintenant.

Évidemment, je savais à quoi je m'exposais. Patrick éclata en protestations véhémentes, comme quoi je ne pouvais pas lui faire ce coup, qu'un tel désistement constituait un flagrant manque de savoir-vivre, que j'étais une traître à sa patrie, et ainsi de suite. Je ne l'écoutais pas, attendant patiemment qu'il ait fini. Je crois bien cependant que j'y serais encore si Joël n'avait pas, lui aussi, annoncé son intention de partir. Patrick a alors eu un explicite sourire en coin, avant de lâcher une petite phrase moqueuse.

— Ah, je comprends, eh bien, dans ce cas, la galanterie m'impose de m'incliner.

Il a exécuté une courbette digne des plus grands marquis de l'époque avant d'ajouter:

— Je vous souhaite bon retour et bonne nuit, les tourtereaux. Joël, tu me la ramènes en forme demain, nous sommes sur le même vol.

Et il s'accroche sans transition à une autre conversation, nous laissant en plan, Joël et moi. Ce dernier m'a regardée l'air un peu gêné.

— Oh, au fait, je te raccompagne? Je suis venu avec ma voiture.

Je ne comprenais pas trop de quoi il s'agissait. J'étais un peu méfiante. Patrick nous avait-il tendu un traquenard? Joël semblait toutefois aussi pris au dépourvu que moi devant les allusions à livre ouvert de Patrick. Le fait que nous partions en même temps semblait interprété par notre hôte lubrique comme une entente préalable, prologue à d'autres chapitres plus intimes. Pris au dé-pourvu, mais mis ainsi sur la piste de me raccompagner, Joël m'offrait par pure courtoisie, du moins je l'espérais, un moyen de locomotion que je n'étais pas en mesure physique de refuser.

— Ça ne te dérange pas? T'es sûr?
— Oh, ça me dérange, c'est certain, sinon je ne te l'offrirais pas!

Très drôle, mais bon, j'avais une envie urgente de rentrer chez moi. Qu'il se sente forcé d'être poli ou non, tant pis pour lui. J'acceptais son invitation avec soulagement.

— Je te suis. On y va?
— Elle te suit! De mieux en mieux. Décidément, tu t'y en-tends, espèce de satyre!

Encore Patrick qui rappliquait à la volée. Je l'ai salué un peu froidement en le remerciant pour tout, poliment, à la prochaine, à demain, etc.

Patrick nous a débité son numéro de salutations, s'adressant surtout à Joël qui semblait d'ailleurs plus ravi que moi de la soirée qu'il venait de passer. Enfin, nous avons pu nous évader. Au moment où la porte s'est refermée sur une dernière exclamation de Patrick, j'ai eu le sentiment de me retrouver plongée dans une sphère hermétique, elle-même engloutie à des profondeurs abys-sales, tant le contraste sonore était grand. Le silence semblait complet. J'ai savouré brièvement le bonheur du moment, comme chaque fois que je sens qu'une épreuve est enfin parvenue à son terme. Puis j'ai suivi Joël dans l'escalier.

— Il ne faut pas en vouloir à Patrick. Lorsqu'il me voit partir avec une fille, il s'imagine toujours la même chose. Vois-tu, ma femme déteste Patrick. Elle trouve que c'est un personnage insupportable, ce en quoi elle n'a pas tout à fait tort. Mais comme elle est intransigeante, elle n'est pas en mesure, en contrepartie, d'apprécier ses bons côtés. C'est pourquoi elle ne vient jamais à ses réceptions. Elle est complètement inapte à simuler un peu de savoir-vivre. Elle n'éprouve d'ailleurs pas le moindre regret quand je tente de la faire saliver avec les délices servies par Patrick, pour la culpabiliser de n'être pas venue. Patrick, de son côté, est incapable de comprendre qu'on ne soit pas tous en adoration devant lui. Alors, il imagine le plus commodément du monde que si je ne viens pas avec ma femme, ce n'est pas parce qu'elle ne veut rien savoir de lui, mais bien parce que nous ne nous entendons pas bien. Une femme qui ne l'aime pas est, aux yeux de Patrick, une anomalie de la nature. Aussi, il me plaint d'être avec elle. Il est persuadé que j'endure mon pensum par lâcheté. Il croit aussi que je passe mon temps à me chercher des maîtresses, manière d'échapper un peu à mon ogresse. Ce qui n'est pas vrai, j'aime ma femme. Moi, je navigue entre tout ça, laissant chacun imaginer ses petits scénarios. Et jusqu'à présent, je n'ai pas frappé de récifs!

Je n'avais nulle envie de parler d'hypothétiques problèmes de ménage, encore moins des blessures d'amour-propre de Patrick. Dehors, l'air frais me fit du bien. Une odeur de terre humide et de rosée bonifiait l'atmosphère. Je me sentais revivre. J'ai escorté machinalement Joël jusqu'à sa voiture, aspirant à grandes goulées, sans doute aussi plus enivrée que je ne m'en étais rendu compte.

— Tu es garé loin.
— C'est chaque fois pareil. J'ai mis vingt minutes pour trouver une place de stationnement. Il a fallu que Patrick choisisse un coin inaccessible aux voitures et au transport en commun.

Sur le pare-brise, un joli rectangle plongea Joël dans une fureur difficilement contenue. Je suis sûre que, sans ma présence, il aurait hurlé et ameuté tout le quartier. L'orgueil a quelquefois du bon.

— Une contravention. Une contravention! Merde!

Il sifflait des rancœurs entre ses dents. Pourtant, il me semble, les contraventions sont dans l'ordre des choses de nos jours. Il s'agit d'une forme déguisée de stationnement payant. Il faut s'en acquitter au même titre. Il n'y a pas le choix, trop de véhicules sévissent dans les villes. Joël est entré dans la voiture et s'est installé au volant. Hors de lui, il avait oublié mon existence. Il allait partir le moteur, quand j'ai attiré son attention par mes petits coups sur la portière. Il était gêné. On le serait à moins.

— Désolé, il me faut toujours un peu de temps pour digérer une contravention. Je n'ai jamais compris comment un vulgaire bout de papier pouvait m'affecter à ce point.
— Si tu préfères, je peux rentrer par mes propres moyens.
— Non, non, ça va. Je suis remis maintenant. Où va-t-on?

Je lui ai indiqué le chemin que j'estimais le plus court. Heureusement, ce n'était pas un gros détour pour lui. Dans son état, j'aurais craint qu'il me frappe. Mais comme s'il lisait dans mes pensées, Joël tenta de revenir à de meilleurs sentiments. Avec son plus beau sourire, il m'a demandé comment j'avais aimé cette soirée.

— Alors, quand même, ce Patrick, il sait recevoir, tu ne trouves pas?
— Oui, oui.

J'étais distraite. J'aime la nuit, surtout après une pluie, comme maintenant. La chaussée grise et poussiéreuse revêt soudainement des couleurs vives. Les enseignes lumineuses, les devantures des cafés, les réverbères, tout ça se reflète dans les flaques d'eau et sur le bitume trempé. Les contours deviennent flous, de nouvelles formes apparaissent. Selon l'état de la chaussée, le même reflet se transforme au moindre déplacement. Pour moi, il s'agit toujours d'un instant magique. Il est rare que je ne sorte pas effectuer une marche après une averse. Le monde moiré qui m'apparaît alors me fascine.

Devant mon manque de loquacité, Joël n'a pas insisté. Un silence embarrassé s'est installé entre nous. J'étais trop fatiguée pour être polie. Mais je n'avais pas oublié que je souhaitais lui faire lire ma nouvelle. Nous étions arrivés. Joël a stationné en double devant mon hôtel, et s'est tourné vers moi.

— Bon, bien, voilà.

— Dis-moi.

— Oui...

— J'ai écrit une nouvelle il y a quelque temps. J'aimerais beaucoup te la faire lire et que tu me donnes ton avis.

— Une nouvelle... Un récit de fiction, une histoire, c'est ça?

— Exactement.

— Oh, je ne savais pas que tu écrivais. Ce serait avec plaisir, mais je ne suis pas certain d'être le plus qualifié pour jouer les critiques littéraires.

— Justement, ce n'est pas une critique comme telle que je souhaite. Seulement qu'on m'indique les fautes, qu'on me parle du style, et surtout qu'on discute des idées. Je crois que tu es exactement la personne qu'il me faut.

Un peu de flatterie ne fait jamais de tort. L'orgueil masculin en est fort friand. De toute façon, Joël était la seule personne que je connaissais à qui je pouvais demander cela. Je le trouvais sympathique et j'étais curieuse d'avoir son opinion sur mon texte.

— Dans ce cas, quand tu veux. Je te donne mes coordonnées. Tu n'as qu'à me faire signe.

— Merci beaucoup, je te contacte lors de mon prochain séjour.

J'ai pris congé avec une brève poignée de main et les remerciements d'usage. Je suis remontée à ma chambre pour m'écraser tout habillée sur le lit. J'ai immédiatement sombré dans un profond sommeil. Lorsque je me suis réveillée en sursaut quelques heures plus tard, j'étais en retard. C'était parti, encore une de ces journées en perspective...

Mémoires apocryphes

Ça pue. Pas exactement une odeur de pourriture comme on aurait pu s'attendre. Pour cela, il aurait encore fallu qu'il demeure quelque chose à pourrir. Non, en fait, ça pue à cause d'une senteur infecte de cramé. D'ailleurs, ça brûle encore un peu partout. Le ciel lui-même est ardent et renvoie une couleur indéfinissable. En tout cas, je n'ai jamais rien vu de tel.

Encore un. Brûlé vif lui aussi. Ça n'a pas dû être joyeux à voir sa position. Il est recroquevillé sur lui-même, avec, sans doute, un de ses enfants crispé après lui. Tous les deux méconnaissables. Affreux.

Je n'ai encore vu aucun survivant. Serais-je le seul? D'ailleurs, je me demande combien de temps je le demeurerai encore. La douleur est atroce. Je suis brûlé sur tout le corps, j'abandonne des lambeaux de peau à chaque pas que je parviens à accomplir. Deux jours que je n'ai rien bouffé, pratiquement rien bu. Je ne peux pas dormir, ni même m'étendre nulle part. L'air est irrespirable, chargé de soufre et d'une poussière âcre et dense qui me fait éternuer à chaque inspiration. Et cette chaleur...

Qu'a-t-il bien pu se passer? À perte de vue, les plus hautes constructions encore debout ne dépassent pas un mètre. C'est tout ce qui subsiste des murs. Ils sont couverts d'une suie épaisse. De temps à autre, j'aperçois les restes des habitants quand ils n'ont pas été ensevelis. On dirait que personne n'a pu fuir à temps, que tous ont été happés en pleine activité à une vitesse tellement fulgurante que l'on devine encore, par-delà l'horreur et la stupéfaction qu'ils expriment, les gestes qu'ils étaient en train d'effectuer.

Moi-même, j'ai vu ma peau noircir avant même d'avoir compris l'atrocité des brûlures. J'entendais encore le bruit épouvantable qui venait de se produire, tellement intense. J'ai, depuis, des bourdonnements incessants dans les oreilles. De plus, tout est tellement silencieux autour que je ne suis plus très sûr si j'entends encore ou non. Qu'est-ce que cela a dû être à la surface? Cette détonation retentit encore dans ma tête tellement elle fut intense, et ce, en dépit du fait que je me trouvais à vingt mètres sous terre, dans un local clos aux murs épais. Ça n'a pas empêché non plus l'air incandescent de m'atteindre. Je peux à peine me servir de mes mains.

Il fait si sombre. Et pourtant je suis bien certain que nous sommes en plein jour. Il n'y a aucun endroit où je puisse me reposer. Tout est encore trop chaud pour ma peau écorchée. À la plage, les galets et le sable sont brûlants. L'eau laisse échapper une vapeur tellement dense qu'on dirait un nuage à la surface.

L'horizon est complètement obstrué, brouillé. Et ça continue de flamber et d'obscurcir l'atmosphère. C'est insoutenable. Je suis épuisé, et je sais que lorsque je vais m'écrouler, ce sera pour carboniser pour de bon.

Il ne demeure aucun objet évidemment. Du moins, aucun objet qui ressemble à ce que je connais d'ordinaire. Des piles d'assiettes ont fondu et ont fusionné les unes aux autres en de dérisoires colonnes. Des boîtes de clous se sont volatilisées, ne laissant qu'un bloc métallique compact où on reconnaît à peine que ce fut des clous. Du verre, fondu également. Des bouteilles tordues, noirâtres. Il n'y a plus aucun repère identifiable.

Il m'est impossible de m'orienter. Aucun lieu, familier dans mon souvenir, n'émerge de ces amas de ruines. J'ai les yeux qui me chauffent. Je vois trouble. Mes paupières suppurent je ne sais quoi. Et je sens mes plaies qui commencent à s'infecter. Je perds souvent connaissance. Je m'affaisse et généralement ça me provoque de nouvelles brûlures.

Je n'en ai plus pour longtemps...

Mémoires apocryphes d'Auguste Cyparis. Le 8 mai 1902 à Saint-Pierre, Martinique, la montagne Pelée entra en éruption et projeta sur la ville une nuée ardente qui anéantit en quelques secondes la ville et ses 30 000 habitants. On ne retrouva qu'un seul survivant, un prisonnier du nom d'Auguste Cyparis, qui échappa miraculeusement à la catastrophe, protégé par les murs du cachot où il était détenu.

L'art sous toutes ses formes

— Ha, ha, très drôle...

— Quoi, tu voulais de l'humour, non? Tu avais semblé trouver ma première histoire un peu trop sérieuse.

— Ce n'est pas ça. Ce n'était pas le récit lui-même comme le sujet, l'apocalypse nucléaire et tout. Ça me semblait très pessimiste comme histoire, mais aussi je dois dire, et sans te vexer, un peu anachronique, du moins je l'espère. En lisant ton nouveau texte, j'avais l'impression jusqu'à la fin de lire une variante du même sujet. J'avoue que tu m'as eu. J'étais persuadé que tu t'étais engagée dans une autre croisade antinucléaire.

— Ça y ressemble fort, je l'admets. Curieux, n'est-ce pas, qu'une éruption volcanique puisse autant ressembler à l'explosion d'une bombe H?

— Oui. D'ailleurs, ça s'est produit ainsi à Pompéi. Au fait, j'ai déjà vu ce mot «apocryphe», mais je ne me souviens plus exactement ce qu'il signifie.

— Le mot désigne ce qui est accordé à quelqu'un mais de manière douteuse. Dans ce cas, c'est bien entendu très peu probable que le dénommé Auguste Cyparis ait relaté ainsi sa survie. C'est pourquoi j'ai utilisé les mots «mémoires apocryphes».

— Dis donc, pour une langue qui n'est pas la tienne, tu te débrouilles plutôt bien.

— Tu oublies que j'ai vécu longtemps en France. J'y ai pratiquement été élevée.

— Quand même, je suis un peu jaloux... Comment as-tu eu l'idée d'écrire cette histoire?

— En fait, l'idée est récente, mais elle s'inspire d'un voyage que j'avais fait en Martinique, il y a plusieurs années. J'avais décidé de coupler une escale à Fort-de-France, la capitale de l'île, avec une petite semaine de vacances. Je ne sais trop pourquoi d'ailleurs, puisque même si j'aime la mer, je ne m'y baigne jamais. Mais peu importe, le paysage est superbe. Entre autres, j'avais entendu parler du volcan appelé la montagne Pelée, tu le savais sans doute déjà. J'étais curieuse d'aller y jeter un œil, d'autant qu'on le voit de partout dans l'île, en général toujours recouvert d'une épaisse couche de nuages. Un matin, oh stupeur, le sommet est dégagé, le ciel est immaculé. Je me précipite à la voiture louée qui me servait à explorer tous les recoins de l'île, et je prends la direction de Saint-Pierre. En chemin, bien sûr, les nuages ont refait leur apparition, mais puisque j'étais partie pour ça, j'ai poursuivi ma route jusqu'au stationnement situé au pied des pentes. J'étais la seule visiteuse, ce que je trouvais surprenant, mais ce n'était pas pour me déplaire.

— Il n'y a pas de route qui mène au sommet?

— Non, de toute façon, ça ne servirait pas à grand-chose. J'ai appris par la suite qu'il est plutôt rare que le cratère soit visible. Mais il y a un sentier qu'on peut emprunter. J'ai entrepris mon excursion en me promettant d'aller le plus haut possible. L'air humide et parfumé me donnait des ailes, et j'avais le goût d'en profiter. J'avais cependant omis, dans la précipitation du départ, d'apporter des chaussures adéquates. Très rapidement, la boue et les cailloux glissants ont commencé à me causer des embarras. Mais tu commences à me connaître. J'avais décidé d'aller le plus haut possible et je n'allais pas m'arrêter pour si peu. J'ai marché ainsi péniblement...

— Masochiste avec ça?

— Si tu veux, mais j'avais besoin de cet air et de ce défi. Il me faut ça de temps à autre; ça me sort du carcan du boulot et de ma petite vie rangée. J'ai donc marché ainsi pendant environ une heure avant de finalement m'arrêter pour regarder un peu le paysage. C'était très beau, les maigres arbustes, à flanc de colline, nimbés de brouillard...

— Oh, nimbé, très huppé comme mot, ça!

— Oui, nimbé, c'est le mot qui m'est venu en tête. Et cesse de m'interrompre, plaît-il!

— D'accord, d'accord, palsambleu!

— De l'autre côté, j'apercevais tout en bas le stationnement et ma petite voiture rouge. J'avais les pieds trempés et je grelottais un peu. En regardant le paysage et la mer au loin, je me suis assise quelques minutes, histoire de prendre une décision, continuer ou redescendre.

— Le sens du défi s'estompait?

— Pieds mouillés brisent volonté. Mais avant d'avoir le temps de réagir, le brouillard s'est subitement épaissi et je me suis retrouvée plongée en plein dedans au point que je ne voyais même plus mes chaussures. J'ai commencé à redescendre en me disant que j'allais sûrement émerger bientôt de ce coton, mais rien à faire, je n'y voyais rien. Je commençais à être vraiment inquiète, surtout que le sentier longeait une pente plutôt abrupte. Il s'est finalement produit ce qui devait arriver. Dans mon empressement, et avec mon énervement qui augmentait à chaque pas, j'ai perdu toute prudence et j'ai trébuché sur une pierre. Je me suis étalée à plat ventre, tout juste au bord du ravin. Je l'ai échappé belle. Lorsque je me suis relevée, j'étais trempée et couverte de terre. Je rageais contre mon imprudence, mais, heureusement, je n'avais pas dévalé la pente. J'ai décidé qu'il valait mieux y aller autrement. Je me suis mise à quatre pattes et j'ai continué ma descente, tâtonnant des mains afin de reconnaître le sentier. Je devais être payante à regarder. Enfin, j'ai senti que ça se levait un peu. J'ai pu me remettre sur pied et atteindre le stationnement sans plus de mal.

— C'est ça la témérité.

— Au moins, j'ai essayé. J'ai quand même eu le temps de profiter un peu du paysage, et seulement pour ça je ne regrette rien. De retour à Saint-Pierre, j'ai été prise d'un urgent besoin. Je me suis arrêtée au premier emplacement trouvé, pour m'apercevoir que j'étais juste devant le musée de Saint-Pierre, dédié à l'éruption volcanique. J'avais d'abord eu l'idée de dénicher un troquet où j'aurais pu à la fois combler le besoin de me vider la vessie et celui de me réchauffer. Mais en voyant le musée, je me suis persuadée que ça ferait aussi bien l'affaire. Mon entrée n'est pas passée inaperçue, souillée comme je l'étais. Ma gueule de touriste égarée a cependant eu raison des commentaires et on m'a laissée visiter à ma guise. Après un détour aux toilettes, bien entendu.

— Tu dis que c'est un musée consacré à l'éruption volcanique?

— Oui, celle-là même qui détruisit la ville en 1902. C'est une histoire assez incroyable d'ailleurs. Le volcan donnait des signes d'agitation depuis quelque temps déjà. Il y avait eu de la fumée, de la cendre. Par contre, comme on était en période d'élections législatives, les autorités politiques y sont allées de leurs petits discours rassurants. Mais le matin du 8 mai, il est trop tard. Un nuage de fumée s'abat d'abord sur la ville. C'est la panique. Les gens, à peine sortis du lit, se jettent dans les rues, incapables d'adopter une conduite appropriée. De toute façon, ils n'ont guère de temps pour y penser. L'éruption se produit quelques minutes plus tard à peine. Un nuage de gaz, de cendres et de pierres incandescentes rase la ville en un rien de temps. Il y a eu environ 30 000 victimes.

— Et ce... comment l'appelles-tu déjà?

— Cyparis?

— Oui, ce prisonnier, il a été le seul à s'en sortir?

— C'est bien ça. C'était le genre un peu alcoolique sur les bords, grand amateur du rhum local, que je te recommande fort en passant. Il avait été arrêté en état d'ébriété et jeté au cachot. Comme le hasard fait bien les choses, le cachot était enfoui suffisamment profondément pour que le prisonnier échappe aux ravages en surface.

— Et il s'en est sorti.

— L'unique survivant de la catastrophe.

— Et qu'est-il devenu?

— Il a d'abord été gracié, comme si le fait d'avoir échappé à l'éruption n'était pas suffisamment un signe de grâce. Puis, il aurait changé de nom pour Ludger Sylbaris. Il s'est joint à un cirque, je ne sais trop à quel titre. Et c'est là, semble-t-il, qu'il a terminé ses jours.

— Il y a de ces destins, je te jure.

— En effet, on ne sait jamais ce qui va nous tomber dessus.

— Tu as tout retenu ça de ta visite au musée?

— En partie, oui. J'ai lu pas mal sur le sujet. Au musée, il y avait autre chose qui m'a frappée. Ce sont les vestiges récupérés dans les ruines. Ces objets ont quelque chose d'un peu sinistre car ils donnent une idée plutôt explicite de la chaleur dégagée par le nuage de gaz et par les souffrances subies par les habitants de la ville. Imagine: une vieille boîte en bois remplie de clous. La chaleur est si intense que non seulement elle carbonise le bois, mais également elle soude les clous les uns aux autres. Si bien que l'objet exposé est un rectangle composé de clous à moitié fondus. Un autre objet dont je me souviens, c'est la pile d'assiettes. Une pile d'environ une dizaine d'assiettes, toutes unies les unes aux autres. Cela avait quelque chose d'un peu irréel. Quelque part dans le musée on mentionnait d'ailleurs que ces objets avaient inspiré Picasso, le peintre. Tu connais?

— Oui, qui ne connaît pas Picasso?

— Eh bien moi! Avant cette visite, je ne me souviens pas d'avoir entendu parler de lui. Depuis, j'ai pu voir quelques reproductions de ses tableaux, que je trouve hideux en passant. Quand j'ai lu que ces machins informes récupérés des ruines de la ville lui avaient donné de l'inspiration, je n'ai pas été très impressionnée.

— Et pourquoi donc? La manière dont tu me les décris, ces artefacts ont quelque chose non pas d'irréel, comme tu dis, mais plutôt de surréaliste. Et ça ne m'étonne pas du tout que quelqu'un comme Picasso y ait vu des objets d'art moderne.

— Tu ne trouves pas ça ridicule?

— Pas du tout!

— Comment une boîte de clous fondus peut-elle s'apparenter à une œuvre d'art?

— Eh bien, c'est là tout l'enjeu de l'art moderne.

— Que veux-tu dire?

— L'idée de base est que l'art est désormais partout, et non seulement confiné à des objets bien circonscrits comme des tableaux ou des sculptures.

— Allons bon. Ça me semble une sorte de piège à cons!

— Oh, doucement. Le cheminement ne s'est pas accompli du jour au lendemain. Cela a commencé avec la photographie.

— La photographie?

— Oui. Lorsqu'elle a été inventée, vers les années 1840, cela a complètement transformé la manière de voir des gens, et, en particulier, leur manière de se voir. Auparavant, seuls les peintres et les sculpteurs possédaient le pouvoir de fixer un visage pour la postérité. Avec la photographie, tout le monde pouvait y aller de son petit numéro de pose et figer son apparence sur du simple papier. Au début, il s'agissait d'ailleurs de véritables séances de torture. Imagine devoir conserver la pose pendant environ vingt minutes, sans bouger d'un trait, le temps que l'émulsion de la plaque de verre capte la scène.

— Je n'aurais pas eu la patience, j'en ai bien peur.

— À voir le nombre de photographies qui nous sont parvenues et que l'on peut encore se procurer de nos jours, il faut croire que la patience ou l'orgueil était une vertu répandue à l'époque. Mais il est vrai que cela avait quelque chose d'exaltant. Aujourd'hui, la cueillette des souvenirs photographiques est devenue triviale.

— Et les peintres, alors, ils ont déclaré faillite?

— Au contraire. Grâce à la photographie, le travail des peintres, souvent asservis à des tâches officielles, comme réaliser les portraits d'aristocrates ou illustrer des scènes religieuses ou mythologiques, s'affranchit de ces obligations bassement alimentaires. Et les artistes peintres commencent à considérer leur métier sous d'autres angles. Ainsi sont nés les «impressionnistes».

— Ah oui, ça je connais.

— Tout le monde connaît les impressionnistes, ne serait-ce que par les sommes atteintes par les toiles connues lors des ventes aux enchères.

— Et, bien sûr, ce né sont pas les peintres qui en ont bénéficié.

— Pas tous, certainement. D'ailleurs, cette nouvelle orientation n'allait pas de soi. Il s'agissait d'un changement plutôt radical avec la peinture du passé. Au début, ils se sont simplement installés où ils pouvaient et ils se sont mis à peindre ce qui les entourait. Cela a débuté avec des excentriques comme Corot ou Courbet, puis avec Manet et enfin avec les autres, Monet, Renoir, Van Gogh, etc., tous devenus célèbres depuis.

— Je ne vois toujours pas le rapport avec des clous fondus.

— Ça vient. Déjà, avec les impressionnistes, les peintres ne se sentent plus obligés d'être fidèles à la nature, puisque la photographie fait ça beaucoup mieux qu'eux. Par contre, la photographie, en noir et blanc, qui plus est, ne constitue qu'une piètre réduction de la réalité. Va encore pour un banal visage, devant un décor de circonstance. On n'en demande pas plus à la photographie pour ces cas-là. Mais lorsque vient le temps de traduire le parcours d'un coucher de soleil sur une façade de cathédrale, le vent qui agite un champ de blé ou les reflets d'un pont dans un étang, on peut effectivement se demander si une photographie constitue le moyen le plus approprié.

— C'est beau, un coucher de soleil.

— Oui, c'est certain. Aujourd'hui, les appareils permettent de capter des moments qui passent très rapidement, trop rapidement pour qu'on ait le temps de les peindre. Par contre, à l'époque, rien ne valait la peinture pour la reproduction en couleur d'un paysage, et surtout pour transmettre l'émotion ressentie devant le paysage.

— Oui, mais il me semble qu'aujourd'hui on photographie à tout vent sans se poser beaucoup de questions.

— Et ça donne les résultats qu'on peut voir. De toute façon, un petit rectangle de papier ne pourra jamais livrer qu'une vague idée de ce que c'est censé représenter. Les impressionnistes, eux, ont compris ça tout de suite. Ils savaient très bien qu'il ne sert à rien de reproduire fidèlement ce que l'on voit. Ce qu'il faut, c'est davantage traduire le sentiment provoqué par ce qui est vu, de manière à ce que celui qui regarde ensuite le tableau puisse lui aussi éprouver ce même sentiment. C'est ainsi que cent ans plus tard, on peut encore presque sentir, comme si on y était, l'atmosphère d'un bal musette, rien qu'à admirer une toile de Renoir.

— Comment font-ils ça?

— La lumière, en particulier, les intéresse. Ils veulent répercuter sur la petite dimension de leur canevas les jeux du soleil et des reflets qui se présentent à eux lorsqu'ils peignent.

— Il me semble que c'est très ambitieux. J'aime bien les peintures de cette époque, du moins celles dont je me souviens, mais jamais je n'ai eu l'impression que cela remplaçait le vrai paysage.

— C'est bien certain. Une peinture à deux dimensions a bien peu de chance de se substituer à un vrai paysage capté par tous les sens. Les peintres impressionnistes n'étaient pas dupes. C'est pourquoi il faut davantage regarder leurs tableaux comme des interprétations de ce qu'ils ont vu, tout comme un historien va raconter des faits historiques en les interprétant selon sa sensibilité et ses principes.

— Et cela nous mène à dire que l'art est n'importe où?

— Bien sûr. Mais nous n'y sommes pas encore. Un peintre comme Cézanne a, à son tour, changé la manière de voir les choses. Lui, ce qu'il voulait, c'était de traduire l'immensité d'un paysage sur une petite toile. Il utilisait différentes couches de couleur, des aplats qui paraissent informes à première vue. Mais en les regardant dans leur ensemble, ils prennent tout à coup leur place. Pour un peu, on se croirait devant le même paysage que Cézanne contemplait.

— Je ne le connais pas, ce Cézanne.

— Peu importe. Après, on arrive à Picasso, ton fameux Picasso.

— Nous y voilà.

— Picasso aussi se sent frustré de ne pas pouvoir traduire tout ce qu'il voit dans un espace aussi réduit qu'une petite toile rectangulaire. Regarde-moi. De face, tu aperçois mes yeux perçants, mon nez vigoureux, ma bouche sensuelle...

— N'en mets pas trop, tout de même.

— Si je tourne ma tête, tu vois cette fois mon oreille, mes cheveux, mon noble profil. Et si je pivote la tête de l'autre côté, tu as droit à mon autre profil apollinien, semblable, mais différent du précédent. Tu as donc, parmi tant d'autres, trois aspects de moi, qui me composent, qui sont indissociables. Pourquoi, si tu peignais mon portrait, devrais-tu choisir un de ces aspects plutôt qu'un autre? Et quel aspect voudrais-tu privilégier?

— Grave question.

— En effet, c'est celle que Picasso s'est posée. Et sa solution a consisté à tenter de les représenter tous à la fois. On a appelé ça le cubisme.

— Comme un jeu de cubes?

— Pas vraiment. Plutôt à cause des formes géométriques qui résultaient de l'assemblage de différents points de vue, par exemple, lorsqu'il représentait en même temps un visage de face et de profil.

— Et ça donne le résultat voulu? On parvient à voir le sujet sous toutes ses coutures?

— Non, bien sûr. Encore une fois, on interprète la réalité. On ne peut en aucun cas la reproduire exactement, ce qui de toute façon n'a pas vraiment d'intérêt. Il n'y a qu'à s'installer devant l'original si c'est ce que l'on recherche. D'ailleurs, c'est à ce moment que les peintres ont commencé à remettre en question le sujet lui-même. Pour certains, il y avait sûrement mieux à faire avec de la peinture qu'à interpréter la nature ou la réalité telle qu'elle se présentait à leurs yeux. C'est comme ça qu'est née la peinture abstraite.

— La peinture où on ne comprend rien.

— Erreur. La peinture où on comprend ce que l'on veut bien comprendre, sans que cela ait forcément un lien avec un paysage, un personnage ou un objet. On commence à désintégrer les formes pour les ramener à leurs éléments de base, des jeux de couleurs, des rythmes, des lignes, des proportions, des contrastes, ainsi de suite. Et ces dispositions d'éléments de base suscitent des réactions ou des sentiments divers à celui qui s'en imprègne, par le simple jeu d'associations plus ou moins inconscientes. Une des expressions les plus radicales de cette approche est sans doute celle d'un peintre comme Mondrian. Lui, il s'est uniquement intéressé aux couleurs primaires, le bleu, le rouge, le jaune et accessoirement le noir. Ce sont les seules couleurs que l'on retrouve dans ses tableaux, évidemment, comme tu t'en doutes, très épurés. Ils étaient incompris à l'époque. Maintenant, ils inspirent les fabricants de vêtements. Comme quoi, les artistes façonnent les paysages de demain.

— On abandonne la réalité alors?

— Pour mieux y revenir ensuite. Pour l'instant, les peintres se concentrent sur ce qui caractérise leur métier et sur les outils qu'ils utilisent. Il y a les couleurs, il y a les formes, il y a aussi les dimensions de leurs tableaux. Dans la foulée, certains peintres vont créer des fresques immenses. Et il y a également le geste.

— Le geste? C'est quoi? Un signe cabalistique?

— Non, je parle du geste de peindre au sens large. Quand tu tiens un pinceau, que tu prends de la couleur et que tu l'étales sur un canevas, ton bras effectue des mouvements. Il se plie, il se déplie, il bouge, il change de direction. Peindre un tableau consiste à exécuter différentes séries de gestes de ce genre. Eh bien, tout un courant de peintres s'est intéressé à ce geste. Un peu comme si les compositeurs s'intéressaient au mouvement des doigts sur un piano, davantage qu'aux sonorités qui en résultent.

— Ça me semble d'un ridicule, je m'excuse. De la peinture, c'est de la peinture. Quelque chose qu'on finira bien par regarder de toute façon. Moi, je ne vois pas l'intérêt de pénétrer dans la cuisine.

— Et pourtant, beaucoup de tableaux de cette école sont, de mon point de vue, fabuleux. Il y a eu Mathieu, en France, Pollock aux États-Unis, Riopelle au Canada, et bien d'autres. Ils voulaient tous laisser une trace du geste de peindre sur une toile. Les résultats sont souvent étonnants.

— Si tu le dis...

— Bien sûr, rendu là, il ne reste plus grand-chose à explorer. Il y a eu les performances, où le geste de peindre est mis en spectacle, il y a eu les œuvres éphémères, qui s'autodétruisaient, au lieu d'être léguées à la postérité. Il y a même eu l'art conceptuel, où, cette fois, c'est l'idée même de l'œuvre qui devient le sujet de l'œuvre. Mais il y a eu surtout des artistes qui sont revenus à l'idée de sujet. C'est-à-dire à quelque chose de réel qui sera représenté dans une œuvre. Et ça y est, nous y sommes. On a appelé ça le pop art, ou, en France, le nouveau réalisme.

— Et ces gens, ils voyaient de l'art partout?

— En fait, ce qu'ils questionnaient, c'est la définition même de l'art. Pourquoi un objet dit artistique devrait-il exclusivement être un tableau exposé dans un musée? Ce qui compte, c'est la manière de voir ce qui nous entoure. Un feuillage, une palissade de bois, un bout de tôle rouillée, un entrelacs de pavés, tout ça, si on sait les regarder comme des objets d'art, on s'aperçoit que ça peut être très beau. Et même s'il n'y a pas l'arrière-plan d'un artiste ayant sué sang et eau pour achever son chef-d'œuvre, ce qui nous semble toujours un prérequis pour parler d'art, même encore aujourd'hui, il faut quand même reconnaître que l'écorce d'un arbre ou un tas de charbon sont d'une complexité visuelle qui n'a souvent rien à envier aux meilleurs artistes.

— Moue dubitative.

— Je te suggère d'essayer, tu verras. Prends l'exemple d'un type comme Christo. Il regarde un paysage, que des milliers de personnes ont vu comme lui, avant lui. Seulement, ces gens ne l'apprécient même plus, tant ils sont habitués à ses formes et à ses couleurs. Ce paysage fait désormais partie de leur vie, et il est intégré aux objets quotidiens, au même titre qu'une assiette ou une chemise. Christo, lui, il va simplement dérouler un tissu blanc de deux mètres de haut sur quarante kilomètres de long sur ce même paysage. Et tout à coup, ce banal paysage, qu'on ne remarquait plus, prend une autre dimension. Cette ligne blanche qui épouse les collines en fait ressortir les contours et les contrastes. Je me souviens d'un reportage sur ce projet. À un moment donné, on aperçoit de profil un vieux paysan, le visage buriné et ridé, du genre qui a tout vu et que plus rien n'impressionne. Il regarde, droit devant lui, ce même paysage qui s'offre à lui depuis tant d'années, mis un jour en valeur par cette longue ligne blanche. Et tout doucement, il prononce un seul mot: «Magnifique.» Ce seul mot, selon moi, motive, justifie et valorise tout l'art qui s'est fait depuis les années soixante.

— Ce Christo, c'est pas lui qui avait emballé le Pont-Neuf à Paris?

— Oui, c'est bien ça. Le Pont-Neuf n'est jamais apparu si superbe que lorsqu'il a été entièrement camouflé par une toile blanche.

— Que fait-on ensuite?

— Eh bien, nous en sommes un peu là. La réflexion de beaucoup d'artistes porte encore sur la question: «Qu'est-ce que l'art?» Mais à travers cette question, on s'interroge également sur son rôle social et politique, sur sa signification pour des individus comme toi et moi. De nouvelles questions surgissent, auxquelles tentent de répondre de nouveaux assemblages visuels et de nouveaux cadres de représentation. De plus en plus, actuellement, les artistes, à défaut d'autre terme, se demandent ce que l'on peut découvrir sur l'être humain, à travers les arts visuels. L'art, d'un produit de contemplation, se double maintenant d'un produit d'exploration. Moi, je trouve qu'il s'agit là d'une belle aventure.

— Je veux bien te croire sur parole. La prochaine fois que j'irai en Martinique, je retournerai au Musée pour revoir d'un œil neuf mes clous fondus.

— Tu m'en donneras des nouvelles. En attendant, il se fait tard. Je vais retourner chez moi et admirer mes deux chefs-d'œuvre que sont mes petites filles.

— Tu les vois comme des objets d'art?

— Pourquoi pas? L'art sous toutes ses formes, ça peut aussi s'appliquer aux êtres humains. Moi-même, ne dirais-tu pas que je vaux n'importe quel chef-d'œuvre?

— ...

— Bon, ça va. Je constate qu'il me faut encore éduquer mon public!

Mes «vacances» avec Joana

— Ça y est! Le contrat est signé!

Jérôme ne tenait plus en place. Il exultait. Il arpentait les couloirs, annonçant la bonne nouvelle à tout le monde. La compagnie venait enfin de conclure de longs mois de tractations et de jeux de coulisse pour remporter la mise. Nous allions équiper en logiciels éducatifs (c'est du moins l'intention) les écoles d'une petite ville, à la périphérie de Paris. Un lucratif contrat d'un million et demi en espèces sonnantes, ce qui peut sembler dérisoire, compte tenu de tout ce qu'il a fallu investir en temps et en efforts pour y parvenir. Mais cette rentrée d'argent était essentielle à notre survie. Avec ce contrat, la compagnie pouvait espérer tenir le cap encore quelques mois, sans compter la percée sur un nouveau marché. Comment une petite firme comme la nôtre a-t-elle réussi à damer le pion à de grosses multinationales? Mystère. Je n'ai pas été mêlé de près au dossier, et c'est tant mieux. Je préfère me tenir loin des compromissions et du léchage de bottes. Mais tout le monde ici n'en pousse pas moins un soupir de soulagement, conscient que cet afflux monétaire va assurer son maigre emploi pour encore quelque temps.

Les semaines ont passé dans un état de fébrilité palpable. La réalisation du contrat a suivi un cours endiablé, mais, pour une fois, la qualité était au rendez-vous. Notre produit, notre démarche et notre scénario d'implantation étaient rodés à merveille, du moins du seul point de vue qui compte, celui du client. Parvenir à livrer la marchandise a cependant nécessité, du personnel attitré au contrat, un investissement en temps et en énergie à la limite du supportable. Ce fut d'ailleurs un affreux révélateur des lacunes organisationnelles de l'entreprise. Tous les points faibles sont apparus en pleine lumière, et ce ne fut pas une mince tâche que de parvenir à les endiguer sans alerter le client. Au total, cependant, le résultat s'est avéré à la hauteur des attentes, sans compter, chose rarissime, que les coûts et les délais de livraison ont été respectés. Nous étions finalement arrivés au stade final, celui de la formation. Cela consistait à enseigner les logiciels aux éducateurs chargés ensuite de les inculquer aux élèves. Mes collègues, désignés pour ce travail, s'étaient envolés depuis quelques jours pour accomplir leur mission. Je les enviais, bien sûr. Ils étaient venus me consulter peu avant leur départ. Étant responsable du manuel qui accompagne les logiciels, je suis celui qui connaît le mieux leur fonctionnement d'ensemble. Les formateurs n'avaient eu que peu de temps pour en assimiler les différentes fonctions. Ils n'étaient pas très confiants de bien maîtriser tous les aspects, et ils craignaient, à juste titre, de se faire piéger par des questions qui trahiraient les limites de leurs compétences.

Je leur avais donc préparé un petit jeu-questionnaire, destiné à tester leurs connaissances et surtout à rehausser leur niveau de confiance. Lorsque je les ai ensuite vus partir, excités par le voyage et la noble tâche qui les attendait, j'ai soudainement éprouvé un bref moment de cafard. C'était plus fort que moi. Je venais de leur enseigner les petits trucs que j'avais débusqués moi-même dans ma prise de contact avec les logiciels, étape obligée avant la rédaction de la documentation écrite qui les accompagne. Tout ce travail de défrichage et de mise en place profitait maintenant à mes collègues. Et je les imaginais, logés dans de luxueux hôtels (décorum exige), réunis le soir autour d'un bon repas après une petite journée de travail. Je me disais que je pourrais aussi bien, sinon mieux, m'acquitter de cette tâche et bénéficier moi aussi d'une petite diversion dans la routine bien établie de mes journées.

— Où est ce taré de Gustave?
— Il est à Bruxelles. Il soumissionne pour le contrat du ministère de l'Éducation nationale.

— Merde, c'est vrai, j'avais oublié. Et Caroline? Ça y est, Caroline, elle peut sûrement m'aider.

— Caroline? Elle a quitté vendredi dernier pour son congé de maternité. Tu es en retard dans les nouvelles, Jérôme. Tu devrais te mettre à jour de temps à autre.

— Catastrophe...

— Si tu expliquais le problème, on pourrait peut-être t'aider?

— C'est ce demeuré de Jean-Michel. Il était tellement énervé de ce premier voyage qu'il s'est payé une gastro-entérite, sans mentionner une brosse monumentale au vin rouge. Il aura de mes nouvelles, celui-là.

— Et alors?

— Et alors? Alors, c'est qu'il nous manque un formateur. Et il est clairement stipulé dans le contrat que si le transfert de connaissances n'est pas terminé à la fin de la semaine, le client prend une retenue de dix pour cent sur la valeur totale du contrat.

— Qui a été assez débile pour accepter une clause pareille?

— C'est moi! T'as quelque chose à y redire ou tu veux aller tâter des indemnités de chômage?

— Bon, bon. J'ai rien dit. Les autres ne peuvent pas le remplacer?

— Non, j'avais prévu le nombre juste pour économiser les frais. J'ai discuté avec Monique et Marcel. Rien à faire. Avec le décalage horaire et les journées condensées que je leur ai imposées, ils sont sur le bord de craquer.

— Si je te suis bien, tu cherches quelqu'un à envoyer là-bas pour remplacer Jean-Michel.

— T'as tout pigé, Einstein.

— Et tu l'as profond, car tu n'as personne sous la main.

J'entendais de loin les vociférations de Jérôme. Je me suis peu à peu approché, l'oreille tendue. Je me disais que ça y était, que j'avais enfin ma chance. Je m'attendais à ce qu'on me propose. Je n'osais croire que personne n'aurait l'idée de me mentionner. Et pourtant, j'ai bientôt aperçu Jérôme, l'air dépité, se lever et se diriger vers son bureau. J'ai juste eu le temps de réagir et de l'intercepter.

— Jérôme, je m'excuse, mais j'ai entendu malgré moi qu'il te manquait quelqu'un pour le contrat à Paris.

— Oui, tu as un cousin à me proposer, je suppose?

— Non, pas mon cousin, moi, simplement. Après tout, j'ai écrit les manuels. Je connais bien les logiciels. Je suis certain que j'arriverais à me débrouiller.

Jérôme m'a fixé un moment, l'air complètement incrédule.

— Mais oui, c'est vrai. Tu ne pourrais pas être pire que ce crétin de Jean-Michel. Je prends le risque. Tu dégages à l'instant, tu passes chez toi, tu fais tes bagages, et tu téléphones à ma secrétaire. Elle te communiquera toutes les coordonnées de ton séjour. Elle t'aura également réservé un billet pour ce soir. Maintenant, déguerpis et ne me déçois pas.

Toujours aussi cordial, ce Jérôme. Il a immédiatement tourné les talons et s'est tout de suite rué pour entreprendre sa cause suivante. Il aurait pu me démontrer un peu de reconnaissance pour lui faire économiser dix pour cent du contrat. Mais j'appartenais désormais au registre des affaires classées, et il n'avait plus de temps à perdre avec moi.

Je suis rentré à la maison, dans un état d'agitation peu commun. En route, une idée avait germé en moi. Tant qu'à faire, pourquoi ne pas combiner ce petit voyage d'affaires avec quelques jours de vacances? Je pourrais en profiter pour explorer un coin dont je rêve depuis longtemps. Et je croyais également me rappeler que Joana devait se trouver à Paris au même moment. Elle m'avait téléphoné un sympathique bonjour lors de sa dernière escale, et, si je ne m'abuse, elle avait mentionné qu'elle séjournerait là-bas prochainement. Je pourrais tenter de la contacter une fois sur place. Le hasard faisant toujours bien les choses, à ce qu'on dit, peut-être serait-elle disponible pour me tenir compagnie et me faire visiter cette ville qu'elle connaît bien.

J'ai donc fait mes valises en conséquence. Normalement, le travail proprement dit ne devrait prendre que trois ou quatre jours. J'effectuerais la préparation de cours durant l'envolée. Il ne me faudrait pas beaucoup de temps, ayant déjà une bonne idée de la manière de procéder. Après, je prendrais cinq jours, le maximum que je puisse m'allouer, pour mon propre plaisir. À moi la belle vie.

J'ai téléphoné au bureau. Annie, la précieuse adjointe de Jérôme, m'a fourni les coordonnées de vol, comment me rendre à mon hôtel, où changer des devises, l'adresse où donner les cours, bref toute la logistique nécessaire pour exécuter ma mission. Une véritable adjudante, cette Annie.

— Annie, tu es formidable d'efficacité. Je te remercie. En passant, je serai de retour le 19.

— ... Tu devrais revenir le 14, d'après ce que j'ai compris.

— Je sais, mais je ne veux revenir que le 19.

— Je vois... Je vais tenter de t'arranger ça. Je ne crois pas que ça cause de problème pour les billets d'avion. En revanche, je ne peux te garantir comment Jérôme va réagir.

— Tu n'as pas besoin de lui dire. Il me reste encore cinq jours de vacances auxquels j'ai droit; je souhaite les utiliser maintenant. Et, de plus, connaissant Jérôme, il ne remarquera même pas mon absence.

— À ta guise. Tâche d'en profiter.

— À bientôt.

Sacrée Annie, je lui rapporterai un petit parfum souvenir pour la remercier. Il me restait maintenant la partie la plus délicate.

— Allô? Janine?

— Ah, c'est toi. Que me vaut cet honneur?

91

Le bonheur de Janine, lorsque je lui téléphone, est tellement débordant que chaque fois j'en pleure d'émotion.

— Je ne te dérange pas longtemps. Seulement pour te dire qu'il y a eu un imprévu au travail. Je suis mandaté pour aller à Paris durant les dix prochains jours.

Instinctivement, j'ai reculé le combiné afin d'épargner à mon tympan l'explosion anticipée.

— Quoi? C'est pas vrai! Tu déconnes! Tu ne vas pas me faire ce coup-là!

— Je n'ai pas le choix. C'est une question de survie pour mon emploi. Tu connais la situation financière de la boîte. Mais tu te doutes bien que j'ai protesté. J'ai dit à Jérôme qu'il n'était pas question que j'aille à Paris, qu'il ne devait pas compter sur moi. Il a bien essayé de trouver quelqu'un d'autre, mais rien à faire. Tout le monde est déjà en mission. Si je n'y vais pas, nous perdrons beaucoup d'argent, et il y aura des mises à pied, dont je pourrais d'ailleurs faire partie. C'est ce que Jérôme m'a laissé entendre...

— Ça signifie que je vais devoir me taper les gamines pendant tout ce temps? Mais comment je vais y arriver, moi? Tu as pensé à ça? Avec mon emploi du temps débile, je ne survivrai pas!

— Janine, je dois te laisser. Le taxi vient d'arriver. Mon départ a lieu dans deux heures. Je te promets un beau cadeau à mon retour. Je t'embrasse.

Et j'ai raccroché avant d'entendre la suite des jérémiades. J'ai ensuite appelé un taxi (réellement cette fois) afin de rejoindre l'aéroport. J'adore les aéroports. Je n'ai pas souvent eu l'occasion de prendre l'avion, mais, chaque fois, j'ai trouvé l'expérience inoubliable. Je me souviens de chacun des décollages et atterrissages auxquels j'ai eu droit. Je me souviens de chacun des menus à bord. Je me souviens des visages des hôtesses de l'air. J'aime aussi le moment de flottement entre la fin des formalités aux douanes et le début de l'embarquement, au milieu des vastes salles d'attente et des bruits feutrés, des autres passagers, radieux ou absorbés, des œuvres d'art exposées çà et là. L'inconfort notoire des avions, avec leur habitacle réduit et leurs sièges cordés, ne m'a jamais gêné. L'espace vital personnel, que Janine, par exemple, revendique sans cesse à cor et à cri, est une notion obscure pour moi. La proximité des gens m'amuse. Je suis toujours fasciné par tout ce qui distingue un être humain d'un autre et par tout ce qu'ils ont à se raconter.

Mais il n'y a rien que je préfère davantage que le moment du décollage, où les moteurs se mettent à rugir et à secouer la carlingue de toute part. Voir l'énorme masse d'un avion s'élever tout à coup dans les airs constitue chaque fois pour moi une espèce de miracle. J'éprouve à ce moment un sentiment de plénitude incompréhensible, mais très satisfaisant. La phobie de l'écrasement, je ne l'ai jamais éprouvée. Il s'agit d'une peur inconnue au bataillon de mes angoisses.

Sitôt l'avion décollé, il a quand même fallu me résoudre à bosser un peu. J'ai pris le temps d'ébaucher un rapide plan de cours, évaluant chacune des étapes et le temps nécessaire à leur consacrer. Demain, je confronterai mon plan à celui de mes collègues, et j'apporterai les derniers ajustements. L'envolée fut un véritable charme, tout comme l'hôtesse assignée à notre section. Même la bouffe m'a semblé transcendante, il faut le faire à bord d'un avion.

À l'arrivée, malgré la fatigue du décalage horaire, je me sentais en pleine forme. Non satisfait du petit-déjeuner à bord de l'avion, j'ai pris le temps d'engouffrer deux croissants et un café aromatique, après m'être procuré des francs au bureau de change. Puis, je me suis rendu au comptoir de la compagnie d'aviation où travaille Joana. Avec le jeu des renvois habituels d'une personne à l'autre et d'un comptoir à l'autre, j'ai fini par dégoter ce que je voulais: le numéro de téléphone où joindre Joana. N'y tenant plus, je me suis mis en quête d'un appareil. À mon grand étonnement, le téléphone ne fonctionnait qu'avec une carte spéciale, au lieu de petite monnaie. J'ai finalement compris qu'il fallait également m'en procurer une. Enfin, la carte achetée et le mode d'emploi étant assimilé, j'ai composé le numéro de Joana.

— Mmm, oui...

Quelle chance! Au moment où j'allais raccrocher, j'entends la voix pâteuse de Joana.

— Joana! Salut! Je te réveille peut-être?
— Il est sept heures du matin, l'heure de mon sommeil profond. À quel plaisantin ai-je affaire?
— C'est moi, Joël!
— ... Joël? Comment as-tu eu mon numéro de téléphone? D'où m'appelles-tu?
— Je suis à l'aéroport. Je dois séjourner à Paris pour affaires. Après, je me suis permis cinq jours de vacances. Écoute, je me demandais si, par hasard, tu ne serais pas disponible, toi aussi, durant ces quelques jours?

J'attendais, un peu haletant, au bout du fil.

— Eh bien, si je m'attendais à ça. Attends voir. Oui, ça serait une idée. Je suis justement en congé pour une quinzaine de jours. J'ai diverses choses à régler, mais je devrais avoir le temps d'une petite virée. Où vas-tu loger?
— Oh, j'ai déjà un hôtel de retenu.
— Eh bien, que dirais-tu de venir au mien? J'ai un deuxième lit dans ma chambre, qui ne me sert pas. Tu pourrais l'utiliser et empocher ta prime de séjour.

Je n'en croyais pas mes oreilles! Joana qui m'offrait de partager sa chambre?

— Euh...

— Tu n'es pas obligé, si ça t'embête, je comprends.

— Non, non, ce n'est pas ça. Je suis seulement un peu pris au dépourvu. Mais ça me semble une proposition très généreuse. J'accepte avec plaisir.

— Bien, alors voici l'adresse, je t'attends pour le café. Après, on discutera de nos projets de vacances.

— À tout de suite.

J'ai accroché mon sourire des grands jours. Tout se goupillait parfaitement. J'étais très ému de cet accueil si chaleureux de Joana. Ça me changeait de l'habituel ragoût de Janine. Il se mêlait aussi quelques humeurs sexuelles non dissimulées, mais je me suis secoué. Il ne faut quand même pas tirer si fort sur les fils du rêve, sinon tout se casse.

Lorsque Joana m'a ouvert la porte de sa chambre, elle était vêtue d'un pantalon, d'une blouse de coton et d'un foulard autour du cou.

— Salut, Joana!

Je me suis approché pour lui faire la bise, mais j'ai senti une ferme résistance, et c'est à peine si elle m'a effleuré la joue. Bon, évidemment, retour sur terre. J'ai déposé mes bagages dans un coin et nous sommes descendus dans la salle à manger. J'ai pris un autre café et trois tartines beurrées. Joana semblait toujours aussi calme, d'un calme proche de la morosité, mais, en même temps, je la sentais détendue et heureuse de me voir.

— Tu dois être excité de cette petite escapade, non?

— Tu parles, depuis le temps que j'en salivais. Et quel hasard que tu sois à Paris par la même occasion.

— Oui. Au fait, avais-tu songé à quelque chose pour tes vacances?

— Euh, non. Pas spécialement, j'avais seulement pensé que tu pourrais me faire connaître ton Paris secret.

— Je n'ai pas de Paris secret. Cette ville m'étouffe. Je te propose plutôt une petite excursion à Orléans. Je connais des gens là-bas, et il y a trop longtemps que je ne les ai pas vus.

J'étais un peu déçu, mais je n'osais pas refuser. Après tout, Orléans, si ma mémoire géographique ne me faisait pas trop défaut, était situé près des châteaux de la Loire. Chambord, Cheverny, des noms magiques qui circulaient dans mes projets de visite depuis pas mal de temps.

— Eh bien, pourquoi pas?

— Vendu. Maintenant, tu m'excuseras, je dois y aller. On se retrouve ce soir.

Je devais aussi me pointer à mon lieu de rendez-vous. Pas question de récupérer du décalage horaire. Jérôme est intraitable sur ce point. J'avais déjà une formation à dispenser dans l'après-midi. Jérôme aime naviguer serré, mais si l'avion avait eu son retard traditionnel, je n'aurais pas pu y être à temps. Il aime le risque, notre vénéré patron. Mauvais pour l'image d'une compagnie.

Bref, je suis retourné à la chambre de Joana, qui m'avait prêté un double de sa clef, j'ai ramassé ce qui était nécessaire pour le cours, et j'ai fait connaissance avec l'industrie parisienne du taxi.

— La rue Daumerq, s'il vous plaît.

— Je ne vais pas par là.

Un conducteur de taxi qui refusait une course sous prétexte que je n'allais pas dans sa direction!

— ... Je fais quoi alors?

— Démerdez-vous!

Et il est reparti sans demander sa monnaie. Une passante âgée, qui avait tout entendu, a eu pitié de mon désarroi.

— Que voulez-vous, jeune homme, c'est comme ça de nos jours. Pourquoi ne prendriez-vous pas le métro? Il va partout, le métro, et avec tous ces embouteillages, vous y serez sans doute plus rapidement qu'en taxi.

J'ai remercié la dame avec un sourire un peu forcé, mais sincère compte tenu de sa bonne volonté. J'ai suivi son conseil. Après m'être trompé deux fois de direction et une fois de station, j'ai fini par aboutir aux bureaux où je devais expédier mon boulot. La fatigue commençait lentement mais sûrement à me rattraper. De plus, mon estomac criait grâce suite à l'assaut des trois petits-déjeuners. Je sentais que j'allais réitérer les exploits de Jean-Michel. Mais mon orgueil m'interdisait de tomber dans les mêmes disgrâces auprès de Jérôme.

L'après-midi s'est déroulé sous le simulacre de la bonne humeur et de ma parfaite disponibilité. Heureusement, mes ressources de pilotage automatique fonctionnaient encore. J'ai dû y recourir dans la dernière heure, pour éviter de balbutier des incongruités. Une fois les stagiaires partis, je me suis écrasé sur un coin de chaise, sentant que ce n'était qu'une question de temps avant que mes croissants ne se matérialisent de nouveau sous mes yeux.

— Ça va, Joël?
— Si, si. Enfin, à peu près. Je suis mort d'épuisement.
— C'est normal. Tu n'as pas dormi depuis longtemps. Dis, on a déniché un petit troquet sympathique, près d'ici. La patronne nous sert un vin blanc pas détestable. Tu te joins à nous?

À l'idée de boire un délectable pinard bien frais, moi qui, pourtant, douze heures plus tôt, en rêvais, j'ai senti la nausée me rappeler à l'ordre.

— Peut-être demain. Maintenant, je crois que si je ne rentre pas me coucher, vous devrez vous cotiser pour un corbillard.

Cette fois, j'ai eu davantage de chance avec le taxi. Par miracle, je ne lui faisais pas faire de détour. Une heure plus tard, dont j'ai pris profit pour somnoler, il m'a déposé devant la porte de l'hôtel. Le conducteur m'a ensuite enguirlandé, d'abord parce que je lui réclamais un reçu pour ma note de frais, puis, parce qu'il jugeait mon pourboire insuffisant. Heureusement, la fatigue me rendait stoïque. J'ai réintégré la chambre de peine et de misère. Dès que ma joue a senti le contact du couvre-lit en satin, je suis immédiatement tombé endormi.

— Allons, il fait jour, garde-à-vous là-dedans!

J'ai ouvert un œil, pour le refermer aussitôt, ébloui par le soleil matinal qui éclaboussait la chambre. Joana tentait de me réveiller. Elle était déjà sur ses pieds, vêtue comme la veille, à l'exception de la chemise de coton qui était brune au lieu d'ocre.

— Quelle heure est-il?
— Tu as juste le temps de déjeuner et de te rendre à ton travail.

Misère, c'est vrai, je devais encore me farcir deux autres journées de boulot. De plus, si je ne me grouillais pas, j'allais être en retard. Pas question de déjeuner, donc, et c'était tant mieux. Je me sentais toujours incapable d'ingurgiter quoi que ce soit, à part de l'air ou de l'eau. La journée se déroula cependant mieux que la veille. Le midi, j'ai été en mesure d'avaler un potage avec mes collègues. Je commençais à me détendre. Je ressentais encore une bonne fatigue due au décalage, mais rien de compromettant. Il m'a même été possible, durant l'après-midi, de déployer mon arsenal de charme, à base de petites blagues bien amenées et d'anecdotes sur le dos des programmeurs des logiciels. La réaction des étudiants a été excellente; ils y sont également allés de leur contribution, avec un esprit à la fois facétieux et subtil qui m'a ravi.

Après le cours, j'ai choisi de décliner l'invitation à souper afin de revenir à l'hôtel, de me doucher et peut-être de profiter d'une petite sortie en compagnie de Joana. J'ignorais cependant son emploi du temps de la journée. J'espérais seulement qu'elle serait disponible pour casser la croûte avec moi. Mais, déception, elle ne se trouvait pas à l'hôtel. J'en ai profité pour téléphoner à Janine et lui demander des nouvelles des enfants.

— Comment ça se passe?
— Mal! Et je t'en souhaite autant!
— Allons, Janine, un peu de charité humaine. Je t'ai expliqué, je n'y suis pour rien.
— Quand je pense qu'il me reste encore six jours à me farcir.
— Tu verras, les filles vont apprécier d'être seules avec leur mère. Et, toi-même, tu vas leur découvrir de nouveaux aspects attachants, j'en suis sûr.
— J'en doute, mais c'est vrai que si je fais exception de leurs cris aux cinq secondes, des jouets répandus aux quatre coins de l'appartement et du chemin de croix à parcourir pour les mettre au lit, il leur arrive d'avoir du charme.

J'ai parlé brièvement aux filles, histoire de me rappeler à leur souvenir. Les enfants oublient vite. Cela a ses bons et mauvais côtés. Je n'avais pas eu beaucoup le temps d'y penser, mais d'entendre leur petite voix grinçante et aiguë me fit constater que je m'ennuyais déjà de leur présence.

Une fois le combiné raccroché, j'ai eu une brève pensée pour Janine dont la fibre maternelle laissait décidément à désirer. Je me demandais pourquoi, mais, dans un éclair de lucidité, il m'est venu à l'esprit que c'était peut-être par esprit de vengeance à mon égard, moi qui l'avais pratiquement forcée à poursuivre sa deuxième grossesse. Inconsciemment, elle agissait envers moi, chaque fois que nous abordions le sujet des enfants, comme si elle me reprochait de lui avoir imposé un choix qui n'était pas le sien. L'estomac, toujours lui, m'a cependant fait rapidement reléguer cette idée aux oubliettes. Il me fallait revenir à des considérations plus pratiques, mon appétit ayant enfin retrouvé son rythme de croisière. Comme Joana n'était toujours pas rentrée, j'ai décidé d'arpenter le quartier par moi-même, en quête d'un endroit où me ravitailler.

— Au revoir, cher monsieur.

M'énerve ce portier avec son air obséquieux et soupçonneux. J'ai bientôt déniché un petit café où j'ai pris place à un guéridon près de la fenêtre. Comme personne ne venait s'enquérir de mes besoins, je me suis mis à lorgner en direction du comptoir où manifestement on faisait semblant de m'ignorer. J'ai alors remarqué un nouvel arrivant qui s'est planté devant un garçon et lui a commandé un «jambon-beurre et un demi», d'une voix de stentor.

— Tout de suite, monsieur.

J'ai adopté la même stratégie. Je me suis levé et j'ai accosté un autre garçon derrière le comptoir, occupé à faire semblant d'être occupé.

— S'il vous plaît! Un jambon-beurre et un demi!

J'ai répété la phrase entendue, ne sachant trop ce qu'on allait me servir en échange.

— Un jambon-beurre et un demi, c'est parti.

À mon grand étonnement, j'avais obtenu satisfaction du premier coup. Je devais donc en conclure qu'il n'y avait pas de service aux tables. Les tenanciers étaient sans doute trop polis pour m'en informer. Ils étaient probablement gênés de cette politique étrange de la maison et c'est pourquoi ils préféraient n'en rien dire. Il restait maintenant à espérer que ma commande corresponde à quelque chose de comestible. La réponse m'arriva sous la forme d'un vulgaire sandwich au jambon et d'un verre de bière mousseuse. Le garçon semblait s'amuser de ma surprise. J'en ai profité pour échanger quelques mots avec lui, et, à la fin, nous étions les meilleurs amis du monde. Il m'a même serré la main au moment où j'ai pris congé.

Joana était enfin revenue à la chambre.

— Ah, salut! Je viens d'aller manger. Je ne savais pas quand tu rentrerais.

— Tu as bien fait. Je suis claquée et un peu démoralisée. Je n'ai pas du tout d'appétit.

— Quelque chose ne va pas?

— Non, non, ce n'est pas ça. Tout ce qu'il me faut, c'est une bonne douche et une longue nuit de sommeil.

Elle s'est alors enfermée dans la salle de bains. C'était la première fois que je côtoyais Joana dans l'intimité. Je me demandais dans quelle tenue elle allait ressortir. En pyjama? En peignoir? Entourée d'une serviette? Dans le plus simple appareil? La douche était interminable. Elle allait sûrement en émerger complètement décapée. Finalement, elle a ouvert la porte. Joana, dans un touchant élan de confiance à mon endroit, n'avait pris aucun risque: elle portait un pyjama et une robe de chambre. Elle avait même remis son satané foulard autour du cou. Je voyais à peine ses chevilles.

— Bon, je vais prendre une douche, moi aussi.
— Bonne nuit, Joël.

Je me suis octroyé une brève douche, bien savonnée, et je me suis longuement brossé les dents. Avant de sortir de la salle de bains, j'ai évidemment pris soin de remettre mes vêtements, n'ayant pas de pyjama, cet étrange accoutrement dont j'ignore franchement l'utilité. Précaution bien inutile: Joana dormait déjà à poings fermés. Ne voulant pas la déranger, j'ai pris place dans mon lit, et j'ai bientôt sombré, moi aussi, dans une complète torpeur.

Le lendemain fut sensiblement une réplique de la veille. C'était la dernière journée de cours. Nous avons fêté ça, tous ensemble, avec les étudiants, autour d'un verre d'adieu et de bonne chance, au bistro d'à côté. J'ai ensuite mis le cap sur l'hôtel.

Cette fois Joana était à la chambre. Elle m'a proposé d'aller marcher sur les Champs-Élysées, ce que j'ai accepté avec enthousiasme. La soirée était splendide. À la sortie du métro Concorde, je n'avais pas assez de mes deux yeux pour gober ce coin célébrissime de la planète. Joana marchait rapidement, j'avais du mal à la suivre, d'autant plus que je m'arrêtais sans cesse pour observer l'architecture des façades, les boutiques et l'Arc de triomphe, tout au bout de l'avenue, éclairé en arrière-plan par un soleil sur son déclin. Il faut croire que je n'ai pas l'endurance de Joana. Au bout d'un moment, je lui ai demandé grâce.

— Joana, je n'en peux plus. On s'arrête à une cantine?

Sans me répondre, elle m'a entraîné à la terrasse d'un café. Nous avons pris place face à la rue, avec vue imprenable sur les badauds. Ici, on servait aux tables. Pourquoi ici et pas à l'autre endroit? Mystère total.

— Tiens, on prend les commandes ici.
— Bien sûr, qu'est-ce que tu crois?
— Oh, rien. Hier, il a fallu que je me lève pour commander au comptoir.
— Ça arrive, il ne faut pas s'en faire pour si peu.

J'ai voulu objecter que je ne m'en faisais pas pour si peu, mais un garçon nous est tombé dessus, sorti de nulle part.

— Alors, on y va?
— Vous m'avez surpris, je croyais qu'il s'agissait d'un guet-apens.

Le garçon ne l'a pas trouvée amusante. Je sentais que ma bière allait être plus mousseuse que liquide. En attendant la livraison de notre commande, Joana et moi parlions de tout et de rien, davantage de rien. J'observais les gens et j'écoutais leurs petits dialogues.

— Ah, là, là, la vache, mais dis donc, tu te rends compte!
— Tu parles! Me filer rencard à onze heures du mat pour le p'tit-dej', et que dalle. Évaporé dans la nature!

Les bribes que je percevais possédaient souvent des contours savoureux. Joana semblait absorbée par le même exercice. Je le voyais à son petit sourire en coin. L'air était d'une douceur exceptionnelle. Je me sentais bien et j'étais en vacances.

— Alors, comment procède-t-on demain?
— J'ai téléphoné à mon ami d'Orléans. Il est ravi de nous recevoir, mais il ne va pas très bien en ce moment.
— Il est souffrant?
— Non, c'est plutôt le moral. Ses tendances dépressives s'accentuent avec les années. C'est un peu pourquoi je me sentais triste, hier soir. Je n'aime pas le voir dans cet état.
— Tu es certaine que c'est une bonne idée d'y aller?
— Il est trop tard maintenant. J'ai accepté son invitation et il nous attend pour le dîner demain. Si je me décommande, il sera très déçu. Nous prendrons le train demain matin.

Programme tout à fait réjouissant en perspective. Pourquoi avais-je donné mon accord à cette idée imbécile d'aller à Orléans, chez quelqu'un que je ne connaissais même pas et que je n'avais nulle envie de rencontrer? Je commençais à me dire qu'il s'agissait d'un mauvais placement pour mes maigres jours de vacances.

— Et on fera quoi là-bas? Pourrons-nous au moins visiter quelques châteaux?

— On verra. Il s'agit d'un endroit très reposant, tu vas aimer. Et nous n'y resterons que deux jours. Après, on pourra visiter Chambord si ça te dit.

— Deux jours? Mais on fera quoi durant ces deux jours?

— Tu en profiteras pour connaître mon ami. Il y a longtemps que je lui ai promis cette visite. C'est quelqu'un de très bien, tu verras.

Je ne me sentais pas de taille pour argumenter. Joana avait ce ton calme qui n'appelait pas de répliques. Et puis, pourquoi pas? Nous allions être hébergés chez quelqu'un du pays, une bonne occasion pour moi de l'aborder autrement que par les extérieurs touristiques.

— Bon, eh bien, comme on rentre à pied, il faudrait partir maintenant si on ne veut pas rater le train demain.

— Rentrer à pied?

— Mais oui, flemmard, l'hôtel n'est qu'à deux heures de marche. Je t'ai épargné à l'aller, on a pris le métro. Maintenant, tu me suis. Ça te fera voir d'autres coins.

— Bon, d'accord.

Toujours incapable de lui dire non. Ça m'énerve.

La tiédeur du soir s'est soudainement transformée en coup de chaleur lorsque j'ai lu la facture et que mes yeux m'en ont transmis le total.

— Dis, Joana, il n'y a pas une erreur par hasard?

— Fais pas le radin. Le pittoresque, ça se paie.

Je me croyais victime d'un trouble de vision. Au moins, cela m'a occupé les pensées pendant une bonne partie du retour, si bien que mon mal de pieds est pratiquement passé inaperçu. Une fois revenu à l'hôtel, j'ai bouclé mes bagages pendant la toilette de Joana. Elle a fait de même, je crois, pendant le bain que je me suis octroyé d'office pour calmer mes élancements aux jambes et ma mésaventure financière. Je crois que je me suis même un peu assoupi. En tout cas, lorsque je suis sorti de la salle de bains, Joana, elle, ronflait déjà, la couverture bien remontée jusqu'au cou. Seul un petit bout de son éternel foulard, qu'elle ne quittait même pas pour dormir, dépassait des draps. Pour le voyeurisme, il faudra repasser. Joana est une cause perdue pour les amateurs d'épiderme dans mon genre.

Un matin gris m'accueillit de pair avec des pensées maussades à l'idée d'aller perdre mon temps à Orléans. Je comprenais mal Joana de me traîner là-bas alors qu'en apparence elle faisait si peu de cas de ma personne. Après ma miction et un débarbouillage à l'eau froide, j'ai remarqué que Joana n'était même pas dans la chambre. Je suis descendu à la salle à manger où, justement, je l'ai débusquée près d'une fenêtre. Elle grignotait sa baguette grillée, badigeonnée d'une épaisse tranche de beurre jaune et d'une confiture dense comme du goudron. Elle m'a fait un petit signe de la main, et j'ai pris place à ses côtés.

— Bonjour, monsieur la marmotte. On hiberne peu importe la saison, à ce que je vois?

Je n'étais pas certain s'il fallait rire. J'ai fait semblant de chercher le garçon pour commander mon petit-déjeuner, ce qui m'a évité de répondre.

— Allez, fais pas la gueule. Nous avons une belle journée devant nous.

— Ah, tu crois! Une grisaille opaque, comme décor d'arrière-plan, un trajet en train d'une durée indéterminée, moi qui déteste les trains, et un séjour de deux jours chez un pur inconnu, alors que c'est la première fois que je fous les pieds ici. En effet, je salive rien qu'à y penser.

Joana m'a fixé de ce regard inquisiteur qui met tout de suite mal à l'aise.

— Écoute, Joël. Je comprends que ce n'est peut-être pas ce que tu avais imaginé au départ, mais lorsque tu m'as proposé ces vacances, j'avais des projets en cours. Je te propose simplement d'en faire partie, en espérant que tu y trouves aussi ton compte. Si tu ne veux pas venir, je ne t'y oblige pas, mais cela ne change rien à mes intentions. Par ailleurs, je serais heureuse que tu m'accompagnes.

Demandé sur ce ton, bon, d'accord, pourquoi refuserais-je maintenant, surtout que j'avais déjà donné mon consentement.

— Pardon, Joana. Après tout, je t'ai dit que j'y allais. Si, de plus, ça te fait plaisir, c'est avec joie que j'irai avec toi.

— Bien, alors, magne-toi. Le train ne dort pas, lui.

— Mais je n'ai même pas mangé!

— Ce n'est pas grave. Tu déjeuneras à bord du train. Ça te fera connaître un aspect insoupçonné de la gastronomie française.

Et elle s'est levée aussitôt, sans attendre mon droit de réplique. Je commençais à trouver cette bonne femme passablement autoritaire. Cela n'a pas que des désavantages, toutefois. En contrepartie, Joana s'est occupée de toutes les formalités. Elle n'a même pas voulu que je participe aux frais de la chambre. Elle a elle-même trouvé un taxi, elle a acheté les billets à la gare, et elle m'a conduit à travers le dédale de couloirs jusqu'au quai où le train attendait son contingent de passagers. J'ai pris place sur la banquette pointée d'un doigt tyrannique par Joana. Et j'ai poussé, malgré moi, un soupir de soulagement. Je me suis rendu compte que, livré à moi-même, il m'aurait fallu le double de temps pour parvenir au même résultat. Joana occupait la banquette face à la mienne. Elle regardait par la fenêtre, attendant le départ du train. Elle affichait un air absorbé où l'excitation habituellement associée à un voyage semblait absente. À l'extérieur, les énormes poutres d'acier noircies de suie qui soutenaient la toiture jetaient des contours un peu lugubres, comme pour conforter cette morosité apparente. Les gens, justement, allaient, pressés de trouver leur train et une place, en traînant pour la plupart d'énormes bagages. Tous ces gens paraissaient là par obligation, même le groupe de visiteurs japonais un peu plus loin qui montaient, en ordre serré et sans un mot, à bord de leur compartiment. Un petit carillon annonça enfin le départ du train qui se mit en branle presque aussitôt. Les tiraillements des roues ont arraché aux rails des cris d'agonie, puis le train a pris sa vitesse de croisière avant de sortir enfin des ténèbres de la gare. J'ai jugé le moment propice pour entreprendre avec Joana une conversation, destinée à m'éclairer sur la situation.

— Tu es contente de ce voyage, Joana?

— Oh, tu sais, ce n'est pas vraiment un voyage. Je suis souvent allée à Orléans. Ça ressemble davantage pour moi à une petite sortie à la campagne.

— Qui c'est le type chez qui on va?

— Un vieil ami. C'est lui qui s'est occupé de moi, jadis. Je lui dois beaucoup. Il a un peu été un second père pour moi.

Elle dépliait au même moment une revue qu'elle avait sortie de son sac. Et elle s'est plongée dans sa lecture sans plus s'occuper de moi.

107

— Hé! Joana, ce n'est pas très poli. Nous sommes en train de parler.

Elle a levé les yeux vers moi et a finalement consenti un sourire.

— Ça ira mieux plus tard, Joël, je te le promets. Pour l'instant, j'ai un peu besoin de récupérer.

De mieux en mieux. Non seulement elle devait récupérer de je ne sais quoi, mais en plus elle me trimballe chez un type qui remuait, à mon insu, de malsains miasmes de jalousie. Après tout, c'était qui ce «vieil ami»? Un ancien amant, sans doute? Pourquoi tenait-elle à me le faire connaître? Je ne lui ai jamais imposé Janine, moi. J'ai ensuite décidé de prendre mon mal en patience, ne pouvant guère faire autrement pour l'instant. Je me suis confortablement installé sur la banquette pour mieux admirer les extérieurs. Je regardais le paysage défiler, lorsqu'une trouée entre deux haies d'arbres le permettait. J'aimais le passage dans les petits villages, avec leurs constructions resserrées et leurs toits en pente. J'apercevais furtivement des gens vaquant à une occupation qu'il m'était impossible de deviner. Je suis toujours étonné que les signes extérieurs des travailleurs soient si peu explicites sur la nature de leur emploi. Autrefois, les forgerons ne pouvaient pas être confondus avec les boulangers. Aujourd'hui, il n'y a plus guère que les juges vêtus de leur toge ridicule pour perpétuer une tradition vestimentaire explicite. Et c'est sans doute une question de temps avant de voir un juge siéger en bermuda et en sandales.

Je commençais enfin à me détendre. Je retrouvais peu à peu ce sentiment si particulier que j'avais éprouvé les quelques fois où j'avais pu voyager, même en présence de Janine et des filles. Ce sentiment, c'est celui d'un autre temps, d'un autre déroulement des heures et des jours. On dirait que rien ne presse et que tout s'installe naturellement, sans effort. On n'a qu'à se laisser bercer par les paysages qui se succèdent et par les sons qui nous sollicitent, sans se préoccuper des factures à payer ou du ménage du samedi matin. J'adore ces instants où rien ne vient compromettre le désir de consacrer l'heure qui vient à une activité librement consentie.

À Orléans, Joana est sortie de sa torpeur et a repris le contrôle des opérations. Elle a trouvé la sortie, a hélé un taxi et lui a indiqué le vrai chemin à emprunter pour se rendre chez son ami, au lieu du trajet lucratif que le conducteur avait en tête. Amusé par le jeu consistant à apercevoir les flèches de la cathédrale d'Orléans au détour de chaque rue, je ne me suis pas aperçu que l'on quittait la ville. Bientôt, cependant, le conducteur a arrêté la voiture devant un portail en fer forgé, orné de motifs pleins d'arabesques.

— C'est ici?
— C'est ici.

Joana avait déjà actionné une sonnette et attendait qu'on vienne lui répondre.

— Eh bien, ça semble le grand luxe.
— Je t'avais dit que ça te plairait!

Quelqu'un arrivait. Une dame à l'âge indéterminé, voûtée, portant un tablier noir sur une robe noire, marchant d'un pas alerte malgré ses énormes chaussures noires, approchait lentement. Elle a déverrouillé la grille à l'aide d'une énorme clef et nous a invités à entrer.

— Joana! Quel plaisir de te voir!
— Comment allez-vous, Ève?

Joana lui a pris les mains, avec une tendresse qui m'a étonné tant elle me semblait peu familière chez elle, et elle lui a posé un léger baiser sur la joue.

— Je vous présente Joël, un bon ami.

— Bienvenue, monsieur Joël.

— Bonjour, madame! Enchanté...

— Henri m'avait prévenu de ton arrivée, Joana. Je t'ai préparé un petit goûter en attendant ton mets préféré que je servirai ce soir.

— Il ne fallait pas vous donner tant de mal, Ève.

Elles partirent toutes deux comme de vieilles connaissances, m'abandonnant derrière avec les trois valises. Je les ai suivies tant bien que mal sur le petit chemin bordé d'arbres et de buissons. Je découvrais progressivement le domaine, plutôt imposant, qui marquait l'aboutissement du chemin. Je me suis arrêté à une dizaine de mètres de la façade, à la fois pour reprendre mon souffle et pour admirer le bâtiment. Sur la devanture, de grandes fenêtres à carreaux s'étageaient jusqu'aux mansardes d'où surplombaient quelques gargouilles. De hautes cheminées complétaient un ensemble majestueux à mes yeux, mais en apparence très commun pour Joana. L'air désinvolte, elle m'attendait d'ailleurs, se souvenant sans doute de mon rôle de porteur, sur les marches du balcon. Une fois à l'intérieur, elle m'a dit de déposer les bagages. Ève allait s'en occuper.

— Viens, je vais te présenter.

— Les valises ne sont pas un peu trop lourdes pour madame Ève?

— Penses-tu, elle serait insultée qu'on lui prête main forte.

Le vestibule réverbérait nos paroles. De magnifiques lambris ornaient les murs. Le carrelage en dalles de pierre portait fièrement la patine du temps. J'adorais déjà l'endroit. J'ai talonné Joana jusqu'à une petite pièce éclairée par la seule lumière du jour. Près de la fenêtre, un homme, assis sur un fauteuil face au jardin, semblait perdu dans ses pensées. Il regardait fixement au loin, sans bouger, jusqu'à ce qu'il entende Joana s'approcher de lui. J'ai alors constaté que celui que j'avais soupçonné d'être un ancien amant de Joana était en fait un monsieur distingué, d'un âge sans doute avancé, mais que l'air aristocratique rendait difficile à déterminer. Son regard, triste et résigné, s'illumina quelques secondes lorsqu'il reconnut Joana.

— Ma chère Joana, ma petite...

Sa maigre voix chevrotante laissait percer une émotion sincère.

— Bonjour, Henri. Je suis vraiment heureuse de vous voir. Comment vous sentez-vous?
— Les années raccourcissent, Joana, mais les jours sont de plus en plus interminables.
— Allons, Henri, ça ne vous ressemble pas de vous laisser aller ainsi.
— Le poids du passé a rejoint la futilité du présent, ma petite. Je ne suis pas de taille à lutter sur les deux fronts.
— J'ai amené un ami, de passage dans le pays. Joël, je te présente Henri.
— Ravi, monsieur Henri!

Le dénommé Henri a tendu vers moi une main distraite et n'a même pas répondu. Je devais appartenir à cette race de gens qui n'ont plus rien à lui apprendre et qui ne constituent plus qu'un embêtement supplémentaire dans le long cours des journées.

— Ève vous a montré vos chambres?
— Non, justement, nous allons y monter. Ève semble en pleine forme.
— Mon seul réconfort dans le nuage de ma vie. Sauf quand tu viens me visiter, bien entendu, ma petite.

— À bientôt, Henri. Nous allons aider Ève avec les bagages.

Ève nous attendait à l'extérieur de la pièce. Henri avait regagné son siège et sa position figée devant la fenêtre.

— Venez, je vais vous conduire à vos chambres.

Joana, manifestement inquiète de quelque chose qui m'avait échappé, en profita pour s'informer auprès de madame Ève.

— Henri semble bien soucieux, vous ne trouvez pas, Ève?
— C'est chaque jour un peu plus. Je crains qu'il ait abdiqué de combattre sa nostalgie naturelle. Votre visite est vraiment bienvenue. Elle lui procurera un baume, j'en suis certaine.
— Je l'espère.

Ève me conduisit en premier devant une porte entrouverte où se trouvaient déjà mes deux valises.

— Voilà, jeune homme. Je vous souhaite bon séjour parmi nous.
— Merci, madame Ève.

Évidemment, il n'était pas question de dormir dans la même chambre que Joana. Je me rendais compte que j'avais inconsciemment espéré, avant d'arriver, que nous aboutirions dans une bicoque où le seul endroit pour dormir serait dans la même couche que Joana. J'aurais payé pour être témoin de sa réaction. J'étais loin de me douter que nous camperions dans un tel château. C'est sans doute pourquoi elle n'avait pas d'objection à ce que je l'accompagne. J'ai pris position sur le lit, histoire d'en tester le confort. La chambre était humide. Elle sentait le camphre et l'encaustique. De lourds rideaux à motifs floraux obstruaient la fenêtre. Je me suis levé pour les dégager et aérer cette odeur poisseuse. Dehors, le jardin était magnifique. De complexes odeurs en émanaient. Moi qui suis très sensible aux parfums, j'étais comblé. J'ai passé un long moment à le contempler, n'ayant rien d'autre à faire et ne sachant pas quelle conduite adopter. Au vu de l'accueil plutôt froid de madame Ève et de monsieur Henri, je me sentais perçu comme un intrus. Il valait sans doute mieux que je me fasse petit. Les relations de Joana avec la maison semblaient privilégiées et quelque peu exclusives.

— Tu viens goûter?

J'ai sursauté et je me suis retourné vers Joana qui me souriait dans l'encadrement de la porte. Je me suis approché d'elle et je l'ai suivie vers la collation promise. J'étais affamé, mais je ne tenais pas à ce qu'on me fasse la charité.

— Dis, Joana, je me sens un peu de trop ici. Tu crois vraiment que c'était une bonne idée de m'amener dans cet endroit?

Joana m'a regardé avec compassion.

— Ne te préoccupe pas trop de leurs manières. Tu sais, ils ne voient pratiquement personne. Alors, leurs coutumes sociales se sont quelque peu estompées. En réalité, ils sont très heureux de te voir en ma compagnie. Ils se font bien du souci pour moi et ils craignent que je ne vive trop retirée.

J'avoue qu'il s'agissait d'une impression partagée, mais je ne connaissais pas encore suffisamment Joana pour me faire une idée plus précise.

L'immense salle à manger me fit une forte impression. Une étonnante cheminée trônait sur le mur du fond. Quelques bûches pétillantes finissaient de s'y consumer. Sur l'autre mur, j'ai cru reconnaître une toile de Gauguin. J'en ai eu le souffle coupé. Il devait s'agir d'un faux, ça ne pouvait pas être autrement. Ce serait la première fois que j'admirerais un Gauguin en dehors d'un musée. Madame Ève avait déjà installé sur la table en noyer un service en porcelaine au milieu duquel reposait un plateau de charcuteries, de fromages et de petits pains chauds. Une cafetière fumante complétait cet appétissant tableau. Joana m'a adressé un signe discret de la tête pour m'inviter à prendre place. Madame Ève en a fait autant à son tour.

— Servez-vous, mes amis. Bon appétit.

Je ne me le suis pas fait dire deux fois, mais j'étais surpris que l'on n'attende pas l'arrivée de monsieur Henri. J'ai questionné madame Ève.

— Monsieur Henri ne se joint pas à nous?
— Vous savez, jeune homme, monsieur Henri a dépassé le stade des plaisirs de la bonne chère. Il ne se contente que d'un potage au repas du soir.

Dépassé le stade? Je ne savais pas s'il fallait considérer cela comme le signe d'une grande sagesse ou d'une malheureuse déchéance. En attendant, je savourais tout ce qui me tombait dans la bouche. J'ai eu peine à garder une place pour le dîner, durant lequel j'avais cru comprendre, d'après les dires de madame Ève, qu'un plat spécial à l'intention de Joana serait servi. De plus, j'avais encore en souvenir mon abus de croissants à mon premier jour de voyage, ce qui prêchait en faveur d'une certaine abstinence.

J'entendais les derniers sifflements en provenance de l'âtre. Madame Ève se levait d'ailleurs pour y déposer une nouvelle bûche.

— Laissez, madame Ève, je m'en charge.

Je croyais bien faire, histoire d'entrer dans ses bonnes grâces.

— Jeune homme, sachez qu'ici il n'y a jamais eu personne d'autre pour s'occuper du feu.

Je l'imaginais difficilement dans un rôle de bûcheron, mais je suis plutôt retourné à ce saucisson dont la saveur me narguait au plus haut point. J'observais Joana. Elle était très calme, à la fois heureuse et paisible, mais où perçait, dans les quelques replis de son front, une arrière-pensée tenace. L'atmosphère en tout cas me convenait parfaitement. Je commençais à croire que Joana avait vu juste lorsqu'elle m'avait affirmé que je me plairais ici.

— Dis, Joël, je dois m'entretenir avec Henri. Tu veux bien m'excuser? Tu peux visiter la maison et le jardin. Je te reprendrai au dîner.
— C'est d'accord, Joana.

Elle s'est levée et a quitté la salle à manger. Je m'apprêtais à en faire autant, après avoir remercié madame Ève. Je lui aurais bien offert mon aide pour desservir la table, mais je craignais de m'attirer ses foudres.

— Alors, jeune homme, on ne vous a pas appris les règles élémentaires des bonnes manières? Je me serais attendue à ce que vous m'offriez un coup de main pour ramener tout ça à la cuisine.
— Mais bien sûr, madame Ève, un moment d'égarement de ma part.

Allez donc y comprendre quelque chose.
Elle m'a mis en charge du plateau de denrées, encore bien rempli. Je marchais sur des œufs; la céramique du plateau me paraissait fragile comme une disquette. Je suivais madame Ève, chargée comme un baudet. Elle avait davantage l'habitude que

moi de ce genre d'exercice périlleux. La cuisine était démesurée. Là aussi une cheminée occupait presque tout un pan de mur. De vieilles armoires en chêne, une imposante table au milieu de la pièce et un évier en fonte émaillée apportaient tout le cachet voulu à cette cuisine d'une autre époque. J'ai failli trébucher sur le carrelage du plancher, mais je m'en suis sorti indemne, à mon grand soulagement. J'ai déposé mon fardeau sur le comptoir et j'ai jeté un regard circulaire sur les offices de madame Ève.

— Elle est magnifique, cette cuisine.

— Elle est bien ordinaire, quant à moi, mais elle convient à la tâche. J'aimerais bien un four à micro-ondes. Ça me changerait du poêle à bois.

— Ce serait curieux dans cette cuisine! Mais pourquoi n'en feriez-vous pas l'acquisition?

— Monsieur Henri verrait ça d'un mauvais œil. Il est très attaché à toutes ces vieilleries que vous voyez ici. Ça lui donne l'impression de posséder encore un ancrage dans la vie. Et puis, voyez-vous, j'aurais peur de ne pas savoir m'en servir!

Madame Ève émit un petit gloussement.

— Je suis certain que vous vous en sortiriez très bien, madame Ève, mais la qualité de vos mets risquerait d'en souffrir. La seule vertu du four à micro-ondes est d'avoir élevé au rang d'un art le réchauffement des restes.

Madame Ève me poussa légèrement de la main, comme pour me dire de cesser de me moquer d'elle.

— Vous savez, jeune homme, il y a longtemps que je suis ici, que j'y ai mes habitudes bien ancrées. Regardez l'usure du plancher. Il témoigne mieux que tout de ma tenue dans ces lieux. Ce sera le souvenir que je léguerai de mon passage sur cette terre.

Jusqu'à ce qu'un Parisien, ou, pire, un Allemand, fasse l'acquisition de la propriété et arrache les carreaux pour y installer un linoléum.

— Voyons, madame Ève, vous paraissez toute jeune. Ça me semble prématuré pour vous de parler ainsi.

— Ah, les flatteries des jeunes hommes, quand ils ont encore assez d'entregent pour parler aux petites vieilles. Vous êtes bien gentil. Je vous servirai double ration de dessert ce soir.

Nous nous sommes mis à rire de bon cœur. Elle commençait à me plaire, cette vénérable dame. Je souhaitais la questionner sur cette demeure et sur la vie qu'elle y menait, mais le moment était mal choisi. Elle devait maintenant s'occuper du repas du soir.

— Je dois vous chasser, jeune homme. Il faut me mettre à la tâche, sinon vous ne mangerez que de la purée.

— Vous ne voulez pas un coup de main?

— Pas si je ne vous le demande pas. Allez plutôt vous promener. Faites comme chez vous.

— Alors à plus tard.

Je l'ai abandonnée à ses occupations et j'ai débuté mon exploration de la maison. Je n'osais pas trop fureter, de crainte de paraître indiscret. Je me suis contenté d'arpenter les pièces dont les portes étaient déjà ouvertes. Il devait bien y en avoir une vingtaine, de ces pièces, dans toute la demeure. Il m'était difficile d'imaginer deux vieillards pratiquement chenus loger dans si grand. J'ai bientôt déniché une bibliothèque, comme j'en ai toujours rêvé. De hautes fenêtres encadraient des étagères en acajou, pleines à craquer de livres de toutes tailles et de toutes provenances, sur tous les sujets. Je ne perçois jamais ces endroits comme un cimetière de savoir, mais davantage comme une caverne remplie de trésors inestimables. Une table au dessus marbré, quelques fauteuils et un divan complétaient l'ensemble. Je me disais, avec admiration et émotion, qu'était consigné là le travail de toute une vie, le résultat de l'acquisition progressive de livres, effectuée au gré des humeurs et des coups de cœur. Je crois que les bibliothèques sont les endroits que je préfère, les lieux les plus chargés d'histoire personnelle. Connaître les lectures d'une personne contribue selon moi à développer la sympathie à son égard.

Une fois revenu de mon émerveillement, j'ai voulu découvrir davantage le lieu. Comme dans toutes les bibliothèques personnelles, du moins lorsqu'elles atteignent une certaine dimension, mon grand plaisir est de déterminer le système de classement qui y prévaut. J'ai donc arpenté la pièce, glanant un titre de temps à autre, m'efforçant de récolter des indices sur l'ordre des livres. Mais j'ai bientôt été davantage subjugué par la richesse des ouvrages, dont beaucoup semblaient très anciens. Je suis ainsi tombé nez à nez sur une édition originale de l'*Encyclopédie* de d'Alembert et Diderot. Je n'ai pu résister à la pulsion de saisir le livre des gravures et de le feuilleter. J'ai pris place sur le divan près de la fenêtre et j'ai ouvert avec d'infinies précautions ce fascinant ouvrage. J'étais très ému. Les livres anciens me font toujours cet effet. Un rayon de soleil, enfin libéré des nuages, pénétra par la fenêtre et apporta un complément à l'odeur ténue de poussière qui se dégageait des pages que je tournais une à une. En quelques minutes de cet exercice, je me suis senti aussi détendu que si je venais de terminer une semaine de sauna. Le temps passa sans que je ne me rende compte de rien, pas même de la disparition du soleil derrière les arbres du jardin.

— Que lis-tu, Joël?

Mon cœur a bêtement effectué un saut périlleux, comme chaque fois que je me sens pris en défaut. Je n'avais peut-être pas le droit de consulter des livres aussi précieux.

— Formidable cette bibliothèque, n'est-ce pas? J'y ai passé d'innombrables heures de retraite heureuse.

— En effet, je crois que je pourrais facilement en faire autant. Cet endroit est fabuleux. Mais peut-être que je ne devais pas toucher aux livres? Après tout, des éditions anciennes comme celles-ci valent une fortune.

— Bien sûr, mais il n'y a pas de mal à compulser ces trésors. Henri lui-même n'est plus très conscient de ce que contient sa bibliothèque. Viens, c'est l'heure du dîner.

— Déjà? Le temps a filé rapidement. Tu as beaucoup parlé avec monsieur Henri?

— Oui, oui... Je suis également allée me promener au jardin. Il me fallait prendre l'air.

J'ai replacé, presque à regret, le livre des gravures sur son rayon et j'ai suivi Joana, conformément à mon habitude, jusqu'à la salle à manger. Monsieur Henri s'y trouvait déjà, le corps droit, les mains à plat sur la table. Il fit l'effort d'un accueil.

— Prenez place, mes amis.

Je me suis tourné vers ma compagne pour qu'elle m'indique mon siège. J'étais placé à côté d'elle, en biais avec monsieur Henri. La table était richement mise, du moins selon mes critères. Le repas avec son côté solennel m'intimide toujours un peu, mais, en même temps, cela me donne toujours l'impression de vivre une autre époque. Madame Ève fit bientôt son entrée avec la soupière en porcelaine de Sèvres (c'est ce que madame Ève me dira plus tard dans le détour d'une conversation). Personne ne parlait pendant que madame Ève servait de généreuses portions de potage fumant dans des bols profonds. Une corbeille remplie de tranches de pain chaud et odoriférant me faisait une irrésistible envie, mais je n'osais surtout pas commettre le premier geste.

— Bon appétit.

Monsieur Henri venait de parler, de sa voix nonchalante et maussade. Je calquais mes gestes sur ceux de Joana. L'atmosphère était quelque peu cérémonieuse. Joana, sentant sans doute mon inconfort, prit sur elle d'engager la conversation.

— Alors, Henri, à quand remonte votre dernière visite à Paris?
— Je ne saurais dire, ma chère Joana. S'il y a un autre voyage à Paris, ce sera certainement mon dernier, puisque c'est là que sont enterrés mes ancêtres. Mais je choisirai sans doute de reposer ici. En attendant, je demeure attaché à ces lieux et aux quelques objets qui possèdent encore une signification pour moi. Paris n'est plus qu'un lointain avatar.

J'ai pris la chance de me rendre intéressant.

— C'est un magnifique Gauguin que vous possédez là, monsieur Henri.

Il m'a consenti un regard aux yeux à demi clos et une réponse inattendue.

— Vous voulez parler de ces aplats de couleurs ternes sur le mur? Il s'agit d'une toile reçue en héritage de mon grand-père, et c'est uniquement à ce titre qu'elle souille ce mur et ma vue.

J'ai failli m'étrangler avec ma gorgée de potage. Je crois que je n'avais jamais entendu une telle obscénité. Je lui réglerais volontiers son problème de vision, et pour pas cher par-dessus le marché!
Le potage a été achevé sans qu'aucune autre parole ne soit prononcée. Madame Ève a retiré les magnifiques bols. Je ne savais pas s'il fallait laisser la cuillère dans le bol ou à côté. Ces questions d'étiquette m'horripilent, et je n'y ai jamais rien compris. Mais heureusement personne ne s'en est formalisé. Madame Ève a ensuite apporté le plat tant attendu. Elle a déposé au milieu de la

table une énorme assiette argentée recouverte d'un couvercle bombé et parfaitement lustré. Je retenais mon souffle, amusé comme un gamin à qui on apporte une surprise. Après avoir disposé des assiettes devant nous, elle a enfin retiré le couvercle pour nous dévoiler... un poulet rôti. Entouré de petites pommes de terre, de carottes et d'oignons, je veux bien, mais un poulet rôti, une vulgaire volaille, ça, le plat favori de Joana?

— Vous ne deviez pas, Ève.
— Le bien-être de ton estomac constitue ma récompense, ma petite.

Joana s'est tournée vers moi, pour m'initier à ce cérémonial.

— Le seul endroit où je mange du poulet, c'est ici, le poulet de madame Ève. Attends de goûter. C'est un poulet de grain, mariné, cuit au court bouillon pendant deux heures et rôti ensuite une heure, avec les légumes, pour rendre la peau croquante. C'est savoureux.

Madame Ève découpait cet auguste poulet avec application pour nous servir, à Joana et à moi, de magnifiques morceaux. Elle s'est également servi une assiette et a pris place avec nous. Monsieur Henri ne mangea plus rien, se contentant de sucer une gorgée de vin, à intervalles réguliers.

— Ce vin est délicieux, monsieur Henri. J'en ai rarement bu du si bon.
— Vous savez, jeune homme, quand on a connu le baron Philippe, n'importe quel vin qui provient d'ailleurs est ramené à sa simple expression d'étancher la soif.

J'ai jeté un regard furtif en direction de Joana pour qu'elle me traduise obligeamment ce message et éclaire ma lanterne.

— Le baron Philippe de Rothschild, tu connais? Il était propriétaire du premier cru Mouton Rothschild dans le Bordelais. Tu devrais connaître, toi qui es amateur de vins. Avant son décès, Henri et lui étaient très proches. Le baron lui réservait ses meilleures bouteilles à chacune de ses visites. Il vous manque, Henri?

— Ah, ma petite, tu sais, les regards rétrospectifs que l'on jette sur sa vie au seuil de l'au-delà ne retiennent finalement que bien peu de choses. L'amitié du baron fait partie de celles-là. Grâce à lui, j'ai bu des nectars inoubliables. À cause de lui, tout liquide me paraît maintenant d'une fadeur dérisoire.

Eh bien, j'avais du chemin à faire avant d'en arriver là. Ce vin était exquis. Je n'osais imaginer ce que devaient goûter les nectars du baron.

— Vous voudriez bien m'excuser, je souhaite maintenant me retirer. Joana, ma petite, je suis très heureux de ta présence ici. Tu es toujours la bienvenue.

— Merci, Henri, merci...

— Au revoir, monsieur Henri.

— Au revoir, jeune homme.

Et j'ai regardé monsieur Henri, en apparence si désabusé de la vie, se pencher vers madame Ève, qui, les mains graisseuses, savourait son poulet à belles dents, et lui poser un délicat baiser sur la joue, avant de disparaître par la porte de côté pour rejoindre l'escalier qui menait aux chambres. Jusqu'à ce qu'il atteigne l'étage supérieur, le bruit estompé de ses pas sur le tapis recouvrant les marches constitua le seul bruit entendu dans la maison. Mon regard accrocha soudain le profil de Joana. J'ai juste eu le temps d'apercevoir sa lèvre inférieure trembler et un éclair de désespoir traverser ses yeux. Je la sentais endiguer de toutes ses forces le sanglot qui lui brûlait la gorge.

— Alors, jeune homme, il vous plaît, ce poulet?

La diversion était bienvenue.

— Magnifique, madame Ève, il fait déjà partie de mes souvenirs impérissables.

Madame Ève et Joana éclatèrent de rire, et j'ai senti que nous étions tous un peu plus détendus. Madame Ève nous a ensuite apporté du café (un autre souvenir impérissable) et des petits gâteaux. L'inestimable dame et mon amie échangeaient quelques souvenirs. Chacune interrogeait l'autre pour connaître les dernières nouvelles. Je sentais combien elles s'appréciaient mutuellement. J'ai eu le sentiment, pendant un instant, qu'il s'agissait là d'un des rares moments de bonheur qu'elles s'octroyaient. J'étais touché et je ne voulais surtout par interférer. J'en ai profité pour terminer les gâteaux et pour déguster goutte à goutte le vieil armagnac que madame Ève avait eu la bonté de me servir. Puis, l'alcool effectuant ses ravages, j'ai annoncé que je me retirais à mon tour.

— À demain, jeune homme. Je vous attends à sept heures pile pour m'aider à la lessive et à la préparation du petit-déjeuner.
— C'est promis, madame Ève.
— Bonne nuit, Joël.
— Bonne nuit, Joana.

Et, inspiré par le geste tendre de monsieur Henri, je me suis penché vers madame Ève et je lui ai fait, moi aussi, une petite bise sur la joue. Ce n'est que parvenu laborieusement à ma chambre que je me suis rendu compte que c'est Joana que je voulais embrasser. Mais je suis bientôt tombé en travers du lit et je me suis rapidement endormi d'un sommeil bienheureux.

Au matin, le vin et l'armagnac continuaient de s'en donner à cœur joie. J'ai eu toutes les peines à m'extirper des draps. Mes vêtements, que je n'avais pas pris la peine de retirer la veille, étaient fripés. L'air frais du jardin s'infiltrait cependant par la fenêtre laissée ouverte et livrait une valeureuse lutte aux relents de l'alcool. J'ai mis une autre chemise, je me suis débarbouillé le visage, je me suis asséné un coup de peigne et j'ai défriché les pousses de barbe. Je suis enfin sorti de la chambre pour descendre à la cuisine, me souvenant d'une vague promesse d'aider madame Ève. Je n'avais aucune idée de l'heure. Je n'entendais aucun bruit, nulle part dans l'immense demeure. La cuisine était vide. Je ne parvenais pas à déterminer si j'arrivais avant ou après le petit-déjeuner. J'ai agrippé au passage une orange et je suis sorti de la cuisine pour rechercher une âme vivante. La salle à manger était déserte.

— Ils sont peut-être au jardin.

J'ai ouvert la porte à carreaux qui donnait sur le petit parc. J'ai fermé les yeux et j'ai respiré un bon coup. De multiples parfums m'ont donné la réplique. Il n'y a rien de plus suave que les fragrances végétales à l'heure de la rosée. J'ai entrepris une exploration tout en savourant mon orange, quartier après quartier. Je m'attardais autour des plans d'eau, dans un cas pour y repérer les grenouilles, dans un autre pour y écouter le ruissellement du jet qui l'agrémentait. J'ai bientôt atteint les limites du jardin et j'ai décidé de revenir par un autre sentier. Je marchais en inspirant à plein nez, comme si ma survie en dépendait, les effluves des conifères, de la terre humide et des innombrables fleurs dont j'ignorais le nom. J'approchais de la demeure. En levant les yeux pour en admirer la nouvelle perspective, j'ai aperçu la fenêtre devant laquelle se tenait monsieur Henri la veille. Il y était de nouveau. Joana était à ses côtés, ainsi que madame Ève, un peu en retrait dans la pénombre de la pièce. Joana et monsieur Henri semblaient engagés dans un conciliabule des plus sérieux. J'apercevais madame Ève hocher la tête d'un air grave. Je suis demeuré un moment tapi derrière un bosquet, espionnant la scène, comme je m'amusais souvent à le faire avec mes copains d'enfance. Mais ici ça n'avait rien d'amusant. Malgré cela, mon voyeurisme un peu malsain m'empêchait de tourner les yeux. J'étais intrigué par cette visite chez ces gens. Je devinais maintenant qu'il y avait un but intéressé de la part de Joana. Elle avait de toute évidence prévu ce voyage pour des raisons bien précises. Cela avait sans doute un lien avec son attitude mélancolique et absorbée, et surtout avec la discussion manifestement tendue qui se déroulait là sous mes yeux, mais dont je ne percevais aucune parole. Je ne voulais pas m'approcher, craignant d'être découvert, et un peu honteux également de mon indiscrétion. Tout ça n'était pas de mes affaires; Joana m'en parlerait si elle le désirait, si elle jugeait opportun de me mettre dans la confidence. Mais, pour le moment, il était plus convenant de m'éloigner et de rejoindre la salle à manger, comme si je n'avais rien vu.

La pièce était toujours déserte. J'en ai profité pour examiner le Gauguin, cet «amas de taches sombres». Je n'en croyais toujours pas mes oreilles. Peu de temps après, madame Ève est apparue avec un plateau contenant des croissants, un peu de beurre et une cafetière. Après la collation et le dîner de la veille, j'avoue que je m'attendais à plus copieux. Mais je n'en ai évidemment rien fait paraître.

— Bonjour, madame Ève! Bien dormi?

— Bonjour, jeune homme. Venez vous joindre à moi, vous devez être affamé.

— Pas spécialement. Votre poulet d'hier était particulièrement nourrissant!

— Vos flatteries ne sont point nécessaires, mon ami. J'ai passé l'âge d'y croire.

— Je vous assure, madame Ève! C'était fameux!

Madame Ève ne répondit rien. Elle a pris place sur la chaise au bout de la table, elle a empli une tasse de café et l'a déposée à une place libre. J'en ai déduit qu'il s'agissait d'une invitation à m'asseoir.

— Où sont monsieur Henri et Joana?

Madame Ève semblait songeuse, même si elle cherchait à ne pas le laisser paraître. J'avais l'impression qu'elle remplissait ses devoirs d'hôtesse, un peu à contrecœur. Je me sentais décidément de trop et plutôt mal à l'aise.

— Ils ont déjà déjeuné. Ils discutent ensemble dans le boudoir.

Un peu excédé, j'ai risqué le tout pour le tout.

— Vous pourriez m'expliquer ce qui se passe, madame Ève?

Elle a levé vers moi ses yeux noirs, surprise de la question. Durant quelques secondes, son regard scrutateur a semblé évaluer si j'étais digne d'une réponse.

— Vous savez, jeune homme, je ne doute pas de vos qualités, et je vous ferais bien quelques confidences, mais je crois sincèrement que c'est à Joana qu'il revient de le faire. Je suis persuadée d'ailleurs qu'elle vous en fera part.
— Me faire part de quoi?
— De certaines choses qu'il est particulièrement délicat de révéler.
— Vous m'intriguez, madame Ève.

Madame Ève a alors changé de sujet, me signifiant ainsi que je devais cesser de la questionner.

— Vous comptez visiter quelques châteaux de la Loire?

J'acceptais, par respect pour cette honorable dame, spécialiste en volailles goûteuses, de ramener notre tête-à-tête à des considérations plus civiles.

— J'ai un peu l'impression d'avoir déjà commencé. Cette demeure m'impressionne grandement. Vous habitez ici depuis toujours?

— Depuis trop longtemps pour posséder encore la fraîcheur de votre regard. Sans doute s'agit-il d'un beau domaine, mais il ne m'apparaît plus aussi surprenant à mon âge.

— J'ai visité le jardin tantôt. Il est splendide. Est-ce vous qui l'entretenez?

— Autrefois, oui. Monsieur Henri paie maintenant une firme de jardiniers qui viennent régulièrement lui apporter les soins nécessaires.

— À monsieur Henri?

— Non, idiot, au jardin!

Je lui ai décoché mon sourire des meilleurs jours. J'ai senti madame Ève s'apaiser sensiblement.

— Ça ne vous manque pas? Je vous vois assez bien prendre soin de toutes ces fleurs et des parterres.

— Oh, j'adorais, bien entendu. Mais, dites, vous avez vu la grandeur de ce parc? Il me fallait une semaine entière rien que pour enlever les mauvaises herbes. Et après, je devais encore recommencer. Et vous avez vu les bassins? Vous avez déjà, vous, gratté des algues sur du marbre? Remarquez que je ne m'en plaignais pas vraiment. J'étais plutôt amusée de voir le blanc du marbre surgir un peu plus à chaque coup de brosse. J'étais toujours fière du résultat. Jusqu'au jour où une tortue a jailli devant moi, pointant sa tête et son bec en direction de mes doigts. J'ai juste eu le temps de les retirer. J'ai eu tellement peur que j'ai hurlé et j'ai échappé la brosse dans l'eau. Elle se trouve probablement encore dans le bassin!

J'ai resservi un peu de café à madame Ève qui se calait doucement sur son siège.

— Merci, jeune homme. Je n'ai jamais compris d'où était venue cette tortue. Je n'ai plus jamais approché le bassin. Un jour, monsieur Henri s'est aperçu que le bassin était devenu un bourbier. Il ne m'a fait aucune remontrance, mais, le lendemain, l'entretien du jardin m'était retiré. Je n'ai conservé que la corvée de bois!

Les croissants étaient chauds et regorgeaient d'un beurre savoureux.

— J'adore bûcher le bois. C'est ce qui m'a toujours tenue en forme. J'ai chaque jour un peu plus de difficultés, mais je tiens bon le cap!

Je crois que nous étions bien partis pour devenir les meilleurs amis du monde. Sur ces entrefaites, Joana a fait son entrée dans la salle à manger. J'ai tout de suite remarqué ses yeux rougis.

— Joël, nous devons partir immédiatement.
— Tu veux dire quitter l'endroit ou aller nous promener?
— Je monte faire mes bagages. Je souhaite retourner à Paris.
— Mais, Joana, nous n'avions pas parlé de visiter Chambord?
— Désolée...

Et avant d'en entendre davantage, elle a tourné les talons et est remontée à sa chambre. Un peu ébranlé, j'ai pris ma tasse et je l'ai déposée sur le plateau.

— Laissez, jeune homme, je vais m'occuper de tout ça.
— Merci, madame Ève...
— Ne vous en faites pas, jeune homme. Ça n'a rien à voir avec vous.

Plutôt contrit de la tournure inattendue des événements, j'ai regagné ma chambre et repris mes valises que je n'avais pas débouclées. Je suis redescendu et j'ai attendu Joana dans le hall d'entrée. Seuls des échos assourdis en provenance de la cuisine étaient audibles. Ce silence sombre acheva de m'attrister. J'étais finalement content d'être venu ici, mais, en même temps, je tombais mal, cela me paraissait évident.

Joana arriva enfin. Madame Ève est venue nous rejoindre.

— Le taxi arrive, Joana.
— Chère Ève. Prenez bien soin d'Henri.
— C'est ce que je fais depuis trente-cinq ans, mon amie.

Joana fit une bise crispée à madame Ève qui paraissait coutumière de la chose.

— Au revoir, jeune homme. Vous êtes toujours le bienvenu, si jamais vos pas vous ramènent dans cette contrée.
— Je n'y manquerai pas, madame Ève. Merci pour tout.

Je lui fis moi aussi la bise.

— Je peux aller saluer monsieur Henri?
— Je ne crois pas que ce soit une bonne idée. Il est très fatigué. Je lui transmettrai vos amitiés.

Un coup de klaxon sonna le signal de retour. Parvenu à la grille, je me suis retourné une dernière fois pour admirer le domaine. Madame Ève se tenait sur le perron et m'envoya la main.

En route vers la gare, je regardais Joana de côté. Ou bien elle faisait semblant de ne pas me voir, ou bien elle ne se rendait même pas compte de ma présence. J'ai décidé de ne rien dire tant que nous ne serions pas dans le train. Joana s'est occupée encore une fois de la logistique. Elle a insisté pour me payer le retour. Je n'ai pas refusé. Elle avait sans doute besoin de se donner bonne conscience.

— Tu es sûr que tu ne voudrais pas aller visiter Chambord sans moi?

— Ça va, Joana, je me sens un peu perdu et je craindrais de me retrouver à Lisbonne.

Inconsciemment, j'espérais ainsi la culpabiliser. J'aurais voulu visiter le château de Chambord avec Joana, pas seulement pour le château lui-même, mais également pour que Joana me le raconte, avec ses mots et ses souvenirs. Le voir seul m'embêtait; je suis très peu débrouillard en géographie. De plus, je m'ennuie rapidement lorsque je me retrouve seul. Je me rendais compte combien cette constatation avait pesé lourd dans mon désir d'avoir des enfants.

— Il vaut mieux que je rentre. D'ailleurs, les enfants commencent à me manquer. Cela dit, si tu souhaites rentrer seule à Paris, tu peux me le dire franchement.

— Non, Joël, je suis consciente de ne pas beaucoup m'occuper de toi, mais ce n'est pas parce que tu m'ennuies. Ces derniers jours ont été capitaux dans ma vie. Je te raconterai plus tard, quand j'aurai fait davantage le point. Un café en ta compagnie, lorsque nous serons à Paris, me ferait beaucoup de bien. C'est d'accord?

— Oui, bien entendu.

Oui, bien entendu. Je suis vraiment la bonne poire, toujours prêt à accommoder les autres. Et puis, après tout, pourquoi pas? Le sentiment d'être utile ne doit pas être exclusivement réservé à mes filles. J'espérais surtout que Joana se confie à moi. J'y verrais une marque de confiance, d'autant plus valorisante qu'elle viendrait d'une personne en apparence incapable de se livrer.

Le train s'est mis en branle. J'ai voulu poser une question à Joana, mais j'ai aperçu sa bouche tordue par la peine. Ses yeux brillaient d'un éclat de larme, et, question de ne pas l'embarrasser davantage, j'ai décidé de me consacrer à la lecture d'une revue d'informatique que je traînais toujours avec moi. Pendant un instant, j'ai pensé lui demander ce qui n'allait pas. Mais devant les efforts désespérés que Joana déployait pour ne pas laisser paraître ses tourments, j'ai jugé que la démarche ne produirait guère de résultats.

Le rythme régulier du roulement du train sembla redonner un peu de paix intérieure à Joana. Elle a dormi la majeure partie du trajet. À Paris, je lui ai rappelé son idée de prendre un café.

— Tu as pensé à un endroit pour un café, Joana?

— Un café? Ah... Écoute, Joël, je vais te conduire à un hôtel, et je t'appellerai plus tard. Je souhaite rentrer. Je n'ai pas dormi la nuit dernière et je ne tiens plus debout. Je suis navrée. Je tenterai de me reprendre plus tard.

Avant même de pouvoir protester, car, cette fois, je sentais vraiment une montée imminente de moutarde forte au niveau des narines, Joana s'est penchée vers un taxi et a remis un billet au conducteur, avec l'adresse où me conduire.

— À bientôt, Joël. C'est promis.

Et elle m'a laissé en plan, comme un navet au beau milieu du trottoir.

— Alors, ça vient, oui? Je n'ai pas que ça à faire!

Dans un geste rageur, j'ai lancé les valises à l'intérieur du véhicule et j'ai pris place à bord du fourgon.

— Hé, connard! Attention avec vos valoches! Ce n'est pas un cargo, mon bahut!

— D'abord, ce ne sont pas des valoches, ce sont mes bagages. Ensuite, vous auriez pu me donner un coup de main au lieu de me gueuler après.

Le conducteur démarra en trombe. La discussion était fort bien engagée. Mon pilote n'allait pas rater l'aubaine.

— Non, mais écoutez-le, ce ringard. Il se croit au dix-neuvième siècle, le mariolle, lorsque les gens n'avaient que ça à foutre, de se trimballer les roustons avec des courbettes. «Après vous, mon cher. Non, non, je vous en prie, après moi.» Hé, le mec, faut vivre avec son siècle...

Le sermon dura tout le long du parcours. Je trouvais ça plutôt amusant. L'imagination pour entretenir une rogne dépasse, chez certains individus, le simple niveau du verbiage inutile: cela confine à un art digne des plus grands accomplissements. Je retrouvais peu à peu mon humeur et mon calme. Parvenu à destination, le conducteur, dans un sursaut de civilité, voulut me rendre la monnaie du billet que lui avait donné Joana. Je lui ai fait un petit signe hautain de la main.

— Gardez tout!

Il m'a regardé, complètement estomaqué. Le pourboire était plus que généreux. Il n'en croyait pas sa chance. Il s'était davantage attendu à une salve de représailles de ma part. Je suis sorti du taxi avec mes deux valises.

— Dites, vous voulez un coup de main?
— Non, ça ira.

J'ai pénétré dans l'hôtel, non sans un certain amusement à la pensée de la petite saynète qui venait de se dérouler. Payez-vous une prise de bec avec un irascible qui cherche l'affrontement et concluez avec le geste auquel il s'attend le moins, c'est le meilleur moyen de savourer la victoire. On m'a conduit à la chambre où je suis demeuré pensif le reste de l'après-midi, espérant un coup de fil de Joana. Je me suis fait monter un copieux souper, accompagné d'un rouge quelconque, que j'ai englouti sans appétit, le regard absorbé par la télévision. La bouteille terminée, il me restait encore assez de lucidité pour m'apercevoir que la nuit était tombée. J'ai pris une douche bouillante et je me suis enfoncé dans le lit moelleux, la couverture rabattue par-dessus la tête. Je crois que je suis parti à rêver illico.

Les grondements de la circulation m'arrachèrent du sommeil au début de la matinée. Dès que j'ai mis un pied hors du lit, des élancements aigus dans la tête m'ont rappelé mes abus de la veille. J'étais d'une humeur cafardeuse. J'ai eu une pensée pour mes filles, comme toujours dans les moments où leur tendresse me manque. J'ai alors pris ma décision, ne voulant plus demeurer dans cette ville, même si je n'en avais vu que fort peu. J'ai immédiatement appelé l'aéroport pour devancer mon retour, si possible le jour même. La chance m'a souri. Il restait quelques places à bord du vol qui partait deux heures plus tard. En raccrochant, je me suis rendu compte que deux heures pour me préparer, trouver le moyen de me rendre à l'aéroport et dénicher le comptoir d'enregistrement allaient constituer une épreuve digne des marathons olympiens. Je me suis habillé à toute vitesse et j'ai dégringolé les marches pour payer ma note.

— Je n'ai pas reçu de message?
— Non, monsieur, aucun.
— Vous pourriez m'appeler un taxi?
— Très certainement, cher monsieur.

L'obséquiosité m'énerve, mais je préfère ça à un glaviot au visage. Le taxi s'est présenté juste comme je débouchais sur le trottoir. Je me suis engouffré à l'intérieur. Le conducteur s'est retourné avec un grand sourire.

— Bonjour, monsieur! Comment puis-je vous être utile aujourd'hui?

C'était le même conducteur que la veille. Je suis demeuré sans voix durant quelques secondes. Un simple pourboire semblait avoir métamorphosé le bonhomme grincheux. De plus, la coïncidence me semblait plutôt extraordinaire.

— Je dois me rendre rapidement à l'aéroport.

Le visage du chauffeur s'illumina. J'étais décidément un client rentable.

— C'est comme si vous y étiez!

Bien entendu, malgré la bonne volonté de mon nouvel allié, les rues étaient pour la plupart congestionnées. Une manœuvre hardie via le trottoir, qui nous valut des invectives féroces de la part des passants, nous a enfin permis d'atteindre la périphérie où la circulation retrouva un peu de fluidité. La voiture atteignit bientôt sa vitesse de croisière pour se stabiliser autour de 165 km/h. Peu habitué à de telles vitesses, je sentais mon estomac vide se contracter et s'agiter d'inquiétante manière.

Le conducteur m'a déposé devant l'aérogare correspondant à ma compagnie aérienne. Il m'a tendu la main, sans même m'indiquer le prix de la course, le visage fendu d'un sourire cupide. J'ai allongé un billet, n'ayant aucune marge de manœuvre pour ergoter, ni même pour attendre qu'il me rende la monnaie.

— Bon voyage, monsieur!

Je me suis rué au comptoir où j'ai été accueilli par des grognements et des mines vindicatives.

— En voilà une heure pour vous pointer! Dites, les réveille-matin, ça vous dit quelque chose comme invention?

J'ai décidé qu'il était plus sage de ne rien répondre. Je n'étais pas d'humeur à des remontrances prolongées.

— Et en plus il devance son voyage, le petit monsieur.

Le préposé m'a remis ma carte d'embarquement.

— Vos valises sont déjà en route. Vous avez exactement trois minutes vingt-six secondes pour attraper votre vol.

Je lui aurais volontiers mis mon poing dans les dents afin de lui faire perdre sa suffisance, mais cela m'aurait fait perdre vingt-deux précieuses secondes. J'ai franchi la douane, et j'ai rejoint la porte juste au moment où une gentille hôtesse la refermait.

— Mademoiselle! Un instant!

Elle m'a regardé, impatientée, mais au moins elle a eu la charité de ne pas en rajouter. Elle a validé ma carte et, le doigt pointé, elle m'a désigné le couloir, avec un seul mot à l'appui.

— Vite!

J'ai réussi à battre le record du parcours pour tomber dans les bras d'un agent de bord qui m'indiqua ma place. J'ai bouclé ma ceinture et j'ai fermé les yeux pour m'aider à récupérer. Dans quelques heures, ce serait le retour à la routine, au petit train-train, à la petite famille, mes filles qui me sauteraient au cou et Janine qui me ferait sans doute la gueule.

— Merde, avec tout ça, j'ai oublié d'acheter des souvenirs...

La visite chez Henri

Qui peut bien m'appeler à cette heure? Je décroche péniblement le téléphone, l'esprit complètement gommé, la voix éraillée.

— Oui?
— Joana? C'est toi?

J'ai cru reconnaître la voix, mais je tentais de l'associer à quelqu'un de la compagnie d'aviation. Pour oser me réveiller si tôt, il fallait que ce soit pour un remplacement d'urgence. Puis, j'ai fini par identifier mon correspondant matinal.

— Joël?
— Oui, c'est moi.
— Tu sais l'heure qu'il est?

Il m'a raconté qu'il devait se rendre à Paris et se demandait si nous pourrions nous voir et passer quelques jours de vacances ensemble. Prise de court et n'ayant pas l'usage de toutes mes facultés, à peine réveillée, je lui ai donné mon accord. Pire encore, je lui ai même offert de l'héberger.

— Voici l'adresse de mon hôtel. Viens m'y rejoindre à ton arrivée. Tu pourras utiliser l'autre lit.

Je sentais, à l'autre bout du fil, l'enthousiasme du petit gamin peu habitué aux grandes équipées.

— C'est ça. Salut.

Et j'ai maladroitement remis le combiné sur son support, en tentant de me rappeler ce que j'avais dit à Joël. Lui avais-je bien proposé de me rejoindre ici et de partager ma chambre? J'étais tombée sur la tête, ma parole. Je n'avais jamais fait ça de ma vie. Sauf à Orléans, où, quelquefois, je sollicitais Ève pour venir me rejoindre dans le grand lit, lorsque des cauchemars me réveillaient. En outre, il tombait plutôt mal. J'avais prévu faire des courses, effectuer les opérations bancaires que je retarde toujours trop longtemps et aller aérer l'appartement de mon père. Mais une fois le café de l'hôtel enfilé, je me suis sentie mieux et je me suis surprise à être heureuse de l'arrivée de Joël. Cela allait me distraire, et c'était bienvenu. De plus, Joël est un type discret, et, comme on dit, bien élevé. Ce ne serait pas gênant qu'il partage ma chambre pour quelques jours. On doit bien ça à ses amis. Je pourrais d'ailleurs peut-être en profiter pour lui faire lire une de mes nouvelles.

Il me restait assez de temps pour passer à la banque avant l'arrivée de Joël. J'ai alors décidé d'en profiter et d'expédier mes transactions en retard. Mais c'est à ce moment, tandis que j'attendais mon tour aux guichets, qu'un événement décisif s'est produit dans ma vie. C'est ce jour-là, en effet, que j'ai découvert l'utilité de la clef que je traînais dans mon trousseau depuis que je l'avais débusquée dans l'appartement de mon père. Sa mort et le secret dont Henri m'avait déjà parlé possédaient sûrement un lien avec ces quelques grammes de métal. J'ai appelé Henri pour lui faire part de ma découverte. Henri semblait survolté au téléphone. Cette trouvaille signifiait manifestement beaucoup pour lui. Il m'a dit d'aller le rejoindre à Orléans le plus tôt possible.

— C'est que j'ai un ami qui est arrivé et à qui j'ai promis de passer quelques jours de vacances en sa compagnie.

— Eh bien, fais-lui visiter le coin. Il peut t'accompagner, cela ne me gêne nullement, à la condition que tu ne lui répètes rien, je dis bien absolument rien, de ce que j'ai à te révéler.

— Vous n'avez rien à craindre, Henri. Nous serons bientôt chez vous.

Je suis retournée à l'hôtel pour y attendre mon copain. Mes pensées étaient cependant entièrement mobilisées par ce tour imprévu et par les révélations qu'Henri m'annonçait. Je me disais qu'il n'était plus possible d'accueillir Joël dans ces conditions. J'étais ailleurs et je ne pourrais pas vraiment m'occuper de lui. Il fallait trouver un moyen de m'en débarrasser. Mais pendant que j'élaborais un prétexte, on cogna à la porte.

— Bonjour, Joana!

C'était Joël, déjà. Je l'attendais un peu plus tard. Il s'est approché de moi pour me faire la bise. J'ai eu un mouvement de recul instinctif, qui a semblé le décontenancer. Prise un peu de pitié pour lui, je me suis alors dit qu'il valait mieux ne rien décider pour l'instant.

— Bonjour, Joël. Je suis heureuse de te voir. Tu as fait bon voyage?
— Oui, oui, très bien. J'adore les avions.
— Tu as faim? J'aurais le goût d'un café. Il m'en faudrait un autre si je veux espérer passer la journée les deux yeux ouverts.

Nous sommes descendus à la salle à manger. Je regardais Joël engouffrer ses tartines, un peu surprise qu'il soit déjà affamé, si peu de temps après sa descente d'avion. Il m'amusait, ce type, tout de même. Je retrouvais un peu mon calme, prenant mon mal en patience. Il me tardait de rencontrer Henri et d'entendre ce qu'il avait à m'apprendre, mais il me fallait faire quelque chose de Joël. J'ai alors pris la décision de lui proposer de m'accompagner. Après tout, peut-être pourrait-il me procurer un certain réconfort, si jamais le choc m'était trop difficile à supporter.

— Tu es heureux de te retrouver en mission?

— Et comment! Cela me change de la routine et des mêmes têtes.

— Tu as prévu quelque chose pour tes vacances?

Joël m'a dit qu'il souhaitait que je lui fasse connaître Paris. Je crois même qu'il a utilisé le terme «secret», mon Paris secret. Pauvre Joël. Je n'ai pas de Paris secret. Je n'ai que des souvenirs funestes. Je n'y habite que pour de strictes raisons professionnelles et pour pouvoir aller visiter Ève et Henri de temps à autre. Autrement, je vagabonderais à travers le monde, sans aucun port d'attache, et, si possible, sans aucune mémoire.

— Je devais me rendre à Orléans demain. Tu peux m'accompagner si tu veux. Je vais retrouver quelqu'un que je n'ai pas vu depuis longtemps.

Joël n'a pas répondu tout de suite, mais j'ai remarqué qu'il mastiquait plus lentement. Ma proposition semblait le décevoir. Il tentait d'assimiler avec difficulté ce changement de programme et de l'apparier avec sa perception des vacances.

— Ça me plairait beaucoup, mais il me reste encore deux journées de travail, à part aujourd'hui.

Allons bon, me voilà prise au piège. J'étais si impatiente de me rendre à Orléans. Dans un moment de faiblesse, j'avais proposé à Joël de m'accompagner, et maintenant je devais attendre après lui. Je ne me sentais pas de taille à reculer et à lui foutre ses vacances en l'air; par ailleurs il était clair que ce projet ne le satisfaisait qu'à moitié. Il aurait sûrement souhaité passer ses vacances autrement qu'à me tenir compagnie chez des gens qu'il ne connaissait même pas. Il le faisait cependant par gentillesse, désireux sans doute de m'accommoder en échange du service que je lui rendais en l'hébergeant. Comment lui dire maintenant de se débrouiller sans moi? Et, à bien y penser, ce n'était finalement pas si grave. Cela me laissait deux jours pour me blinder face à ce qui m'attendait, et deux jours pour continuer les corvées qu'il me fallait effectuer durant mon congé.

— Bon, c'est d'accord. J'attendrai que tu aies terminé avant de partir. À présent, il faut que j'y aille. On se retrouve ce soir.

J'ai laissé Joël se préparer pour son travail et j'ai filé pour une longue promenade. Je devais m'aérer les esprits. Pourquoi Henri m'avait-il caché ce secret, et pourquoi était-il maintenant si empressé de m'en parler? Malgré moi, j'étais inquiète, à la fois de ce que j'apprendrais et de la manière dont je réagirais. J'ai téléphoné à Henri pour lui dire quand nous arriverions, puis j'ai passé le reste de la journée à affronter des magasins et à m'équiper de quelques vêtements.

Le soir venu, je me suis arrêtée pour un repas moche, mais bienvenu après l'épreuve des escaliers mécaniques, des kilomètres de couloir et de la cohue des gens impatients. Il me fallait encore me rendre à l'appartement de mon père. Il y avait longtemps que je n'y avais pas mis les pieds, et il était plus que temps que j'aille y faire circuler un peu d'air frais. Comme chaque fois auparavant, j'ai tressailli en pénétrant dans le vestibule. Lorsque je viens ici, j'ai un peu l'impression d'accomplir un culte aux morts, comme lorsque l'on va porter des fleurs au cimetière et défricher la pierre tombale. J'étais triste, mais je le faisais par devoir. Le souvenir de mon père m'assistait dans ces moments oppressants et dans ces lieux où il avait été si sauvagement assassiné, et où, moi-même, j'avais failli y rester.

Je retrouvais les vieux meubles. Je les astiquais pour leur redonner un peu du lustre que ma mémoire d'enfant leur attribuait. J'ouvrais toutes les fenêtres, et, pendant la demi-heure où l'air du dehors et les bruits de la ville pénétraient gaiement dans les pièces, l'appartement me semblait presque aussi agréable que lorsque j'y vivais. Quelquefois, je prenais un livre dans ma petite bibliothèque. C'était toujours une histoire que me racontait mon père. Je m'asseyais dans les marches et je tentais d'associer sa voix aux mots que je lisais.

Je suis retournée à pied à l'hôtel. D'avoir passé la journée seule m'avait fait du bien. J'en avais presque oublié Joël. Il dormait déjà, écrasé sur le lit, achevé par une journée bien remplie. Cela me fit sourire. Et c'est sur ce sentiment paisible que je me suis endormie à mon tour.

Comme à l'accoutumée, j'étais réveillée au lever du jour. Joël n'avait même pas changé de position. J'ai pris une longue douche, puis j'ai sonné le réveil pour mon chambreur.

— Allez, assez paressé, monsieur!

Joël a péniblement ouvert les yeux. Il me rappelait mes passagers sur un long vol qui clignaient des paupières lorsque venait le temps de servir le petit-déjeuner et que j'ouvrais, un peu sadiquement, je l'admets, toutes les lumières de l'habitacle. En constatant l'heure, et en se remémorant ses difficultés de la veille à se rendre à son lieu de travail, Joël s'est rué hors du lit. Il a tout juste eu le réflexe de me dire au revoir.

Il me restait encore deux journées à tuer avant de me rendre à Orléans. J'avais espéré que le délai imposé par la présence de Joël me serait bénéfique, mais au fur et à mesure que le temps passait, j'étais au contraire de plus en plus nerveuse et inquiète. Je sentais qu'une nouvelle période de ma vie allait démarrer. C'était la première fois depuis ma sortie de l'orphelinat que j'entrevoyais un avatar à ma petite vie bien rangée et solitaire. Chaque fois que l'idée m'effleurait l'esprit, j'avais très peur. Je craignais de chavirer de nouveau. J'usinais de l'adrénaline en abondance. Pour me changer les idées, je me suis rendue aux bureaux de ma compagnie d'aviation, ce que je ne devais faire qu'à la fin de mon congé.

J'ai passé la journée à régler des tracasseries administratives à propos de valises égarées par les passagers, à compléter différents formulaires, à bavarder avec mes collègues, dont Patrick, de passage à Paris, qui venait déclamer son monologue, et à lire des revues d'aviation, absolument inintéressantes, mais truffées de belles images. Après, je suis retournée lentement à l'hôtel. Joël n'était pas encore de retour. Il voudrait sûrement aller bouffer, ce goinfre, mais je ne me sentais aucun appétit. L'énervement avait eu raison de mon moral. Je me sentais d'humeur taciturne. J'appréhendais de plus en plus ma rencontre avec Henri. Je commençais à peine à me remettre du souvenir de la mort de mon père; j'étais effrayée à l'idée de subir un nouveau traumatisme en apprenant le secret qui lui avait valu cet atroce traitement. À ce moment, Joël a fait irruption dans la chambre, toujours avec son envahissante gaieté.

— Salut, Joana! Tu es là. Je ne t'ai pas attendue pour le ravitaillement!

Non, je n'étais aucunement d'attaque à soutenir une façade joyeuse pour Joël. Il a bien remarqué que j'avais la mine basse, mais j'ai allégué la fatigue, ce prétexte futile, mais toujours commode.

Je me suis enfermée dans la salle de bains. J'ai pris une douche dans le noir, assise dans la baignoire et laissant l'eau bouillante me récurer et me calmer. Mes nerfs lâchaient, et je pleurais silencieusement. Je ne voulais pas que Joël m'entende. Je sentais la brûlure à mon cou. Les souvenirs refluaient, sans que je puisse les endiguer. Mais cela me fit du bien. J'ai attendu d'avoir retrouvé un peu de flegme, j'ai mis ma jaquette et ma robe de chambre, et je suis enfin sortie de la salle de bains. Joël me regardait d'un air indécis, dans lequel je croyais y reconnaître une certaine concupiscence. Je suis persuadée qu'il espérait me voir apparaître flambant nue, ce voyeur. Il en serait pour ses frais. Il n'est pas prêt d'admirer le grain de ma peau. Oubliant toute civilité, je me suis mise au lit. C'est à peine si j'ai souhaité bonne nuit à Joël.

Le lendemain, je n'ai pas bougé de la chambre. J'ai fait mes bagages, pris un bain chaud rempli de mousse et regardé la télévision une bonne partie du temps. Je ne suis descendue que pour manger et pour aller me chercher un peu de lecture au kiosque du coin. J'attendais Joël pour lui proposer une petite promenade. La farniente m'avait reposée et détendue, mais je sentais maintenant le besoin de me dérouiller. Il arriva enfin vers la fin de l'après-midi.

— Salut, Joël. Alors, cette dernière journée, ça s'est bien passé?
— Superbe! Je me suis bien amusé. Nous sommes allés terminer ça à un bistro tout près. J'adore cette coutume. On m'a fait essayer quatre sortes d'apéritifs!
— Ça te dirait d'aller marcher sur les Champs-Élysées?
— Sur les Champs-Élysées? Et comment! Allez, hop, départ! Je t'invite.

Toujours aussi alerte, ce Joël. Je me demande comment il fait. Nous sommes descendus au métro, suprême concession pour aller plus rapidement et pour profiter du beau temps avant la tombée de la nuit. Joël commentait tout ce qu'il voyait. Les transports en commun lui faisaient plus d'effet qu'à moi. Je ne pensais qu'à sortir de ces lieux étouffants. J'ai choisi de descendre à la place de la Concorde. Cela permettrait à Joël de visionner un des hauts lieux touristiques de Paris et à moi de remonter à pied l'avenue privilégiée qui mène à l'Arc de triomphe. C'est l'un des rares coins achalandés où j'aime revenir. La marche adopte naturellement ici un pas dont le rythme me convient parfaitement. Mon compagnon traînait cependant de la patte, par curiosité, d'abord, jetant des regards béats tout autour de lui, et sûrement par manque d'entraînement, ensuite, manifestement peu habitué aux longues balades. Vint le moment anticipé, l'appel de l'estomac.

— Joana, j'ai faim, on s'arrête?

J'avais le goût de m'amuser un peu à ses dépens. Je souffrais du même sentiment de suffisance qu'ont souvent les habitants d'une ville prestigieuse à l'égard des touristes admiratifs. J'ai entraîné Joël à la terrasse d'un café, le plus prohibitif du coin, d'où nous pouvions à loisir contempler les mœurs autochtones. Joël commanda une bouffe substantielle et bien arrosée, sans se douter du péril dans lequel il plongeait son portefeuille. Je souriais malgré moi, imaginant d'avance la tête que ferait Joël quand viendrait le temps de régler l'addition. Le sadisme a ses bons côtés.

— Il faut fêter ça! Le début des vacances... Au fait, Joana, comment allons-nous procéder?

Je devais cacher à Joël les véritables raisons de mon déplacement chez Henri. De même, je sentais bien que Joël avait été mis mal à l'aise par mon humeur morose de la veille. Il devait se demander s'il ne constituait pas un poids pour moi au lieu d'être l'ami bienvenu qu'il aurait souhaité. Pour faire bonne mesure, je lui ai raconté qu'Henri était souffrant et que chaque fois que cela se produisait, j'en étais affectée, d'où ma tristesse d'hier. J'étais cependant loin de me douter du caractère prémonitoire de mon innocent mensonge.

Le repas s'est poursuivi en cadence avec une légère brise parfumée et soyeuse. Nous étions bien. J'avais repris le dessus, et j'avais hâte de revoir Henri et Ève, que je n'avais pas visités depuis trop longtemps. Joël me racontait sa journée, des anecdotes avec ses filles, des petits riens. Je lui apportais ma contribution, en lui donnant des nouvelles de Patrick, et en répondant à ses questions.

— Patrick? J'aurais bien aimé le voir.
— Il t'envoie ses salutations, mais, à l'heure actuelle, il est

déjà à dix mille mètres d'altitude. Il n'a fait qu'une brève apparition aux bureaux, manière de se rappeler aux bons souvenirs de tout le monde.

Ensuite, j'ai sonné le départ à Joël. Il n'était pas question pour moi de me retaper le métro. Je voulais rentrer à pied, même si l'hôtel était éloigné. Le garçon apporta la note que Joël agrippa au vol, fidèle à sa promesse de m'inviter. Je surveillais la réaction de Joël, en train d'analyser la colonne de chiffres. Il avait insisté pour payer, mais je voyais bien à son air déconfit qu'il regrettait sans doute sa galanterie. Au moins, il saurait maintenant comment fonctionne le commerce dans les lieux réputés. Ce serait ça de gagné pour ses prochains voyages.

Le retour fut plus feutré qu'à l'aller. Je crois que Joël ne s'était pas encore remis du choc de l'addition.

— Ça va, Joël? Tu es bien silencieux tout à coup.

— Ce n'est rien. Je digère, au sens propre comme au sens figuré.

Enfin parvenu à la chambre, j'ai fait une courte toilette pour laisser la place à mon handicapé qui voulait prendre un bain chaud et soigner ses ampoules. J'ai vérifié mes bagages, pendant qu'il relaxait ses membres endoloris. Et je me suis couchée, sans demander rien de plus à cette journée, somme toute plutôt réussie.

Au matin, j'ai laissé Joël roupiller. Pour une fois, j'avais l'estomac creux et je ne souhaitais pas attendre qu'il se réveille avant de déjeuner. Je me suis installée à ma place favorite, près de la fenêtre donnant sur la cour intérieure, là où je pouvais observer de temps à autre les rayons de soleil frisant la façade. Ce jour-là, cependant, le temps était d'un gris déprimant. Je n'en avais cure. J'avais d'autres préoccupations en tête.

Joël s'est pointé comme j'achevais ma dernière bouchée. Je lui ai expédié mon bonjour le plus accueillant, mais sans grand succès. Ce n'était pas la super forme.

— Allez, un sourire, quoi. Ce sont les vacances aujourd'hui.

— Tu parles!

Et il s'est mis à déverser sa rancœur à propos du ciel gris et du voyage à Orléans qui l'enthousiasmait autant qu'une séance de torture. Je n'ai pas beaucoup apprécié. En fait, je crois que c'était la première manifestation de mauvaise humeur de la part de Joël dont j'étais témoin, en autant que je me souvienne. Je l'ai regardé fixement, un peu étonnée de cette sortie. Il semblait gêné. Cela me fit cependant comprendre que je l'entraînais à ma suite, sans trop lui avoir donné le temps ou la possibilité de placer son opinion. Cela n'aurait rien changé, car je devais absolument me rendre chez Henri. J'avais déjà trop tardé. Mais je me devais également de me montrer plus conciliante envers Joël. Après tout, sa présence dans la vaste demeure d'Ève et d'Henri me serait bénéfique et viendrait sûrement égayer une visite qui s'annonçait lourde. J'ai fait appel à mes meilleures ressources de gentillesse pour demander à Joël de m'accompagner, malgré son peu d'empressement. Heureusement, j'ai obtenu le résultat escompté. Il s'excusa même de sa saute d'humeur. J'ai profité de la situation pour lui dire de s'activer, sinon nous allions rater le train.

À partir de ce moment, j'ai pris les choses en main, ne voulant pas être inutilement retardée par l'inertie de Joël. Je me suis occupée de tout, jusqu'à ce que nous soyons enfin confortablement installés dans notre compartiment. J'étais de nouveau tendue. Finalement, je n'aimais pas ce ciel glauque; il me semblait de mauvais présage. Le train s'est mis en branle, et Joël m'a posé quelques questions sur Henri. Sans me rendre compte, mes réponses entretenaient l'ambiguïté sur les relations entre Henri et moi. Ce n'est que beaucoup plus tard que j'ai compris que Joël l'associait à un ancien amant avec qui j'aurais gardé contact. C'était là, sans doute, la raison probable de sa mauvaise humeur à l'idée de m'accompagner à Orléans. Pour l'instant, je n'éprouvais aucun besoin, ni aucune envie, de converser. Machinalement, j'ai tiré une revue de mon sac et je me suis mise à lire sous le nez de Joël qui m'en a fait une remarque plutôt vexée.

— Hé! Joana, ce n'est pas très poli. Nous sommes en train de parler.

Décidément, les relations humaines m'étaient difficiles. Joël ne pouvait pas se douter qu'il était pratiquement la seule personne, si on faisait exception d'Ève et d'Henri, que je voyais régulièrement, et, encore, pas très souvent. Il ne pouvait pas non plus deviner les causes de mon isolement et de ma solitude, comment j'ai été amenée à me retrancher sur moi-même. Mais, sur ces entrefaites, cela me fit remarquer que mes relations avec les gens étaient calquées sur le modèle appris à l'école des hôtesses de l'air. Je constatais, non sans cafard, que je traitais Joël davantage comme un passager que comme un ami. J'avais tendance à le materner, comme je le fais avec les passagers dans le besoin, et à le tenir à distance, comme ces raseurs que je dois me taper à chaque vol. Je pestais intérieurement contre ma pauvreté sociale, contre mon indigence à nouer des contacts avec d'autres personnes. J'ai senti une bouffée de dégoût me remplir l'estomac, trouvant néanmoins l'encouragement de me dire qu'après le voyage à Orléans, qu'après les révélations d'Henri sur la mort de mon père, je saurais peut-être enfin émerger du cloaque de ma vie. Joël a sans doute compris mon besoin de réfléchir, ce en quoi je lui étais reconnaissante, et il n'a pas insisté pour me parler. Ce tact m'a rendu Joël encore plus attachant. Il a passé le voyage entier à observer les extérieurs. Je sentais qu'il brûlait d'envie de me livrer ses impressions, mais j'avais le nez enfoui dans ma revue, dont je ne parvenais pas à assimiler un seul mot. Je songeais à mes années d'orphelinat. Déjà, à l'époque, je n'échangeais que rarement, vivant retirée plus souvent qu'autrement. Comment se fait-il que j'aie choisi un métier de relations publiques comme celui d'agent de bord? Pour compenser mon caractère farouche, sans doute.

Pour justement tenter, par ce biais, d'intégrer une manière plus adaptée de communiquer avec les autres?

L'arrivée du train en gare me tira de mes pensées troublées. Le taxi nous mena ensuite tranquillement chez Henri, par cette petite route si souvent empruntée et qui, toujours, me procurait un furtif instant de bonheur. J'étais impatiente de revoir mes parents adoptifs.

Le taxi nous a déposés devant la grille du domaine. Joël n'en croyait pas ses yeux. Il est vrai que la propriété d'Ève et d'Henri possède un caractère imposant. Pendant que Joël admirait le jardin et le manoir tout au fond, j'apercevais Ève qui venait en clopinant pour nous accueillir. La petitesse de ses membres et la vigueur de ses yeux formaient un contraste qui m'émouvait, chaque fois que je venais ici et que se répétait cette petite scène d'arrivée. Ève était heureuse de me voir, elle aussi, mais en lui prenant les mains pour la saluer, j'ai senti la sueur dans le creux de ses paumes. Il s'agissait là d'un signe anormal, connaissant la placidité habituelle d'Ève. Nous sommes revenus vers la maison, laissant, sans m'en rendre compte, Joël se débrouiller avec les bagages.

— Que se passe-t-il, Ève?

Elle ne fut pas surprise de ma question. Nous nous connaissions bien.

— Il vaut mieux que tu sois prévenue, Joana. Henri a beaucoup changé, autant physiquement que moralement. Il a de bonnes raisons pour cela. Je lui laisse le soin de t'en parler. Ton appel a cependant réveillé chez lui une flamme que je croyais pour toujours éteinte. Je crois qu'il craignait ne jamais pouvoir se décharger du secret qui l'habite depuis toutes ces années. Maintenant qu'il sait pouvoir le partager avec toi, il a retrouvé un peu de volonté. Cela me réjouit.

— Ce secret, vous le connaissez, Ève?

— Depuis hier, seulement. Henri croit que je ne risque plus rien à présent. Il m'a tout raconté, comme pour remettre de l'ordre dans ses pensées avant de te voir.

— Et c'est ce secret qui vous préoccupe?

— Non, Joana, c'est autre chose, la fin d'une époque... Tu sauras bien assez tôt.

J'étais perplexe et un peu inquiète. Je me suis alors rappelé l'existence de Joël, qui, comme un brave toutou, nous avait suivies chargé de nos trois valises. Je souhaitais lui présenter Henri, impatiente de constater par moi-même ce qui avait bien pu lui arriver. Je me suis dirigée vers le petit boudoir qu'Ève m'avait indiqué. Je l'ai aperçu, plongé dans la contemplation de son jardin, comme il le faisait de plus en plus, comme s'il ne s'agissait plus là que de la seule réjouissance pouvant encore l'atteindre. Je le voyais de dos, un peu plus voûté que d'habitude. Son habit gris était impeccable, comme toujours, et cela me rassura quelque peu, m'attendant au pire après la mise en garde d'Ève. Mais lorsque Henri, prévenu de mon petit coup sur la porte, s'est retourné, il m'a fallu toute mon emprise pour ne pas laisser transpirer ma stupeur. L'homme encore vigoureux que j'avais laissé la dernière fois avait fait place à un vieillard prématuré, les cheveux clairsemés, les rides profondes, la peau blême et la barbe mal taillée. Que lui était-il arrivé? Ses yeux, pâles et voilés, autrefois si pétillants d'intelligence et de volonté, ont remarqué mon hésitation. Je me suis alors ressaisie et je me suis approchée pour lui prendre la main.

— Comment allez-vous, Henri?

De sa voix éreintée, Henri m'a répondu par une formule creuse. Il semblait résigné, accablé, mais je sentais combien il était ému par ma présence. Pour faire diversion, je lui ai présenté Joël qu'il accueillit plutôt froidement, encore un signe inhabituel. Puis, nous avons pris congé de lui pour monter à nos chambres. Ève avait déjà grimpé, seule bien entendu, nos valises. Elle est venue me reconduire à la porte de ma chambre, désireuse comme toujours que je lui exprime mon ravissement pour toutes ces petites attentions qu'elle apportait à son aménagement, un bouquet devant la fenêtre, une nouvelle dentelle, qu'elle tricotait elle-même, sur le pied du lit, le parquet de bois à la couleur si chaleureuse, soigneusement ciré, et le petit cadre sur le mur avec une vieille photo des parents d'Henri, affichant l'air sérieux de circonstance que l'on retrouve sur toutes les photos officielles de cette époque.

— C'est magnifique, Ève. Merci. Je ne pourrai jamais assez vous remercier pour tout ce que vous faites pour moi.

— N'y pense plus, mon enfant. Sans toi, nous ne serions plus que deux pauvres épaves perdues dans l'immensité d'un monde qui nous échappe chaque jour un peu plus. Je vous attends pour le goûter. Monsieur Joël me semble gourmand; il va apprécier ce que j'ai préparé.

Je me suis mise à rire, d'un rire franc et spontané, qui me fit le plus grand bien, et à Ève aussi. Malgré la préoccupation dans laquelle me plongeait l'état d'Henri, je me sentais pleine de confiance à l'idée d'emprunter un nouvel embranchement de mon existence. J'ai enfilé une chemise propre, puis, après avoir jeté sur le jardin un regard par la fenêtre, je suis passée prendre Joël. Il semblait un peu décontenancé. Il ne se sentait pas tellement bienvenu. Je l'ai rassuré du mieux que j'ai pu.

— Ne t'en fais pas. Viens, tu changeras d'idée en dégustant les victuailles préparées par Ève.

Dans la salle à manger, Joël a retrouvé un peu de son entrain. Il est tombé en extase devant la toile sur le mur, que, pour ma part, je n'aimais pas tellement. Je lui ai fait signe de prendre place à la table. Ève s'est jointe à nous. Elle avait sorti son service de porcelaine, fragile comme une note de clavecin. Henri n'était pas là, comme d'habitude. Je regardais Joël engloutir des tranches de pâté épaisses comme une darne de saumon. Ève et moi avons échangé un regard amusé par son appétit. Mais l'envie d'aller retrouver Henri était plus insistante que celle de manger.

— Dis, Joël, je vais t'abandonner quelques instants. Je dois aller retrouver Henri.

Il ne sembla pas trop s'en faire d'être livré à lui-même, lui pourtant si facilement inquiet. Je suis partie rejoindre Henri, toujours installé au boudoir, dans la même pose immuable que précédemment.

— Vous semblez bien abattu, cher Henri.
— Je le suis, Joana, je le suis. Mais je ne veux surtout pas gâcher ta précieuse visite. Je te parlerai de tout ça demain matin. Cela te permettra de profiter de la soirée et du dîner qui s'annonce bon.
— Vous ne voulez pas m'entretenir maintenant de ce secret, dont vous me parliez?
— Demain, Joana. Je réfléchis encore à la manière de te le raconter. Je ne me rappelle que difficilement certains détails qui te seraient utiles pour mieux comprendre le tourment dans lequel ce secret avait plongé ton père. Demain, je te promets que je saurai répondre à toutes tes questions.

J'étais un peu déçue, mais il était inutile d'insister.

— À votre guise, Henri.
— Raconte-moi ce que tu deviens, chère enfant. J'ai besoin de t'entendre parler. Ta venue représente chaque fois un grand

moment pour nous, encore plus vrai aujourd'hui. Demain, je libère ma conscience de la dette morale envers ton père, mais, en même temps, je crains les conséquences que cela aura pour toi.

— Je n'ai rien à perdre, Henri. Je sens le besoin de m'ouvrir, de sortir de ma coquille, de vivre enfin déliée du boulet de mes souvenirs. Je sens que ce que vous me direz va constituer un pas décisif dans cette direction.

— Si tu pouvais dire vrai, mon enfant. Je ne suis pas aussi convaincu que toi des bienfaits à retirer de ce secret, mais, au moins, de te voir aussi bien disposée me réconforte grandement. Ève et moi avons toujours soupiré de regret de te voir aussi distante, pas tant pour nous que pour toi. Tu nous as toujours semblé si malheureuse.

— Je sais, Henri. Vous et Ève n'y êtes pour rien. C'est à moi d'y voir. J'en prends de plus en plus conscience, grâce à Joël, entre autres.

— C'est ton petit ami de cœur?

— Il s'en faudrait de beaucoup. Non, c'est seulement un ami sympathique, quelqu'un que j'ai rencontré lors d'une fête chez des gens, et avec qui je prends quelques jours de vacances.

— Je suis heureux de te voir, Joana. Tu sembles sereine, et cela me comble beaucoup. Cela contribue à atténuer le sentiment de vacuité de mon existence.

Avec son langage aux relents aristocratiques, Henri m'apparaissait plus désespéré que jamais. Je ne l'avais jamais connu si torturé, bien qu'il exprimât souvent son amertume sur le devenir du monde actuel. Même son sens de l'humour semblait l'avoir abandonné.

J'ai passé le reste de l'après-midi en sa compagnie, à tenter de lui remonter le moral. Nous nous sommes rappelé des anecdotes de l'époque où j'habitais ici. Je lui racontais des petits événements, dont il avait totalement perdu le souvenir, qui illustraient combien il était une personne attentionnée et joviale. J'espérais ainsi redonner à Henri ces couleurs que je refusais d'admettre qu'elles soient perdues. Puis, le jour tombant, il a fallu se préparer pour le dîner. Ève n'appréciait pas les retards, surtout lorsqu'elle avait pris un soin particulier à mijoter le repas.

Je suis partie à la recherche de Joël. Je l'ai surpris dans la bibliothèque, confortablement installé dans le fauteuil que j'occupais si souvent moi-même lorsque la pluie, m'empêchant de jouer au jardin, me conduisait ici. Je pouvais demeurer des heures sans bouger sur les coussins, ou alors je me plongeais avec frénésie dans la lecture du premier livre sur lequel je mettais la main. Henri voulait toujours me conseiller des lectures, mais sans succès. Je n'en faisais qu'à ma tête. Il a fini par imaginer un stratagème, celui de placer à ma portée les livres qu'il voulait me voir lire et d'éloigner les autres, trop précieux ou trop délicats pour mon âge.

En m'entendant, Joël a sursauté, embarrassé, comme je le connais, d'avoir été surpris en train de consulter un livre qui valait, à lui seul, une année de son salaire. J'ai calmé son inquiétude d'avoir commis un impair, puis je l'ai invité à me suivre pour le dîner.

— Viens, il ne faut pas faire attendre Ève et Henri.

Dans la salle à manger, Henri, déjà à table, esquissa un sourire de bienvenue, conscient de ses devoirs d'hôte envers Joël. J'ai fait signe à mon compagnon, discret et mal à l'aise, de s'asseoir à mes côtés, tandis qu'Ève arrivait avec le potage. Le fumet m'ouvrit instantanément l'appétit. Cela me changeait du graillon à bord des avions. Je m'amusais, une fois de plus, à observer Joël, empêtré, peu accoutumé à ces mœurs d'un autre âge, à toutes ces petites traditions de la table que, malheureusement, seules les vieilles personnes ou les snobs perpétuent encore. Je le voyais hésiter sur le choix de son ustensile, sur l'endroit où déposer son pain. Il tâchait, maladroitement, de ne pas mettre ses coudes sur la table ou de ne pas faire de bruit en mastiquant. Pour lui venir en aide, j'ai pris sur moi d'agrémenter la conversation. Joël en a profité pour s'immiscer. Mais ses tentatives sur Gauguin et ses éloges sur le vin ne furent guère couronnés de succès, pas plus que le poulet qu'Ève avait préparé à mon intention. Ce poulet était pour moi chargé de significations symboliques, ce qui, bien sûr, ne constituait pas le cas pour Joël. J'imagine qu'il s'attendait probablement davantage à un faisan farci aux truffes et au foie gras, quelque chose du genre, qu'à une volaille de basse-cour. Je dégustais ce petit plat intime, dans lequel je sentais toute l'affection d'Ève à mon égard. Joël entretenait laborieusement avec Henri sa conversation sur le vin. Puis Henri se leva, fatigué et désireux de prendre congé. Cela ne lui ressemblait pas. J'étais déçue, malgré ses bonnes paroles à mon endroit. J'avais souhaité retrouver la chaleur de ces longs dîners passés à table, à discuter de tout et de rien, comme cela se produisait autrefois à chacune de mes visites. De voir Henri aussi diminué me fit trembler de chagrin. Et lorsque je l'ai aperçu donner à Ève une bise dans laquelle perçait sa tendresse d'autrefois, j'ai eu toutes les peines du monde à retenir mes larmes. J'aurais souhaité qu'Henri en fasse autant avec moi, mais il savait combien ces contacts physiques m'étaient douloureux. Aujourd'hui, cependant, je le regrettais; je voulais qu'il me prenne dans ses bras et qu'il m'explique ce qui lui arrivait. Je désirais me lever et aller à sa rencontre, mais c'était trop exigeant pour moi. Je n'étais pas encore prête pour exprimer mes élans envers quelqu'un. Ève comprenait tout cela. Elle est venue à mon aide, avec sa discrétion coutumière, en s'adressant à Joël, qui semblait avoir remarqué, lui aussi, les sentiments qui m'agitaient. Joël y a mis du sien pour nous faire rire, et j'ai lentement retrouvé mon calme. Je me suis mêlée à la conversation qui a dévié sur des souvenirs et le quotidien, un peu comme je l'avais fait l'après-midi avec Henri.

— Et que devient madame Pauline, la boulangère?
— Elle blanchit de plus en plus, mais je crois que ça n'a aucun rapport avec la farine.

Joël en était à son troisième armagnac. Il avait le regard vitreux. J'ignore encore comment il a pu se mettre sur ses pattes, se pencher pour une bise à Ève et monter l'escalier sans débouler. J'ai décidé d'en faire autant, après avoir donné un coup de main à Ève pour nettoyer la salle à manger et pour ranger la vaisselle. Je me suis endormie d'un sommeil à la fois lourd et agité.

Henri m'avait dit qu'il m'attendrait tôt au matin. J'ignore si lui et Ève avaient dormi, mais ils étaient déjà dans le boudoir quand je me suis présentée, à peine le jour levé.

— Ah, te voilà, Joana. Viens prendre place, j'ai préparé du café.

Ève m'a servi une tasse et Henri est tout de suite entré dans le vif du sujet.

— La clef que tu as trouvée appartient probablement à la banque avec laquelle il faisait affaire, mais il se peut aussi, s'il s'agit bien des documents que nous recherchons, qu'il ait ouvert un compte dans une tout autre institution, afin de mieux les cacher.

— Je me souviens que, petite, il m'avait montrée une banque, en me demandant de toujours m'en rappeler. Malheureusement, la petite fille que j'étais a tôt fait de l'oublier. Il me semble cependant qu'il y avait d'énormes colonnes sur le devant.

— Alors, il s'agit sans doute de sa succursale régulière. Je crois me souvenir que c'était un immeuble prestigieux. Ton père m'en avait parlé à une ou deux reprises. Par contre, je ne me souviens absolument pas où elle était située.

— Je saurai bien la retrouver.

Henri m'a indiqué la nom de la banque. Puis, il s'est penché vers moi et a appliqué une légère pression sur mon bras. Le moment était venu.

— À présent, Joana, tu dois bien m'écouter.

Pour l'écouter, je l'ai écouté. Je n'ai même jamais été aussi attentive de ma vie. Henri m'a raconté longuement, en détail, les circonstances par lesquelles mon père a pris connaissance d'informations ultraconfidentielles et qui ont éventuellement mené à son assassinat. J'étais tendue comme un archet. Je n'osais pas interrompre Henri, malgré toutes les questions qui me démangeaient. Il débitait ses paroles comme un texte appris. Je sentais que cela exigeait de sa part une concentration dont il était difficilement encore capable. Il craignait également mes réactions, connaissant les années d'absence dans lesquelles m'avait plongée la mort de mon père. Ève écoutait également. Elle me jetait des coups d'œil furtifs. J'étais pâle, incrédule, mais j'ai tenu bon. L'histoire était proprement incroyable, invraisemblable même. Je n'avais cependant aucune raison de douter des dires d'Henri. C'était donc là les nouvelles données avec lesquelles je devrais désormais composer. J'étais passablement abattue, mais déterminée à relever le défi.

Quand Henri a eu terminé, Ève s'est levée.

— Monsieur Joël doit être debout maintenant. Je vais aller m'occuper de lui et lui offrir à déjeuner.

— Merci, Ève.

Henri regardait Ève s'éloigner. Il avait l'œil embué. Il n'a rien dit pendant quelques minutes, puis il m'a jeté un regard qui m'a surprise et m'a effrayée.

— Il y a encore autre chose, Joana.

Je ne savais pas si j'étais en état d'assumer de nouvelles révélations. J'attendais la suite avec épouvante.

— Je sais que tu as remarqué mon délabrement.

— Henri...

— Ne dis rien, Joana. Pourquoi fermerais-je les yeux sur ce que je suis devenu? Ce que tu ne sais pas, cependant, ce sont les causes qui m'ont mené à cet état.

Henri m'observait toujours. Il fallait qu'il se confie, je devais savoir la vérité. En même temps, j'avais l'intuition que ce serait pénible. Henri devinait lui aussi mes craintes, mais il m'assena tout de même le coup de grâce.

— Je suis atteint du cancer, Joana.

— ...

— Je souffre du cancer du pancréas. Il me reste peu de temps à vivre. Je trouve extraordinaire la coïncidence de ton appel. Encore quelques mois et j'aurais emporté mon secret dans la tombe, comme on dit.

— Henri, ce n'est pas possible.

— Bien sûr que c'est possible, mon enfant. Et, grâce à ce que tu sais maintenant, je peux désormais envisager cette perspective avec un peu plus de sérénité. J'ai accompli ma dernière tâche.

— Et Ève, elle le sait?

— Bien entendu. Ève est depuis si longtemps ma compagne de vie qu'elle avait deviné ce qui se passait avant même le diagnostic du médecin.

— Il n'y a pas moyen de guérir?

— Non, plus maintenant. Au stade où en est mon cancer, les traitements sont inutiles. Je prends un peu de morphine lorsque la douleur devient insupportable. Mon médecin est de connivence. Il me connaît bien et respecte la manière que j'ai choisie de me retirer, ici, dans cette maison, près de ma chère Ève.

Je me suis mise à pleurer. J'ai enfoui mon visage dans mes mains. En quelques secondes, ma chemise fut détrempée par les larmes. Henri observait silencieusement ma douleur. Lui aussi pleurait doucement. À un moment, ce fut plus fort que moi. Je me suis redressée et j'ai pris Henri dans mes bras.

— Henri...

Lui aussi m'entourait de ses bras. Il sentait mes soubresauts, mais il était heureux de ce moment de réconfort de ma part. C'était la première fois que cela m'arrivait, la première fois que j'offrais une étreinte à quelqu'un. Je pleurais sans pouvoir m'arrêter. Le trop-plein d'émotion de tant de confidences pénibles débordait de toutes parts. Au bout de quelques minutes, j'ai retrouvé un peu de calme. Je me suis relevée. J'ai reculé vers la sortie du boudoir. C'était trop difficile. Ma seule réaction était de quitter l'endroit. Henri me regardait avec une telle intensité que j'en étais bouleversée. Il savait qu'il me voyait pour la dernière fois.

— Adieu, Joana...

J'ai eu la force de lui faire un petit signe de la main. J'ai ensuite tourné les talons et je me suis enfuie au jardin. J'y suis demeurée le temps nécessaire pour retrouver la contenance d'aller chercher Joël. Il était encore attablé avec Ève et semblait bien s'amuser. Il a tout de suite noté mon regard confus.

— Joël, nous devons partir maintenant.

Il se demandait comment interpréter le sens de mes paroles. Il voulait visiter le château de Chambord comme nous en avions discuté. Mais c'était hors de question. Il me fallait retourner à Paris et me rebâtir, dans la solitude de ma chambre d'hôtel, un moral. Je me sentais complètement défaite. Aujourd'hui, je réalise que j'aurais mieux fait d'amener Joël à Chambord. Je me serais confiée à lui, et le contexte de la visite aurait rendu la tâche plus facile pour surmonter ma peine. Mais, pour l'instant, je ne connaissais pas d'autres moyens que celui de m'isoler, comme je l'avais toujours fait.

Je n'ai pas laissé à Joël le temps de rouspéter. Je suis immédiatement montée à ma chambre pour en descendre avec ma misérable petite valise. Ève m'attendait. Elle avait appelé un taxi. Comment faisait-elle pour supporter la disparition annoncée d'Henri? Je me suis penchée vers elle et je lui ai mis sur la joue une bise plus sèche que je ne l'aurais voulu. Ève savait ce que ce petit geste anodin me coûtait d'effort. Je sentais très bien le bonheur intérieur que cela lui procurait.

— Je serai en voyage les prochaines semaines. Laissez-moi savoir, n'est-ce pas, Ève?
— Ne crains rien, Joana.

Nous sommes montés dans le taxi, en route vers la gare. Joël ne disait rien, mais ses interrogations intérieures à mon endroit étaient palpables. Je sentais que je lui devais des explications.

Mon état de choc m'en rendait cependant incapable pour l'instant. J'ai décidé d'attendre que nous soyons dans le train. À la gare, je me suis occupée de tout. J'ai insisté pour payer le billet de retour. C'était la moindre des choses, après lui avoir ainsi écourté ses vacances. Je lui ai demandé pourquoi il n'allait pas tout de même à Chambord. Il fit contre mauvaise fortune bon cœur en prétextant s'ennuyer de ses filles. Je lui ai offert un café lorsque nous serions à Paris. Peut-être à ce moment pourrais-je lui confier les raisons de ma conduite. Mon stupide orgueil me faisait craindre de m'effondrer en larmes si je lui parlais à l'instant. Je ne voulais pas faire subir ça à Joël, que je devinais trop embarrassé dans ces circonstances.

Le retour m'a semblé interminable. Chacun des mots d'Henri me revenait en tête. J'étais incapable d'endiguer leur signification douloureuse. Il me fallait toute ma volonté pour ne pas hurler de désespoir. Henri. Je ne pouvais pas le croire. J'allais perdre mon deuxième père, au moment même où il m'offrait la possibilité de venger mon premier. À la descente du train, Joël m'a rappelé ma proposition d'aller prendre un café, mais le voyage ne m'avait pas permis d'améliorer mes dispositions. Je lui ai bredouillé de vagues promesses et je l'ai expédié par taxi dans un hôtel que je connaissais. J'agissais avec un manque total de savoir-vivre, mais également avec un manque total de ressources pour me comporter autrement. Je sentais l'amertume gagner Joël, et j'ai disparu avant que sa rage ne m'éclate au nez. Cela aurait constitué une épreuve de trop. J'ai marché machinalement jusqu'à mon hôtel. En pénétrant dans ma chambre avec sa moquette grise, son papier peint à motifs floraux délavés et le couvre-lit en satin rose, la tristesse des lieux m'a refilé une telle nausée que j'en ai dégobillé.

J'ai alors pris la décision de coucher ailleurs. Je ne connaissais qu'un seul autre endroit, l'appartement de mon père. Je suis partie séance tenante. Il m'apparaîtrait sans doute différent cette fois, maintenant que j'ai appris ce qui s'est passé. Je me suis installée pour la soirée et la nuit. Je n'avais aucun appétit. Je me suis préparé un thé et je me suis assise devant la fenêtre, dans une position qui n'était pas sans rappeler celle d'Henri dans son boudoir. Le liquide chaud me fit du bien. Je sentais ma volonté reprendre progressivement le dessus. Il le fallait, malgré la douleur que la disparition d'Henri soulevait en moi. Une nouvelle partie s'engageait, et j'aurais besoin de toutes mes énergies pour m'y consacrer. Dès demain, je partirais à la recherche de la succursale bancaire où mon père possédait un coffre. C'est là que j'y dénicherais peut-être les fameux documents grâce auxquels je pourrais enfin m'affranchir du passé.

D'après...

28 octobre – *Premiers mouvements de troupes*
Les pertes sont très élevées
D'après ADP, IRP. Les premières confrontations des armées de terre ont eu lieu hier à l'aube alors que les troupes françaises, après les intenses bombardements des derniers jours, ont tenté de prendre par surprise les retranchements italiens près de Milan. À l'aide d'armes légères et de lance-missiles portatifs, les troupes d'élite françaises ont infligé de lourdes pertes à l'adversaire avant d'être prises à revers par l'aviation supersonique italienne. Les dégâts sont considérables et on ne connaît pas encore le nombre exact de victimes.

Ces premiers incidents importants depuis le déclenchement des hostilités surviennent à un moment où la tension internationale qui sévit risque de provoquer de graves répercussions. On se rappellera qu'il y a quelques jours le ministre britannique des Affaires extérieures, Sir Harold Bentley, avait prévenu les autorités françaises que «tout franchissement des frontières serait dûment sanctionné».

Par ailleurs, le ministre français de la Coordination internationale, monsieur Paul Pargon, a rejeté le blâme des premiers combats sur les pays de l'A.N.A. en fustigeant leur «inconséquence» et ceux «qui veulent imposer la paix à coups de botte cloutée». Selon le premier ministre, monsieur Murpuis, une «riposte était indispensable».

Entre-temps, de forts mouvements de troupes étaient remarqués aux frontières autrichiennes et allemandes, ainsi qu'en Bulgarie et en Hongrie. Les derniers communiqués font état de tirs d'artillerie, avec les nouvelles roquettes MS-53, mais on ne signale toutefois aucune victime.

31 octobre – *Démonstration de force dans la Méditerranée*

D'après IFC. Les États-Unis ont fait montre, hier, de leur force d'intervention ainsi que de la sophistication de leur matériel balistique. À l'aide d'un sous-marin à portée tous azimuts, la marine américaine a en effet simultanément fait sauter l'île de Chypre, où était cantonné un important contingent militaire sur la base franco-ukrainienne, et le détroit de Gibraltar, bloquant ainsi l'entrée de la Méditerranée aux croiseurs qui se dirigeaient vers la Corse. Les dégâts sont évalués à plusieurs milliards de dollars. La communauté de Gibraltar a été complètement rasée et il ne subsiste plus rien du jadis célèbre promontoire.

Par ailleurs, la FDUR (force de déploiement ultrarapide) de l'Union maghrébine a pris position en un temps record dans le détroit de Messine peu après l'agression américaine. L'Union cherche ainsi à bloquer la retraite au sous-marin «Ferocity», responsable de l'attaque. La tentative de blocage demeure sans succès jusqu'à présent, bien qu'on croie que le sous-marin a épuisé son arsenal. Dans le but de déloger le sous-marin de ses positions, la FDUR a utilisé des sondes à remous projetés. Un raz-de-marée a cependant été ainsi provoqué, créant des ravages importants sur les côtes de la Sicile. Le président Walid Benjalla a dénoncé ce qu'il a qualifié de «délire américano-impérialiste» et a promis que ce «lâche attentat» ne demeurerait pas impuni.

D'autre part, les mouvements de troupes en Centre-Europe prennent toujours une ampleur qualifiée «d'inquiétante» par la Suisse alémanique. Un représentant officiel à Zurich a dévoilé aujourd'hui des photographies transmises par les services satellites de contre-espionnage suisse, tendant à prouver que Vienne et Sofia se préparent à pénétrer en Hongrie, en dépit de l'accord signé à Budapest entre ces pays, l'an dernier. Le franchissement des frontières par les troupes autrichiennes et bulgares serait considéré comme un «acte aux conséquences incalculables», toujours selon le communiqué.

6 novembre – *Le Midwest américain privé d'électricité*

D'après EMC. Suite à l'agression américaine en mer Méditerranée le 31 octobre dernier, le Mexique a réagi avec une rare violence et a fait exploser, en guise de représailles, les capteurs solaires sur orbite qui alimentaient en énergie le Midwest américain. Le Mexique a eu recours à son récent satellite à rayons concentriques, dont on connaît l'exceptionnelle précision. Ironie du sort, ce satellite avait été lancé au début de l'année par la navette porteuse «Traveller» à Cap Reagan.

La destruction des capteurs solaires plonge la population dans le noir alors que sévit aux États-Unis la pire vague de froid de leur histoire. Les autorités américaines ont immédiatement mis en place leur plan «Urgent Remedy» destiné à rétablir la situation, mais on craint qu'il ne faille quelques jours avant que les centrales terrestres soient en état de fonctionner efficacement. Le sénateur Edward Georges Cromby a tenu à rassurer la population et il a déclaré que tout avait été mis en œuvre pour venir en aide à la population sinistrée. «Nous ferons tout ce qui est en notre pouvoir pour que personne ne souffre. Nous espérons obtenir la collaboration de tous face à l'énorme tragédie qui nous frappe, suite à ce geste inqualifiable et qui ne demeurera pas impuni.»

À la Maison-Blanche, des générateurs ioniques ont été activés. Le président Wilby a convoqué d'urgence une conférence de presse pour cet après-midi. On s'attend à ce qu'il annonce les mesures de rétorsion qu'il compte adopter contre le Mexique.

7 novembre – *Des armes biotechniques auraient été utilisées en Bolivie*

D'après UFA. D'importants cas d'épidémie ont été rapportés à La Paz durant la nuit alors que les hôpitaux se sont vus littéralement assaillis par de nombreux individus porteurs de symptômes alarmants. Leur peau était en effet couverte de plaques purulentes et les yeux présentaient d'inquiétants signes de calcification.

On sait que ces symptômes sont provoqués par l'IRPA-R2, gaz toxique extrêmement nocif, qui aurait fait l'objet d'expériences visant à utiliser ce dérivé chimique dans les armes biotechniques de type BX. Tout porte à croire, d'après des sources dignes de foi, que des ogives BX à base d'IRPA-R2 auraient été lâchées sur la ville peu avant l'aube, ce qui violerait l'accord paraphé à Genève interdisant tout recours aux armes biotechniques. La Commission internationale de la Croix-Rouge a ouvert une enquête.

Les observateurs en place à La Paz semblent croire à une action de l'Argentine. On se rappellera que l'abrogation du traité transfrontalier entre la Bolivie et l'Argentine, le mois dernier, avait provoqué la convocation d'urgence de l'état-major de madame Estella. Le gouvernement de la présidente dénonçait cet acte unilatéral qualifié «d'inadmissible». On semble maintenant craindre que les eaux fluviales aient été contaminées de la même façon dans le nord du pays, là où on avait signalé ces derniers jours d'importantes pertes de bétail.

10 novembre – *Bulletin spécial*
On signale en Asie un tremblement de terre d'une amplitude encore jamais vue. On croit, d'après les premières observations, que la province de Manching en République socialo-soviétique orientale a été littéralement rayée de la carte. On se perd en conjectures sur les causes de la catastrophe.

11 novembre – «*Des sondes à magma sont à l'origine de la tragédie Manching*» – Abou-Kou-Toré
D'après AR. Le président de l'Union des Afriques noires, monsieur Abou-Kou-Toré, a formellement accusé l'Inde et le Japon d'être à l'origine du tremblement de terre qui a sévi dans la province de Manching en République socialo-soviétique orientale. Rappelons que ce tremblement de terre, dont on estime le nombre de victimes à plus de 425 millions, s'est produit alors qu'aucune activité sismique n'avait été signalée les jours précédents.

166

Monsieur Abou-Kou-Toré affirme que l'Inde et la Japon ont fait usage de sondes à magma, dont on connaît les risques, pour provoquer la catastrophe. «L'Inde et le Japon n'ont jamais pardonné à la RSS orientale d'avoir envahi le Pakistan népalais réunifié. Ils ont une fois de plus démontré leurs visées hégémoniques et impérialistes en recourant à la pire méthode de destruction qui soit, les sondes à magma.» Monsieur Abou-Kou-Toré croit, en effet, que seul ce type d'armement a pu provoquer un séisme d'une telle ampleur. Il a demandé la convocation d'urgence d'une commission d'enquête internationale. Le président a de plus exigé que des mesures de représailles soient immédiatement adoptées.

Par ailleurs, la situation dans la province de Manching, d'après les observateurs rendus sur place, est particulièrement dramatique. Le dernier bilan fait mention d'une possibilité de 425 millions de morts, soit environ la moitié de la population de cette région, une des plus densément peuplées du globe. Il n'y a plus aucune infrastructure et on assiste déjà à un exode massif vers les régions plus septentrionales. Un pont aérien a été établi entre la province de Manching et le sud de la RSS.

12 novembre – *La situation s'envenime en Amérique du Sud*
D'après UNC. Après les nombreux cas d'épidémie signalés en Bolivie, et que l'on attribuait à l'emploi d'armes biotechniques, la situation a pris des proportions inquiétantes dans les pays limitrophes. On croit savoir qu'en raison de la pollution des cours d'eau dont la source est située en Bolivie, des villages entiers d'Argentine et du Chili sont affectés par un taux de mortalité sans précédent.

Des mesures d'urgence ont immédiatement été adoptées afin de prévenir les populations riveraines des dangers qu'ils courent à consommer ou à utiliser l'eau des rivières avoisinantes. Les premières analyses semblent confirmer que ces eaux contiennent des traces d'IRPA-R2, gaz extrêmement toxique. On s'attend, malgré cette réaction rapide des autorités, à ce que le bilan des victimes s'alourdisse considérablement durant les prochains jours.

Par ailleurs, la Bolivie a accusé l'Argentine d'être à l'origine des explosions de missiles BX sur La Paz le 7 novembre dernier. On se souviendra que ces missiles avaient causé de nombreux cas d'intoxication lors d'une attaque déclenchée peu avant l'aube. Le gouvernement d'Union nationale, par l'intermédiaire de son porte-parole, madame Estella, n'a cependant encore annoncé aucune mesure de représailles, signalant que les rivières contaminées allaient se charger de faire payer aux Argentins leur «geste criminel».

De son côté, le gouvernement argentin n'a toujours pas émis de commentaire officiel. Toutefois, l'armée de terre semble sur le qui-vive. Toutes les permissions ont été annulées et d'importantes manœuvres de bombardier B-57 ont été repérées par les satellites FAR. Le Brésil a immédiatement prévenu l'Argentine qu'il n'accepterait aucune violation du territoire aérien de la Bolivie. Le président brésilien, Maître Fiorredes, a déclaré que «l'Argentine s'exposerait à d'énormes risques si elle franchissait la frontière bolivienne». Aux dernières nouvelles, la situation était toujours très tendue. On craint à tout moment l'étincelle qui mettrait le feu aux poudres.

14 novembre – *Le président José Herrera retrouvé mort*
D'après UPE, ASP, ER. Le président du Mexique, José Herrera, a été assassiné hier dans sa résidence présidentielle. Le cadavre de M. Herrera a été retrouvé aux petites heures par les domestiques qui s'inquiétaient du silence prolongé du président, habituellement levé très tôt.

On rapporte que le cadavre de M. Herrera reposait dans un tel état qu'il était difficile de reconnaître le président. Le crâne était éclaté, le visage écorché, les deux mains brûlées. Par ailleurs, M. Herrera avait manifestement subi des sévices prolongés puisque son dos laissait voir de profondes taillades.

On se perd actuellement en conjectures sur la manière dont cet assassinat a pu être perpétré. D'aucuns croient que le ou les assassins ont bénéficié de complicités à l'intérieur. La presse locale est déchaînée et on accuse ouvertement la CIAA, l'agence américaine de renseignements et d'interventions, d'être à l'origine de cet «acte barbare». On se rappellera, en effet, que le meurtre de M. Herrera fait suite aux récentes menaces américaines.

En attendant, l'escalade poursuit son cours. On s'attend incessamment à un déclenchement ouvert des hostilités entre le Mexique et les États-Unis. De nombreuses manifestations ont d'ailleurs eu lieu dans tout le pays, suite à l'annonce de la mort du président. Les manifestants ont défilé aux cris de «À mort» (Wilby) et «Vengeance». On signalait déjà de nombreux mouvements de troupes à la frontière, tant du côté mexicain que du côté américain.

Les obsèques de M. Herrera auront lieu jeudi à 14 heures.

15 novembre – *Le Japon rayé de la carte*

D'après UDCM. Une explosion électronucléaire d'une puissance estimée à 10 MBhars a littéralement rayé le Japon de la carte à l'aube hier matin. Après l'explosion, il ne reste plus, en effet, de l'ancienne puissance impériale que quelques blocs rocheux de l'île de Honshû, la plus grande des quatre îles de l'archipel nippon, situé dans l'océan Pacifique.

Un raz-de-marée gigantesque a suivi l'explosion, balayant les îles avoisinantes jusqu'aux côtes de la Corée.

On s'attend à ce que l'Inde et ses 2,1 milliards d'habitants subissent le même sort puisque l'on croit que l'explosion du Japon fait suite aux événements qui se sont déroulés dans la province de Manching. On se souviendra que le Japon et l'Inde avaient été formellement mis en cause dans le tremblement de terre qui a récemment affecté cette région. La pulvérisation du Japon pourrait donc avoir un lien avec ce séisme. Si c'est le cas, l'Inde pourrait suivre. On signale d'ailleurs des mouvements de panique à la frontière Nord de l'Inde.

16 novembre – *Guerre généralisée en Europe*

D'après URA, ECR. Après plusieurs jours d'attentisme et de grande tension, la guerre a finalement ouvertement éclaté en Europe. On signale de violents combats à toutes les frontières.

Les pays européens étant tous signataires du PNAN (Pacte de non-agression nucléaire), on ne s'attend donc pas dans l'immédiat à un recours aux armes électronucléaires, comme celle qui a détruit le Japon cette semaine. En revanche, on assiste à un déploiement d'armes les plus sophistiquées et même, pour certaines, tenues secrètes à ce jour. Canons d'électrons, lance-missiles BX, bombes bactérielles, ogives à dissolution instantanée, roquettes FX-3 à longue portée, etc. ont déjà transformé le théâtre des hostilités en un immense carnage et en un paysage lunaire. On croit même savoir que les villes de Vienne et de Venise ne sont plus qu'un souvenir et qu'il n'y aurait aucun survivant.

Par ailleurs, les sous-marins continuent toujours leurs ravages, cette fois en mer Baltique où la fonte des glaciers, provoquée par les missiles balistiques extrathermiques, inonde à présent la Norvège, et bientôt la Suède, sur tout l'ensemble du territoire. On s'attend à ce que le reste de la coalition scandinave subisse elle aussi le même sort.

17 novembre – *Guerre généralisée en Amérique*

D'après UJD. La coalition des pays fédérés d'Amérique centrale s'est jointe au Mexique dans le conflit qui l'oppose actuellement à l'Union américano-canadienne et qui fait rage depuis hier soir.

Le président Wilby a immédiatement donné son accord au recours d'armes électronucléaires, mais on pense que la proximité du Mexique fait craindre aux généraux de l'armée de l'air des retombées sismiques sur le territoire des États-Unis. On sait que le Mexique ne possède pas d'armes de ce type. Les observateurs estiment que le Mexique table sur la crainte des responsables américains des retombées d'une explosion électronucléaire pour provoquer sans délai les hostilités.

En attendant, la coalition a déjà pénétré jusqu'à Houston et se dirige vers Los Angeles où l'alerte a été déclenchée. On signale jusqu'à présent plusieurs millions de morts. L'armée américaine opposerait une vive résistance à l'avance des troupes adverses.

18 novembre – *Explosion électronucléaire sur la lune*
D'après PN, ESR. La colonie lunaire, Luna I, où habitent les représentants des classes aisées de tous les pays du monde, a subi cette nuit une explosion électronucléaire d'une amplitude estimée à 140 Rhams. La colonie aurait été complètement rasée. Les premiers calculs astronomiques font également craindre une légère déviation de l'orbite lunaire. On ignore pour l'instant les raisons de cette destruction, et s'il y a des survivants.

19 novembre – *Guerre généralisée en Afrique*
D'après AFF. Prenant ouvertement position, pour la première fois, dans le conflit qui oppose les pays européens entre eux, l'Union des Afriques noires a décidé de se ranger du côté des pays opposés à la RSS, manifestant ainsi sa «profonde indignation» suite à la destruction du Japon et à celle prévue de l'Inde.

Il apparaît, en effet, de plus en plus probable que la RSS soit à l'origine de la violente explosion qui s'est produite au Japon, il y a quelques jours, rayant le pays de la carte des nations. Des rumeurs font état de la destruction imminente de l'Inde par voie subterrestre, dont les conséquences, comme on le sait, sont incalculables.

La prise de position de l'UAN a immédiatement été «déplorée» par la RSS dont la riposte n'a pas tardé. La fédération israélo-palestinienne, alliée de la RSS, a, la première, déclenché les hostilités après cette déclaration de guerre de l'UAN. On s'attend incessamment à une confrontation décisive entre les troupes adverses.

DERNIÈRE HEURE: On apprend en dernière heure qu'un séisme d'une ampleur inégalée s'est produit aux Indes. On ignore pour l'instant la cause de la catastrophe.

20 novembre – *Guerre généralisée en Asie*

D'après UPF. Prenant à la fois partie contre la RSS, accusant cette dernière d'avoir provoqué l'explosion électronucléaire sur la lune, et contre les États-Unis, par solidarité avec les pays latino-américains, les pays de l'Asie du marché commun ont décidé, par un accord conjoint, de mettre tous leurs moyens «au service des justes causes». Les avions infrasoniques B-487, de fabrication américaine, ont immédiatement pris leur vol en direction de l'est. On croit que les bombardements ont déjà commencé, permettant au Mexique de consolider sa position au sud des États-Unis.

Par ailleurs, des bateaux porteurs ont appareillé en direction du nord et devraient prendre position au large des côtes de la partie septentrionale de la RSS tôt au début de l'après-midi.

21 novembre – *La guerre fait rage sur tous les fronts*

D'après EC. Tous les pays semblent désormais impliqués dans ce qui apparaît de plus en plus comme une lutte à finir.

Par ailleurs, rompant avec toute prudence et en raison de la situation critique des forces américaines, le président Wilby a ordonné l'emploi de bombes électronucléaires contre le Mexique, malgré le risque de retombées sur le territoire même des États-Unis.

26 novembre – ...

Il est désormais impossible de connaître ce qui se passe à l'étranger, toutes les agences ayant cessé d'émettre. La situation ici même apparaît critique et notre agence serait actuellement l'unique organisme de diffusion encore en état d'opération.

Il est à craindre cepen...

Les mauvaises nouvelles

— Un peu grinçant, ton texte.

— Tu trouves?

— Allez, quoi! Fais pas l'innocente.

— J'admets que j'y ai mis un peu de dérision.

— Ça saute légèrement aux yeux. Tu as une dent contre les agences de nouvelles?

— Ce n'est pas ça, même si j'ai toujours détesté le ton désinvolte avec lequel les dépêches racontent les événements les plus effroyables.

— Ce n'est pas le seul endroit où on retrouve ce genre de neutralité douteuse. La télévision est riche en exemples du même ordre.

— Oui. En fait, j'ai justement eu l'idée d'écrire ce texte, un soir, en regardant la télévision. J'écoutais le bulletin de nouvelles. On en était aux faits divers. Aux faits divers... Une expression neutre, comme si ces nouvelles étaient là uniquement pour meubler les temps morts. La lectrice de nouvelles racontait, avec évidemment l'habituel ton froid et impersonnel qu'exige le métier, que deux adolescents avaient trouvé la mort dans un accident de la route. On ne nous épargnait aucun détail. Même la marque de l'automobile était mentionnée. Des images montraient le tas de ferraille et les deux cadavres éjectés qui reposaient à côté. Ne me demande pas comment, mais le cameraman était arrivé sur les lieux avant l'ambulance. Il n'allait pas rater l'aubaine, et la chaîne de télévision non plus. C'était horrible. On voyait les membres tordus des deux jeunes, la chair en lambeaux, couverts de sang. Aucune pudeur. Je me mets à la place des parents, innocemment installés devant leur poste, grignotant des amuse-gueule, apercevant tout à coup leurs enfants livrés ainsi aux yeux des voyeurs et des hypocrites qui se donnent bonne conscience, et apprenant de cette manière leur mort.

— Pas comique, en effet.

— Mais ce n'est pas tout. Pendant la diffusion des images, le commentateur expliquait que l'accident s'était «vraisemblablement produit suite à un excès de vitesse. Le conducteur aurait perdu le contrôle dans une courbe». Et puis, sur cette fin de phrase, diffusion d'un commercial. Et là, tu ne devineras jamais.

— Une annonce de voiture?

— Oui, mais pire encore. Une annonce de voiture, du même modèle que celui dans lequel les deux jeunes avaient péri. Et cette annonce, tu sais ce qu'elle vantait?

— La sécurité de la voiture?

— Pas du tout. Ça débitait le slogan suivant: «Pas pour les pépères!» On y voyait un blanc-bec exalter la conduite de sa voiture en dépassant à toute vitesse des conducteurs plus lents et plus âgés. Superbe, n'est-ce pas? D'un côté, on annonce la mort atroce de jeunes hommes, parce qu'ils roulaient trop rapidement. De l'autre, et tout de suite après, une publicité sur la même voiture, dans laquelle on met l'emphase sur la performance et l'ivresse de la vitesse.

— Drôle de hasard.

— Affreux, oui. Bien sûr, certaines personnes ont remarqué l'association et ont protesté. Le directeur de la mise en marché pour le manufacturier de la voiture a été invité à commenter. Tu sais ce qu'il a répondu? «Un malencontreux concours de circonstances.» Avec, en prime, un air désolé et affecté que personne ne pouvait croire sincère. Au moins, par la suite, on n'a plus jamais revu l'annonce.

— Et c'est ça qui t'a donné l'idée d'écrire ta fin du monde?

— L'impulsion de départ, oui. J'avais trouvé que le commentaire plat sur des images semblables avait quelque chose d'indécent. Je n'ai jamais compris qu'on puisse filmer ou photographier des cadavres, des gens mutilés, des scènes de violence où des gens meurent ou sont sauvagement battus. Qu'on puisse fixer sur pellicule de telles scènes, et avec le détachement de celui qui prend des photos en souvenir de sa petite famille, dépasse mon entendement. À mon avis, il y a du criminel refoulé dans ce comportement.

— C'est leur métier. Ils ont sûrement autant d'émotions que toi ou moi. Seulement, ils doivent passer outre et rapporter des images.

— Rapporter des images pour quoi faire? Rassasier des voyeurs qui éprouvent un plaisir morbide à contempler des macchabées dépecés en morceaux? C'est ça ta conception d'un service public? C'est à ça que doit servir, pour toi, un bulletin de nouvelles?

— N'exagère pas. Tu sais très bien qu'on éprouve tous une attirance suspecte envers le sang et la violence. Quand tu croises la scène d'un accident, tu ne me feras pas croire que tu ne regardes pas.

— Non, pas moi.

— Je ne te crois pas.

— Qu'est-ce que tu connais à la violence, toi? Qu'est-ce qui te fait croire que ça pourrait m'attirer?

— Allons, ne t'emballe pas, on discute. Assieds-toi. Je veux seulement dire que ça m'amène à me poser une question. Toute cette violence diffusée partout, peut-être qu'elle agit finalement un peu à la manière d'un vaccin? Tôt ou tard, nous sommes tous confrontés à la violence. C'est comme inévitable de nos jours. Et je parle de la violence au sens large qui peut revêtir plusieurs formes, pas seulement physiques. Si on ne l'a jamais connue auparavant, ça peut constituer une expérience traumatisante. C'est la même chose avec les enfants. On a beau vouloir les entourer et les protéger de tout, ce n'est peut-être pas le meilleur service à leur rendre. Une fois lancés dans le monde, ils devront apprendre à se débrouiller dans un contexte moins cotonné. Alors, finalement, apprivoiser cette réalité par le biais sécurisant d'un poste de télévision, ça rend peut-être des services, je ne sais pas.

— ...

— Tu sembles songeuse?

— Ce n'est rien.

— Par contre, ces images sont répandues partout et à tout moment, ce qui est peut-être un peu exagéré. Et le tout accompagné de commentaires anodins. Moi, c'est davantage ce contraste entre des images morbides et les petits tons insignifiants utilisés pour les décrire que je considère déplacé.

— Je suis bien d'accord. Il devrait y avoir de l'indignation, de la révolte, des protestations. Au lieu de ça, on raconte qu'un tel a été retrouvé écorché vif sur le même ton que si on annonçait la météo. Ça me fait gerber.

— C'est pourtant ce que tu fais dans ton histoire.

— C'est ce que je dénonce, justement, ces reporters gratte-papier, incapables de prendre position ou d'apporter des éléments d'analyse ou de réflexion aux faits qu'ils rapportent.

— Tu es féroce aujourd'hui. Tu sais, ils n'ont pas toujours le choix. Ils ont des patrons comme tout le monde, il y a des intérêts économiques, politiques, en jeu. Une dépêche d'agence n'est pas vraiment le lieu approprié pour s'adonner à des exégèses. Il y a des publications spécialisées pour ce faire.

— Je crois qu'on pourrait au moins s'efforcer de ne pas dire deux fois la même chose dans le même foutu communiqué, comme cela se produit souvent.

— Vois-le comme une confirmation de la nouvelle qu'on annonce! On s'y prend à deux fois pour mieux faire passer le message.

— Très amusant. D'ailleurs, ça, c'est justement l'autre aspect du problème. Le seul point de vue que l'on possède en lisant une dépêche, c'est en général celui d'un journaliste incompétent qui ne sait même pas de quoi il s'agit.

— Oh, c'est un peu gros, ça.

— Je sais, mais c'est pour illustrer mon point. Tu n'as jamais remarqué qu'une nouvelle annoncée un jour, comme ça, avec tambours et trompettes, adjectifs et exclamations, bref, comme s'il s'agissait d'une vérité universelle, va souvent être contredite peu de temps après, quelquefois le jour même?

— Que veux-tu dire?

— Ce que je veux dire, c'est que ces individus, dont la tâche est de rédiger des nouvelles et de les transmettre aux agences de presse, ne sont pas forcément des gens qualifiés pour traiter leur sujet. Il est facile de les excuser. On ne peut pas être expert dans tous les domaines. Seulement, la plupart du temps, ces dépêches d'agence sont anonymes. Je n'ai pas d'autres moyens de me faire une idée de la situation que ces quelques lignes écrites par un pur inconnu. Tu me suis?

— Je t'écoute.

— Donc, sans pouvoir recouper cette information avec d'autres témoignages, je suis un peu forcée de croire qu'il s'agit de la vérité, du moins d'un point de vue émis par quelqu'un qui était à priori mieux placé que moi pour en parler. D'autant plus délicat qu'il est rare que le contexte d'une nouvelle soit rappelé. Si on ne connaît pas les faits, les événements, les gens, les circonstances, ainsi de suite, qui ont mené à la nouvelle qu'on est en train de lire, on est encore moins en position pour la juger ou pour la contester. D'accord?

— D'accord.

— Alors, ce que je déplore, c'est que, de nos jours, il est à peu près impossible de se faire une idée ferme de ce qui se passe, d'avoir la moindre certitude sur quoi que ce soit.

— Et ça te semble bien différent d'avant.

— Oui, il me semble. Tu admettras qu'aujourd'hui on est bombardé d'informations de toutes parts. Les moyens de communication actuels facilitent ces transferts d'un bout à l'autre du globe. Cela prenait plus de temps auparavant. On avait le répit suffisant pour assimiler les nouvelles. Elles acquéraient ainsi une autre dimension, elles s'inscrivaient dans un cours du temps beaucoup plus paisible. Alors que, maintenant, à peine a-t-on terminé de lire une nouvelle que non seulement elle fait déjà place à d'autres informations, mais, souvent, elle est même complètement contredite par ces autres informations. Et sans qu'on puisse avoir le moyen de trancher entre les deux informations, puisque, de toute façon, même les journalistes sont largués. Tu veux des exemples?

— Vas-y.

— Comme je connais ton côté «avocat du diable», j'ai eu l'idée d'éplucher quelques journaux, étalés sur une semaine. Ça va me servir à étayer mes arguments.

— Je vais tâcher de ne pas te décevoir!

— Regarde ici: «La croissance a entraîné une augmentation du chômage.» Parce que, semble-t-il, le type de croissance économique que l'on connaît désormais s'effectue au détriment de l'emploi. Même si les profits des compagnies augmentent, cela ne se traduit pas par une augmentation de l'embauche, mais davantage par des pertes d'emploi. Ce qui d'ailleurs peut se défendre puisque l'augmentation de productivité qui génère de meilleurs profits viendrait des nouvelles technologies, grâce auxquelles il faut moins de personnel pour effectuer les mêmes tâches. Le lendemain, par contre, dans le même journal: «La croissance s'accompagne de création d'emplois.» Mot pour mot! On raconte que l'information de la veille était fallacieuse, que si on considère d'autres points de vue ou d'autres facteurs, la conclusion s'impose autrement. La croissance générerait donc encore de l'emploi, selon les modèles traditionnels que l'on connaissait dans le passé. Alors, d'après toi, on a appris quoi ici? Bien sûr, si on lit un peu plus en détail, on se rend compte que le premier article repose sur des données fournies par les syndicats, tandis que dans le second, tu l'auras deviné, c'est le patronat qui donne la réplique. On peut donc penser que la nouvelle est biaisée par les intérêts respectifs de chacun. Il s'agit de maquiller la réalité pour l'accommoder à ses objectifs propres. Mais, dans ce cas, c'est quoi la réalité? Comment se faire une idée exacte de la situation? Qui a raison ici? Qui croire en l'absence d'autres informations qui pourraient nous permettre de trancher? Car, bien sûr, tu ne trouveras pas dans le journal une analyse plus approfondie. Tu n'auras pas droit à l'intervention d'un expert neutre et qualifié qui saurait faire reposer son analyse sur des données irréfutables et fournir leur véritable signification. Mais on ne le fait pas. Pour des questions d'ordre monétaire, d'abord. Les journaux n'ont pas les moyens de s'offrir des spécialistes compétents. Et puis, ensuite, parce que c'est bien trop risqué de se mettre à dos des groupes puissants. Mauvais pour les affaires, ça. Alors, on rapporte telles quelles les positions de chacun, sans enrobage. Tant pis pour le lecteur qui aimerait bien savoir de quel côté pencher, indépendamment de ses affinités personnelles envers les syndicats ou le patronat...

— Ton lecteur, comme tu dis, je doute qu'il soit de toute façon intéressé à lire l'opinion d'un expert, même en supposant qu'il ait du temps à consacrer à cette lecture.

— Mais à quoi sert de lire dans ce cas? Que savons-nous de plus après avoir lu ces deux articles? C'est comme s'il n'y avait jamais eu de nouvelle, puisque les deux opinions se contredisent et, du même coup, s'annulent. Et c'est pour ça qu'aujourd'hui les gens en savent encore moins qu'auparavant, alors qu'on n'a jamais été, soi-disant, autant informé.

— Tu mentionnes le manque d'argent et l'habitude établie de ne plus afficher ses couleurs, pour de strictes questions de rentabilité, mais il y a plus. Ton exemple est un peu extrême. Il faudrait beaucoup plus que l'intervention d'un expert pour conclure dans un sens ou dans l'autre. La situation est devenue tellement complexe qu'elle ne peut plus être appréhendée d'une seule manière, celle qui permettrait enfin de savoir sur quel pied danser.

— Alors, il faudrait que tu m'expliques l'utilité des journaux, à part connaître la météo et les résultats de la loterie? Ce que tu dis peut être généralisé à pratiquement tout.

— C'est le lot de notre époque, mais, pour moi, ça ne la rend pas moins intéressante. Seulement, ça explique peut-être pourquoi il y a de moins en moins de débats d'idées. À la limite, il n'existe plus une seule idée pour laquelle il vaut la peine de se battre, puisque, quoi qu'il arrive, il y aura toujours quelqu'un pour réfuter l'argumentation, encore un autre pour contredire la sienne, et ainsi de suite. Au bout du compte, on a l'impression étrange de n'être pas plus avancé.

— Je ne suis pas certaine de trouver ça aussi passionnant que toi.

— As-tu d'autres illustrations de ta brillante théorie?

— Bien entendu. Tiens. Tiré d'une revue d'affaires publiques. «La criminalité a augmenté de cinq pour cent en un an.» Triste, n'est-ce pas? On saupoudre l'article de statistiques comparatives, sans évidemment connaître les sources d'où elles proviennent, et on en conclut que nous vivons une bien malheureuse époque. On pourrait penser qu'il s'agit d'une forme déguisée de publicité au profit des entreprises qui vendent des systèmes d'alarme. Ça ne me surprendrait aucunement d'ailleurs. Mais comme l'article est signé par un journaliste à qui on a toujours le loisir de demander de justifier ses sources, et que le fond de la nouvelle est noyé dans une mare de chiffres, on n'ose pas contester l'article, et on s'empresse d'ajouter une serrure à sa porte. Les serruriers font probablement d'ailleurs partie des commanditaires de l'article.

— Toi aussi, tu devrais justifier tes sources!

— Ce n'est pas la peine. Regarde. Dans une autre revue, affaires sociales cette fois, un policier est interviewé. Il raconte qu'il faut lire avec précaution les statistiques sur la criminalité et ne pas automatiquement croire que la rue est devenue plus dangereuse en un an. Tu sais pourquoi il dit ça?

— Non. Il n'a pas reçu son pot de vin des serruriers?

— Tu n'y es pas. C'est parce qu'on a exigé des policiers durant la dernière année qu'ils augmentent leur quota d'arrestations. On voulait ainsi contrer l'image négative des policiers qui passent leur temps à se promener et qui laissent courir les délinquants. Les policiers ont été obligés d'emboîter le pas, autrement on leur reprochait de ne pas faire leur travail. Ce qui fait qu'ils ont multiplié les interpellations, souvent sans justifications, simplement pour rencontrer leur quota mensuel. Mais, bien sûr, en ne se fiant que sur le seul nombre d'arrestations d'une année à l'autre, il est facile de conclure que la criminalité est en hausse.

— Tu veux en venir où, finalement?

— À la même chose que tantôt. Je trouve désespérant qu'aujourd'hui on ne puisse plus être assuré de rien. Chaque fois que quelque chose est annoncé, même avec un consensus initial, il est impossible d'être assuré que quelqu'un n'ira pas déterrer un fond de tiroir et jeter toute l'affaire par terre. Des réputations ont été ruinées de cette manière. Des personnalités célèbres, adulées, respectées, sont souvent traînées dans la boue, surtout après leur mort. On découvre des vices cachés (le sport favori), des perversions, des tractations plus ou moins honnêtes, et on n'a pas d'autres empressements que d'étaler tout ça sur la place publique. C'est ainsi partout, à tous les niveaux et dans toutes les sphères d'intérêt. Quelquefois, j'en ai vraiment assez. C'est à un point que je n'écoute que rarement un bulletin de nouvelles. C'est trop déprimant. Il n'y a que des mauvaises nouvelles, des réfutations, des contestations, des ragots. C'est censé être ça l'information de nos jours.

— Moi, je crois que si les époques antérieures avaient été aussi bien équipées que nous pour transmettre et diffuser de l'information, le résultat aurait été identique au nôtre. Ça n'aurait pas été plus sain. Tu n'as qu'à voir de quoi sont faits les manuels d'histoire. On n'y parle que de guerres et d'assassinats, de haine et d'intolérance. Il faut prendre notre époque pour ce qu'elle est, en nous disant qu'elle transite vers autre chose. Il n'y a pas de jugements à porter là-dessus. Elle n'est pas pire qu'une autre.

— Ah, tu crois! On voit bien que tu as toujours vécu dans ton petit cocon bourgeois et qu'il ne t'est jamais rien arrivé.

— Et alors? Laisse-moi profiter de mes illusions. Tant mieux si j'ai pu être épargné, même si j'ai eu ma part de difficultés, quoi que tu en penses. Mais je considère qu'il n'est guère utile de ruminer des rancœurs, on se fait déjà bien assez de misères comme ça.

— J'admets. Ce qui ne veut pas dire qu'il faille ignorer les aspects pitoyables de notre époque. Et pour moi la manière de traiter l'information constitue une raison valable de s'indigner. Le pire, c'est que cela ne concerne pas uniquement les journaux ou les revues. La falsification des faits est très répandue, même au sein d'organismes réputés intègres. On les croit à l'abri des malversations, ça fait partie du mythe de la science dédiée à la recherche de la vérité. Mais, là aussi, il n'y a pas trop de quoi se réjouir.

— Tout de même...

— Tu sais, la recherche, scientifique ou autre, coûte une fortune de nos jours. Il ne faut pas croire que les chercheurs sont à l'abri des pressions économiques et politiques, sous prétexte qu'ils œuvrent pour une noble cause. Eux aussi sont de plus en plus soumis à des contraintes de rentabilité. Et on connaît beaucoup d'exemples d'expériences trafiquées, de résultats arrangés, simplement pour augmenter la visibilité des équipes de recherche et pour permettre le renouvellement des subventions.

— Ce ne sont pas quelques exemples isolés qui doivent jeter tout le discrédit sur la profession.

— Non, bien sûr. Ce n'est pas là où je veux en venir. C'est simplement le prolongement de ce que je disais précédemment. Quand on lit le compte rendu d'une expérience ou les conclusions d'une recherche, on ne peut jamais être entièrement convaincu de la solidité de l'argumentation ou de la rigueur avec laquelle la recherche a été menée.

— Pourquoi?

— Parce que, justement, on n'en parle jamais! Toi-même, tu mentionnais que ça n'intéresse personne. La seule chose que tu verras, même dans des publications spécialisées, ce sont les conclusions, la plupart du temps, d'ailleurs, évasives. Tout le reste, protocole, démarche, compilation, marge d'erreur, etc., tout ce qui vient appuyer la thèse et ses conclusions est relégué dans un ou deux paragraphes, davantage pour la forme. Il est alors impossible pour d'autres chercheurs de reproduire les conditions de l'expérience et de tenter de vérifier les mêmes hypothèses. Publier des recherches, dans ces conditions, est un peu à la portée de tout le monde. Il suffit de savoir mettre les ingrédients ensemble, et tu peux faire gober n'importe quoi. Aujourd'hui, c'est là où la science en est pour moi.

— Tu exagères. Ce n'est quand même pas à la portée de tout le monde d'entreprendre des recherches et de publier des trouvailles.

— Bon, je savais que j'aurais affaire à monsieur Sceptique. Démonstration? Tiens, prenons le café que tu tripotes maintenant. Combien de tasses bois-tu par jour?

— Euh, environ trois ou quatre. C'est quoi le rapport?

— Eh bien, suite à des expériences menées avec des groupes témoins, je suis maintenant en mesure d'affirmer que le risque du cancer de la gorge augmenterait de manière significative et proportionnellement au nombre de tasses de café bues par jour.

— …

— Je te résume la démarche. On démarre d'abord avec quelques statistiques sur l'occurrence des cancers de la gorge dans les sociétés occidentales. Je t'en cite une au hasard, de toute façon personne n'ira vérifier. Disons-le ainsi: «Depuis le début du siècle, l'augmentation des décès causés par le cancer de la gorge s'est accru de 120 pour cent, alors qu'on constate qu'il est demeuré relativement stable en Asie et dans les pays africains.» Troublant, n'est-ce pas? J'appelle ça un beau préambule. Tout de suite, la question vient en tête, pourquoi en Occident et pas sur les autres continents?

— Je t'écoute.

— «Dans la recherche des causes qui ont engendré une augmentation aussi dramatique des cancers de la gorge, une vérification des habitudes alimentaires dans les pays occidentaux nous a permis de constater que, durant la même période, la consommation du café avait plus que doublé. Une vérification similaire pour l'Asie et l'Afrique nous apprend par contre que cette consommation est demeurée plus modeste sur ces continents. D'où notre hypothèse: il existe un corollaire entre la consommation de café et le cancer de la gorge.»

— Il faut maintenant la preuve, c'est ça?

— C'est ça. Je poursuis: «De telle date à telle date (il faut un intervalle de dates assez étendu pour que ça fasse sérieux), nous avons observé trois groupes témoins. Le premier était composé de sujets qui ne prenaient jamais de café, le second de sujets qui consommaient un ou deux cafés par jour et le troisième de sujets qui prenaient plus de trois cafés par jour.» Vient ensuite: une brève description du protocole d'observation, des examens qui étaient menés à intervalles réguliers, etc. Le genre de renseignements endormants sur lesquels on passe rapidement. «À la fin de la période d'observation, les pourcentages respectifs des personnes atteintes du cancer de la gorge étaient les suivants: trois pour cent pour le premier groupe, 14 pour le second et 26 pour cent pour le troisième.» Puis, arrive le temps de noyer le tout dans des analyses d'écart-type, de variance et autres élucubrations statistiques pour prouver que les différences sont significatives. «Ces faits troublants nous amènent à conclure que les risques de contracter un cancer de la gorge augmentent proportionnellement avec notre consommation de café.» Et l'article se terminerait sur quelques considérations générales à propos de nos habitudes alimentaires malsaines, et sur la nécessité de poursuivre la recherche et l'exploration de nouvelles pistes d'explication. De quoi inciter les bailleurs de fonds, en l'occurrence les compagnies de café, à alimenter la recherche, en espérant qu'une contre-expérience mène à des conclusions moins dommageables pour leur industrie.

— Il y a plein d'autres facteurs qui pourraient expliquer ces pourcentages, l'hérédité, par exemple. On pourrait aussi penser qu'il y a d'autres aliments en cause et non seulement le café. A-t-on vérifié la consommation de chocolat dans les groupes témoins? Peut-être est-ce plutôt ce qu'on mange avec le café qui provoque les cancers de la gorge. Dans les pays asiatiques, les gens sont peut-être préservés parce qu'ils boivent de l'alcool de riz. Il faudrait faire une expérience avec les mêmes groupes témoins et mélanger un peu d'alcool de riz à leur café pour vérifier si les cancers diminuent. Et puis, si vraiment le café cause le cancer de la gorge, quelle est la composante particulière qui en est responsable? Je dis un peu n'importe quoi, mais, comme tu vois, une expérience ce n'est pas si simple, il y a plein de variables à contrôler.

— Je suis bien de ton avis. Et c'est justement grâce à ça que les instituts de recherche parviennent à s'alimenter en subventions. Et c'est aussi pourquoi la science fait, à mon avis, si peu de progrès.

— Que tu es pessimiste, Joana!

— Le pessimisme n'existe pas. C'est simplement un autre angle d'approche d'une réalité complexe. Il n'y a pas de point de vue valable ou supérieur à un autre. Il n'y a que plusieurs manières d'aborder un sujet. Et tu peux bien parler que je suis pessimiste, alors qu'il n'y a pas une seule bonne nouvelle sur dix dans les médias. Ça joue sur le moral à la longue, tu ne crois pas?

— À propos, c'est justement l'heure des nouvelles. Tu viens les écouter avec moi?

Une soirée au restaurant

Janine me regardait d'un air embêté. Depuis que j'avais perdu mon emploi, nos finances nous obligeaient à une certaine prudence. Elle comprenait mal comment je pouvais lui annoncer que j'emmenais Joana dans un des restaurants les plus chics de la ville, chic allant évidemment de pair avec exorbitant. De plus, elle commençait à soupçonner une aventure entre Joana et moi.

— Je t'assure, Janine. Il n'y a rien entre cette fille et moi. Seulement, lorsqu'elle est de passage ici, nous avons pris l'habitude de nous rencontrer. Et comme tu ne tiens absolument pas à la connaître, nous nous voyons ailleurs. Il s'agit d'une amie avec qui je discute beaucoup, dont la compagnie me plaît, et ça s'arrête à ce niveau.

— Je veux bien, mais est-ce si nécessaire de dilapider ton allocation de chômage dans cette sortie? Il y a plein de dépenses à venir avec la rentrée scolaire, tu le sais bien.

— Mon chômage ne s'en portera pas plus mal. Je puiserai dans ma prime de départ. Et puis, je vais bien finir par me trouver du travail.

— C'est à souhaiter. Mon salaire commence à crier grâce avec tout ce qu'il faut acheter.

— Ne me rends pas ça plus difficile, Janine, je t'en prie. J'ai vraiment besoin de cette sortie. D'ailleurs, je me suis déjà commis auprès de Joana. Je m'en voudrais de lui faire faux bond. J'admets que j'aurais peut-être dû choisir une gargote au lieu de cet établissement sélect, mais si je ne nourris pas mon moral avec un peu d'imprévu, je crois que je vais craquer.

— Je comprends, Joël. Ça ne doit pas être facile de perdre son emploi. Je ne voudrais pas que ça m'arrive. Alors, tâche de t'amuser avec ta dulcinée. Peut-être un jour ce sera mon tour de profiter de tes largesses dans un endroit où je rêve d'aller en ta compagnie depuis des années...

Elle a un don pour me mettre à l'aise. Dans le fond, elle a un peu raison. Elle n'avait même pas eu droit à ce traitement de faveur lors de notre dixième anniversaire de mariage. Et voilà que parce que Joana se pointe, je me sens soudainement le besoin de l'inviter dans l'un des établissements les plus ruineux de la région. Moi-même, je ne saisis pas trop. Je me sens un peu piteux vis-à-vis de Janine, mais il est maintenant trop tard pour y changer quelque chose.

— Dès que je décroche un emploi, je promets de t'y amener.
— J'espère que ce sera avant que mes artères ne puissent plus le supporter.

Je sentais que ça allait mal tourner. Il valait mieux que je parte si je voulais éviter que notre charmante discussion ne s'envenime.

— À plus tard, chérie.
— C'est ça, à plus tard. Tu me décriras le menu.

J'ai fait un détour par la chambre des enfants, pour leur accoler une petite bise. Évidemment, comme elles ne dormaient pas encore, elles en ont profité pour me mettre le grappin dessus et exiger un verre d'eau, une histoire, une chanson et tout le bazar. Quand j'ai enfin réussi à m'extirper, j'étais en retard.

Joana m'attendait sur le coin de la rue où nous avions convenu de nous retrouver. Elle regardait fixement devant elle, l'air le plus détaché du monde. Je me demande comment elle fait pour toujours paraître si calme, apparemment si peu concernée par ce qui l'entoure. Il n'y avait que lorsque je lui avais rendu visite à Paris qu'elle avait semblé troublée par quelque chose. Tiens, je pourrais en profiter pour l'interroger là-dessus. Je comprendrais peut-être enfin pourquoi elle m'avait planté là comme un pied de céleri.

— Bonjour, Joana!

Elle s'est retournée vers moi, la tête légèrement penchée, le sourire malicieux.

— Comment vas-tu, Joël?
— Mal, mais de te voir me fait du bien.
— Des ennuis?
— Je te raconterai. Viens, sinon nous allons perdre notre réservation au restaurant.

Nous avions un petit coin de rue à marcher. J'essayais de presser le pas, mais Joana s'obstinait de son pas lourd et traînant. Arrivée devant l'auguste porte d'entrée du resto, Joana a eu une hésitation. Je l'observais en souriant, certain de l'effet de mon invitation dans cet endroit. Pourtant, elle ne semblait pas particulièrement ravie. Elle hésitait, examinant la devanture, comme si elle recelait une intrigue à résoudre. J'ai dû la presser de me suivre.

— Viens, Joana. Ici, on ne badine pas avec les retards.

Heureusement, notre place était toujours libre. J'avais choisi mes vêtements en conséquence des lieux, allant même jusqu'au compromis de m'accrocher une cravate, mais j'avais oublié de prévenir mon escorte. Je m'attendais à ce qu'elle s'habille un peu moins cavalièrement. Son jean jurait un peu dans le décor. Le maître d'hôtel toisa d'ailleurs Joana du haut de sa superbe. C'était presque gênant. Il nous mena sans déférence à notre table, prenant bien soin, par son attitude, de nous laisser comprendre à quel point son indulgence envers des culs-terreux dans notre genre relevait du pur état de grâce.

J'ai pris place avant Joana, sans m'en rendre compte. Elle attendait quelque chose.

— Dans un endroit comme ici, l'étiquette exige que l'homme aide sa compagne à s'asseoir...

Je me suis mis à rire. Il s'agissait sûrement d'une blague. Du moins, je l'espérais. Je n'y entendais rien en bienséance. S'il fallait me plier aux caprices de la galanterie avant même d'être assis, la soirée risquait d'être longue.

Joana a pris place à son tour. En attendant le menu, je m'amusais à détailler la salle à manger. L'endroit était franchement somptueux. Il me fit rapidement oublier le mépris de l'aristocrate attardé qui agit comme maître d'hôtel à la réception. De hauts plafonds garnis de fioritures dorées, quelques lustres, des tableaux de maîtres, un quatuor à cordes, tout me convenait. Même la table était un pur joyau, avec son petit bouquet au milieu, sa coutellerie en argent, ses serviettes de table brodées. Je me suis enfoncé dans le confort de mon fauteuil. Je commençais à me détendre enfin, pour la première fois, il me semblait, depuis que j'avais été mis à pied, terme édulcoré pour congédiement.

Joana demeurait plutôt neutre, d'après ce que je pouvais observer. Difficile comme toujours de savoir ce qu'elle pense.

— Ça te plaît cet endroit, Joana?
— Oui, oui, ça va. Je ne suis pas trop confortable par contre. Tu aurais pu me prévenir qu'il fallait s'habiller comme pour la Maison-Blanche.
— Ah, oublie ça. Il paraît que la bouffe ici est sublime. C'est tout ce qui compte.
— Je l'espère. Ce n'est pas vraiment un décor pour de la patate sautée.

Le garçon chargé de notre table fit enfin son apparition. Il était heureusement plus sympathique. Il nous apporta, avec le sourire et des gestes un peu théâtraux, le menu écrit à la plume sur du papier gaufré et inséré dans un cartable recouvert de velours. Du grand art. Mes yeux décortiquaient de véritables sonnets: «Chapon farci au foie de volaille sauvage sur coulis de romarin, accompagné de sa garniture de crevette mousseline et sa barquette de petits légumes au beurre», ou encore «Feuilleté de homard, sauce crème à la neige, avec ses asperges royales et sa compote d'abricots au safran». Un tel enchaînement de mots m'amène toujours aux portes d'un monde idéal. Il s'agit sans doute d'une symbolique alimentaire d'ordre primaire, mais peu m'importe. Ce n'est pas tous les jours qu'on peut s'approcher si près de la perfection gastronomique, du moins tel que je la conçois. Bien manger constitue pour moi l'ultime rempart contre les mesquineries de l'existence. Ça tombait bien.

La carte des vins n'était pas en reste. Elle énumérait tous les noms dignes du panthéon de la viticulture. Et chaque domaine était représenté dans les meilleurs millésimes. J'ai passé un long moment à feuilleter les pages, hésitant sur chacune des bouteilles, oubliant Joana qui commençait à s'impatienter.

— On peut commander bientôt? Je suis un peu affamée.
— Oui, oui, je m'excuse, ces vins me font tous saliver.
— Alors pige au hasard, ça sera plus simple.

J'ai fini par réduire le dilemme à deux grands crus entre lesquels j'hésitais. J'ai harponné le sommelier. J'avais envie de jeter un peu d'esbroufe, histoire d'amadouer le service par mon savoir et de mousser ma prestance aux yeux de Joana.

— Je crois me rappeler que le 90 est supérieur au 88. Plus fruité, avec des tanins plus fondus.
— Personnellement, si vous me permettez, je préfère le 88, parfait à boire, avec ses odeurs iodées, ses saveurs de pain grillé et

de sueur de cheval. Sans parler d'une touche de boisé comme n'en procurent que les barriques en authentique chêne français. L'équilibre est parfait. Et quelle complexité! Quelle longueur en bouche! Je vous le recommande vivement.

Bon, je n'allais pas pouvoir soutenir très longtemps cette conversation. Je n'étais pas de taille. Valait mieux abdiquer honorablement.

— Alors, va pour ce legs de l'humanité.

Ce n'est qu'ensuite que j'ai remarqué que la recommandation était 20 pour cent plus coûteuse que l'autre bouteille. Mais il n'était pas question de me laisser empoisonner la soirée par de futiles considérations d'argent. J'attendais avec excitation ma première entrée, des paupiettes d'escargots au chèvre chaud fondant. Joana avait choisi un potage.

— Tu ne regrettes pas ton choix? Un potage ici, c'est comme choisir une charrette à bœufs chez un concessionnaire Lamborghini.
— Moi, j'ai envie d'un potage, point à la ligne. Je n'ai jamais été impressionnée par une pointe d'asperge en équilibre sur une tranche de carotte.

Je n'ai pas osé répliquer. La réponse de Joana me semblait un brin déplacée, surtout que c'est moi qui payais, mais j'ai préféré faire comme si je n'avais rien entendu. Je lui ai demandé quelques nouvelles. Elle n'avait rien de spécial à dire. Bref, elle semblait royalement s'ennuyer, ce qui me chagrinait un peu. Elle réussit tout de même à s'enquérir de ma santé.

— Et toi, Joël, qu'est-ce qui ne va pas?

Finalement. Je croyais qu'elle ne le demanderait jamais. Je brûlais d'envie de lui raconter mon congédiement.

— Oh, rien de bien intéressant.

Joana ne répondit rien. Elle attendait.

— En fait, j'ai perdu mon emploi, il y a quelque temps.
— Ah, bon?

C'était suffisant comme invitation. Après, je me suis vidé le cœur, comme je l'avais d'ailleurs fait à maintes reprises auprès de Janine et de mes amis. Mais on dirait qu'à intervalles réguliers le besoin de m'épancher resurgissait. J'avais comme un surplus d'inventaire de fiel qu'il m'était nécessaire de brader. Je lui ai raconté le pénible épisode de ma convocation dans le bureau de Jérôme, ce fumier. Je ne me suis interrompu que le temps de laisser le garçon placer l'exquise assiette devant moi, d'engloutir un escargot moelleux et une gorgée d'un vin capiteux comme je les aime. Après l'entrée et deux verres de vin, j'ai commencé à me ressaisir et à diminuer le débit. Joana m'écoutait. Elle me relançait sympathiquement d'une petite question de temps à autre. Elle semblait intriguée, comme si perdre un emploi constituait une expérience de laboratoire. Malheureusement, je pouvais témoigner qu'il n'en était rien. J'étais sorti du bureau de Jérôme, complètement détruit. J'ai immédiatement quitté les lieux, sans saluer personne, non sans avoir chapardé quelques crayons et des disquettes, ça leur apprendrait. À la réception, Évangéline m'envoya son sourire amical, comme à l'accoutumée.

— Alors, Joël, on part déjà?

Je n'ai même pas eu le courage de lui dire au revoir, encore moins de lui annoncer ce qui venait de m'arriver. J'ai entendu la porte se refermer derrière moi, et je savais que c'était la dernière fois que je sortais de ces lieux. À la maison, je me suis préparé un café et je me suis installé sur le balcon arrière, la tête complètement vide. Mon café goûtait la cendre et je me sentais ravagé d'amertume. Janine arriva avec les filles peu de temps après.

— Joël? Que fais-tu ici, à cette heure?

Je lui ai raconté mon après-midi. Janine était atterrée. Elle pensa d'abord à l'impact sur nos finances, avant de s'informer de mon état d'esprit.

— Qu'allons-nous faire? Nous n'aurons jamais assez de fric pour tout payer. Et toi, comment te sens-tu?
— Comme une raclure de semelle.
— Allons, ce n'est pas le moment de te laisser aller. Dès demain, tu te pointes au bureau de l'emploi, et tu attaques, mec. Il faut que tu trouves autre chose.
— C'est mon plus cher désir, ne t'en fais pas.

Depuis, toujours rien. Je baguenaude d'une offre d'emploi à l'autre, lorsque je parviens à mettre la main sur quelque chose qui m'intéresse, ou qui correspond approximativement à mes compétences. On m'abreuve de belles paroles et d'encouragements, mais pendant ce temps j'en suis à étirer mes chaussettes trouées. Mes filles continuent de réclamer tout ce qui leur tombe sous les yeux, trop rodées à ce qu'on leur achète la moindre babiole. Elles comprennent difficilement que la situation ait changé. Même aller faire l'épicerie en leur compagnie est devenu un chemin de croix. Chaque allée prend des allures de tranchée entre elles et moi, chacun défendant ses positions. Chaque aliment qui attire leur attention devient l'objet d'une âpre négociation, qui finit, le plus souvent, par des accès d'impatience de ma part et par des pleurs et de la frustration de la leur. Quelque part, je suis persuadé

194

qu'elles ont senti un problème, car jamais auparavant elles n'avaient été si exigeantes. C'est sans doute devenu leur manière de réagir au stress que je leur impose sans le vouloir. Je m'aperçois que de devoir surveiller ses sous, de soupeser chaque dépense, d'évaluer chaque achat constituent un exercice mental épuisant. Le soir, je suis fréquemment à bout de patience. Mes filles ne me reconnaissent plus, et je peux facilement remarquer que ça les trouble.

Je commence donc à me sentir très préoccupé. La tension devient d'ailleurs palpable entre Janine et moi. La honte, injustifiée, je l'admets, mais cela demeure mon sentiment depuis, la honte, donc, d'avoir été jeté aux orties du marché du travail fait graduellement place à une insidieuse angoisse, liée au manque d'argent et à la crainte de ne plus pouvoir me retrouver un emploi. Aussi, cette soirée avec Joana est une folie sur le plan matériel, mais elle remplace avantageusement dix séances de psychothérapie.

Il y a eu un moment de silence lorsque le plat principal est arrivé, le filet de saumon mariné pour moi et une grillade d'agneau de lait pour Joana. La présentation des plats était simplement renversante. Leur fumet me subjuguait littéralement. Je crois que j'étais heureux. Sans compter qu'un petit défoulement de temps à autre ne nuit jamais à la santé. Et je venais de me défouler à souhait sur Joana, à propos de ma situation actuelle.

— C'est bon, Joana?
— Pas mal, merci.
— Tu ne trouves pas qu'un tel repas pourrait constituer une sorte d'essence de vie?

J'étais un peu parti, je le reconnais. D'ailleurs, Joana m'a rapidement ramené sur terre.

— Et toi, tu ne trouves pas que tu charries un brin? Il me semble que parler d'essence de vie à propos d'un ramassis de choses comestibles, même ordonnées avec prétention, relève d'une indigence intellectuelle plutôt navrante. Comme si bouffer, il n'y avait que ça qui comptait.

— Ce n'est pas la pâtée comme telle qui compte, c'est de la partager en bonne compagnie et dans des lieux qui mettent entre parenthèses les routines et les obligations. J'ai l'impression de prendre une semaine de vacances. Et puis je suis content de te voir. J'aime boire du vin avec toi. Lorsqu'il est bon, c'est agréable d'en parler avec quelqu'un qui l'apprécie.

— J'ai le regret de te dire que la sueur de cheval, le poil de chameau et la crotte de souris me laissent complètement froide. Moi, je bois du vin parce que j'ai soif, pas pour en dresser le bestiaire.

— Allons, admets qu'il est quelque chose, ce rouge. C'est une autre dimension que la piquette commune, un tel velours, tu n'es pas d'accord?

— Eh bien puisque tu parles de compagnie, moi, personnellement, j'aurais été tout aussi satisfaite de te rencontrer dans une pizzeria.

— Ce sera certainement le cas la prochaine fois, si je ne me recase pas le portefeuille bientôt!

Joana s'efforça de sourire. Elle ne semblait pas aussi satisfaite que moi de se retrouver dans ce paradis. Dommage, mais elle fit néanmoins quelques efforts. Pour ne rien gâcher et pour me faire plaisir, elle m'a offert de trinquer à mon futur emploi. Ça sonnait d'ailleurs le glas de cette sublime bouteille.

Je ne m'étais pas senti aussi bien depuis le repas que j'avais pris à Orléans. Au fait, que devenaient-elles, ces bonnes gens?

— Au fait, que deviennent madame Ève et monsieur Henri?

Joana m'a regardé droit dans les yeux, un bref moment. Elle semblait composer une réponse afin de lui donner la tournure la plus efficace.

— Henri a été inhumé, il y a quelques mois.

— ...

— Il souffrait du cancer. Tu te souviens peut-être de mon humeur déprimée lorsque nous étions allés ensemble chez eux. Tu connais maintenant la raison. Il m'a annoncé sa maladie le matin où nous sommes revenus à Paris. Tu comprends que, bouleversée comme j'étais, je ne pouvais agir autrement.

Je pouvais comprendre jusqu'à un certain point. Elle aurait simplement pu m'en parler ce jour-là.

— Henri était un second père pour moi. C'est lui et Ève qui m'ont accueillie lorsque je suis sortie de l'orphelinat. J'ai beaucoup de mal à accepter sa disparition.

— Tu étais là lorsque ça s'est produit?

— Non, j'étais en voyage. Un petit mot d'Ève m'attendait à mon retour. Je suis immédiatement partie pour Orléans. Ève avait les traits tirés, mais elle affichait toujours la même sérénité. J'ai passé quelques jours en sa compagnie, le temps de m'habituer à un monde sans Henri. J'ai bien peur que je ne m'y ferai cependant jamais. Henri est enterré dans le jardin. C'était dans ses dernières volontés. Ève et moi somme allées voir la petite pierre tombale. C'est le seul coin du jardin qui est encore entretenu. Ève en prend un soin jaloux. Tous les jours, elle s'affaire à fleurir la tombe, à retirer les mauvaises herbes. Elle apporte souvent un objet qu'Henri affectionnait et le place pour la journée sur la pierre. Ce jour-là, quand j'y suis allée, elle a déposé une magnifique pipe en buis qu'Henri sortait dans les grandes occasions. Moi-même, j'ai retiré une bague qu'il m'avait offerte le jour de mes dix-huit ans. Je l'ai mise à côté de la pipe. Ève et moi étions très émues. Ces petites offrandes nous ont cependant fait du bien. Nous avons eu un peu l'impression d'être plus proches d'Henri, comme s'il était de nouveau parmi nous. La pierre est toute simple. En fait, il s'agit d'un rocher du jardin sur lequel Ève a fait graver les mots: «À Henri, mon irremplaçable passager de vie. Ève.»

— C'est sobre.

— Oui. Connaissant Ève, il lui faut sûrement beaucoup de courage pour supporter sa solitude. J'aurais voulu demeurer plus longtemps, lui tenir compagnie, la réconforter, comme elle l'a fait si souvent pour moi. Mais il a fallu que je reparte. La grève nous avait laissés avec une pénurie de personnel, et il m'était impossible de prolonger mon séjour. J'ai promis à Ève de revenir dès que je pourrais.

— Elle se débrouille bien toute seule?

— Plus ou moins, je crois. D'ailleurs, je n'ai pas eu de ses nouvelles depuis.

— Et comment ça s'est passé pour Henri? Il a beaucoup souffert?

— Beaucoup. Ève m'en a parlé, mais c'était facile à deviner. D'ailleurs, tu as pu te rendre compte des tourments d'Henri, même si c'était la première fois que tu le rencontrais. En d'autres temps, tu aurais vu un gaillard solide, aimant la repartie, animé dès qu'on le confrontait à une opinion différente de la sienne. À Orléans, tu n'auras connu qu'un homme miné par la souffrance et la vision de sa déchéance.

— Ah... Je n'étais pas trop certain. S'il était si malade, pourquoi n'était-il pas dans un centre de soins?

— Henri avait choisi de demeurer dans son domaine. Son médecin était de connivence avec lui. Il respectait beaucoup Henri. Discrètement, il accompagnait son vieux patient en tâchant de lui rendre moins pénibles ses derniers jours. Il le visitait régulièrement, apportant une ampoule de morphine pour aider Henri à supporter la douleur. Peu de temps après notre séjour, Henri a commencé à mettre de côté les ampoules de morphine. C'est Ève qui lui préparait normalement son injection. Un matin, Henri lui a retiré l'ampoule des mains et l'a déposée dans un tiroir près de son lit. Ève n'avait pas besoin qu'il lui en dise davantage. Elle n'a pas pu retenir ses larmes, mais elle était d'accord avec lui.

— Que veux-tu dire? Je ne comprends pas.

— J'y viens. Au bout d'un certain temps, Henri avait ramassé suffisamment d'ampoules pour une dose létale. Évidemment, entre-temps, il souffrait le martyr. Son mal empirait de jour en jour. C'était devenu insupportable. Un soir, il a appelé Ève. Il lui a simplement dit: «C'est l'heure.» Ève est ressortie de la chambre. Elle est revenue avec deux coupes de vin rosé. Ils ont trinqué une dernière fois, sans se quitter des yeux. Ève m'a dit qu'Henri lui avait souri, ce qui ne lui arrivait plus. Elle emporte ce souvenir comme un précieux bijou. Puis, elle a préparé une seringue avec toutes les ampoules mises de côté. Elle a elle-même appliqué l'injection à Henri. Elle est demeurée à ses côtés, lui caressant les cheveux. Lorsque Henri a cessé de respirer, elle l'a recouvert d'un drap, puis elle a appelé le médecin. C'était fini.

J'étais très attristé. J'avais de la sympathie pour ces gens. Savoir que monsieur Henri n'était plus que l'ombre de lui-même lorsque je l'ai connu me rendait encore plus attachant. Et je trouvais magnifique ce que madame Ève avait fait pour lui. J'admire les vieux couples de ce genre. Je doute que Janine et moi soyons aussi bien armés pour parvenir ensemble à destination.

— Vous avez bien mangé?

Le garçon apporta à ce moment une diversion bienvenue.

— Je me sens en état de grâce, mon cher. Pouvez-vous m'en promettre autant pour le dessert?

— Je m'en fais un point d'honneur, monsieur. Je vous recommande particulièrement le caprice du chef, une pièce montée aux trois chocolats, recouverte d'un fondant à la praline, le tout sur coulis de framboises arrosées au marc de bourgogne.

— J'en salive. Il me faudra cependant l'assistance d'un double espresso bien tassé.

— Parfait, monsieur. Et pour madame?

— Rien, merci. Je n'ai plus faim.

— Madame ne se laissera même pas tenter par notre sorbet à la goyave et crème fraîche?

— Non...

— Pas de café non plus?

— Non, merci.

Le garçon s'est retiré, sans plus en remettre.

— Si tu veux, on peut partager mon dessert.

— Mais qu'est-ce qu'ils ont tous, ma parole! Je n'ai plus faim! C'est pourtant assez clair, non?

— Bon, bon, ça va, ne t'emballe pas. Je cherchais simplement à être gentil.

— Pardonne-moi. J'ai toujours trouvé un peu insupportables les «Et pour madame?» et les «Un café avec ça?». À force d'entendre à satiété ces formules toutes faites, j'ai fini par les prendre en aversion.

— Ça fait partie du rituel des restaurants.

— Sans doute. Mais j'aimerais être surprise quelquefois. Pourquoi pas, par exemple, un endroit où on ne te dirait qu'une seule chose: «Je m'occupe de tout.» Il suffirait de nous regarder. Le jeu consisterait à imaginer notre appétit, nos goûts et le temps qu'on veut passer à table. Si le préposé a tout bon, il est payé royalement. Si on ne finit pas nos assiettes, cela est déduit de l'addition. Je ne suis pas certaine que la formule soit gagnante, mais au moins cela ferait changement.

— Ça serait de l'art de parvenir à satisfaire tout le monde.

— Oui, exactement. C'est comme ça que je conçois ce métier, et non comme du vulgaire débitage de formules de politesse. C'est également un principe que je tente d'appliquer à mon rôle d'agent de bord. Cela peut paraître prétentieux de vouloir que mon métier d'hôtesse soit exercé comme un art. Mais il m'arrive quelquefois de remarquer le sourire apaisé des passagers de ma section, alors que ça crie et que ça tempête ailleurs. J'aime croire que la qualité de mon service y est pour quelque chose.

— Noble approche. Mais le sommelier a des années d'expérience et de connaissance derrière lui. Il peut peut-être envisager faire un art de son métier. Le garçon de table, en revanche, ne peut s'en remettre qu'à son entregent et à sa personnalité, tu ne crois pas?

— Moi, j'appelle ça aussi de l'art. L'entregent et la personnalité, comme tu dis, forment la matière première. Tu ne m'as pas déjà dit autrefois que l'art était partout, pour certains artistes? Que tout est dans la manière de voir? Alors la cohérence de tous les gestes, le soin apporté aux petits détails, les mots choisis, une touche d'humour, tout ça constitue, pour moi, une forme d'approche esthétique du travail. Et tout ça nécessite autant d'années d'expérience que ton sommelier.

— Pourquoi alors détestes-tu la politesse?

— Tu ne m'as pas comprise. Ce n'est pas la politesse elle-même qui m'indispose, c'est la manière machinale de s'en servir que je ne supporte plus. La politesse doit être sentie comme venant de la personne, comme l'expression d'une conception raffinée des relations avec les autres. Il ne doit pas s'agir d'une recette qu'on apprête au gré de ses humeurs et des circonstances.

— Je crois que j'ai du chemin à faire.

— Moi aussi, ne t'inquiète pas. Seulement, j'ai tendance à penser que cet objectif m'aide à supporter la routine de mon travail.

— Au moins tu as un travail...

— Je suis désolée. Je parle comme si le travail était un fait acquis pour tout le monde, alors que je sais bien que c'est de moins en moins le cas. C'était indélicat de ma part de te parler ainsi. Comme tu vois, j'ai du pain sur la planche pour réaliser mon «œuvre d'art».

Parlant d'œuvre d'art, le garçon déposa, à ce moment, mon dessert sur la table. J'avais les yeux exorbités. Une énorme assiette recouverte d'un coulis rouge vif, au milieu duquel trônait, c'est le mot, un assemblage de lamelles et de pastilles de chocolat. Les morceaux étaient liés par une préparation à la praline. Cette préparation étant chaude, le chocolat fondait doucement, ce qui en modifiait les contours. Un dessert en évolution... J'avais envie de laisser s'achever le processus, mais la gourmandise a pris le dessus. Sublime. Le café était à la hauteur. C'était l'apothéose de la soirée.

Joana m'observait sans rien dire. Elle devait être découragée de me voir m'empiffrer avec autant de bonheur. Je la soupçonnais d'être du genre ascète qui a honte d'un estomac rempli.

— Tu n'as pas de regrets?
— Pas du tout. J'admets par contre qu'il s'agit d'un entremets impressionnant.

J'aurais souhaité demeurer encore un peu, mais Joana semblait pressée de partir. J'ai demandé l'addition, la triste conclusion de n'importe quelle soirée au restaurant. Le garçon me l'apporta sur une assiette en argent. J'ai déposé la carte de crédit dessus, sans la regarder.

— Tu es bien bon de m'inviter, mais je ne croyais pas que ce serait dans un endroit de ce genre. Laisse-moi participer aux frais.

Ma dignité de mâle m'empêchait évidemment d'accepter une telle proposition.

— Pas question, Joana. C'était mémorable. C'est avec plaisir que j'assume la note.
— Je peux au moins payer le vin?
— Non!
— Bon, alors merci.
— Tout le plaisir fut pour moi. Formule de politesse, dont tu apprécieras, j'en suis certain, l'originalité et la déférence.

Joana n'était pas certaine si elle devait trouver ça amusant. J'adorais mettre à l'épreuve son sens de l'humour. Test réussi: elle m'a fait le plaisir d'un sourire aux yeux plissés, comme je les aime.

Nous sommes repassés devant le maître d'hôtel. Je n'ai pas pu résister à l'idée de le narguer.

— Au revoir, cher monsieur. Nous avons passé une excellente soirée. L'accueil, en particulier, est à marquer d'une pierre blanche.

Le bonheur de pouvoir se payer la tête de quelqu'un sans craindre des représailles. J'ai cru remarquer une montée sanguine aux joues du monsieur, mais sa position lui interdisait de me livrer le fond de sa pensée. Il a pris le sage parti de demeurer silencieux.

À l'extérieur, l'air était humide comme à la campagne. Je me sentais léger. Le moment était venu de prendre congé. Nous n'allions pas dans la même direction, et je n'étais pas venu en voiture. Comme je m'apprêtais à dire au revoir à Joana, un pauvre bonhomme s'est approché de nous. Il était crasseux, sentait la misère à plein nez et pointait vers nous une main noire et tremblante.

— Vous n'auriez pas un peu d'argent?

Sa voix grinçante faisait mal. Tout ça devant le restaurant le plus sélect de la ville. Il avait évidemment remarqué que nous en sortions. Il était délicat de prétendre que nous n'avions pas les moyens. Je me suis soudainement senti très coupable. C'est un peu indécent de fréquenter ces établissements quand une si grande pauvreté traîne dans les rues. Je ne suis jamais confortable devant de tels écarts de classe sociale, même si, ce soir-là, je n'avais fait que m'amuser à jouer les riches.

— Désolé, je n'ai pas de monnaie sur moi.

Et en plus, tout ce que je trouve à lui objecter, c'est cette minable formule. Je me sentais un peu mal. Je me suis tourné vers Joana.

— Au revoir, Joël. Ce fut une agréable soirée, comme toujours. Je t'appelle lors de mon prochain séjour, et cette fois c'est moi qui t'invite, c'est d'accord?

— Avec plaisir. J'aime ces petites échappées en ta compagnie.

Elle a fait demi-tour en m'envoyant un petit signe de la main. Je ne me ferai jamais à sa manière de toujours éviter de m'embrasser. Je l'ai alors vue s'arrêter aux côtés du vieux clochard qui s'était éloigné de nous. Joana a sorti un billet de son sac et l'a mis dans la main du gueux. Il a gratifié sa bienfaitrice avec un visage fendu d'un émouvant sourire. Les deux ont disparu au coin de la rue, et je suis demeuré pensif durant quelques minutes, avant de reprendre le chemin de la maison. Il me fallait maintenant une bonne nuit de sommeil. Demain, je devais me remettre au travail: trouver un boulot.

Encore une soirée au restaurant...

Tiens, la semaine prochaine, je pourrais voir Joël, s'il est disponible. Mon vol aboutit dans sa ville et j'aurai une soirée libre.

— Allô? Joël?

— Joana! Comment vas-tu?

— Assez bien, merci. Dis, je serai de passage la semaine prochaine. J'avais pensé que nous pourrions nous voir, pour une petite balade, quelque chose comme ça.

— Ce serait avec grand plaisir! Tu as une nouvelle *nouvelle* à me faire lire?

— Non, tu auras congé. C'est seulement pour se dire bonjour.

— Eh bien, c'est d'accord. Je t'invite au restaurant!

— Oh non, je t'en prie, ce n'est pas la peine.

— Pas de discussions! C'est décidé. Alors, je t'attends la semaine prochaine. Lance-moi un coup de fil en arrivant.

— Bon, d'accord. À bientôt.

Ce Joël, pas moyen de simplement se promener. Il faut toujours qu'il rapplique avec un restaurant quelconque. Chaque fois, il y a une bouffe au programme avec lui. Mais finalement, pourquoi pas. Je peux bien supporter ça pour lui. C'est sa manière de souligner nos rencontres.

Le jour dit, je me suis pointée au lieu de rendez-vous dont nous avions convenu. Joël n'y était pas encore. La soirée était douce. Comme toujours dans ces moments, je me suis vite égarée dans mes pensées. Je réfléchissais à ma recherche du coffret bancaire. J'avais pratiquement exploré toutes les succursales. Il fallait que ce soit pour bientôt. Je m'accrochais d'une manière quasi désespérée à cette conviction. De l'autre côté de la rue, j'observais la lumière déclinante du soleil qui frisait les façades, allongeant les ombres des reliefs ornementaux. J'adore ce moment de la journée. J'aime les évocations de ce qui se termine. Cela ne me rend pas triste, comme beaucoup de gens que je connais. Au contraire, lorsque je vois le jour s'achever, j'ai comme toujours le réflexe de dresser un petit bilan de la journée. Et lorsque le bilan est positif, je me sens heureuse et prête à affronter le jour suivant. Si, au contraire, j'ai connu une mauvaise journée, eh bien, je peux toujours me consoler en me disant que c'est enfin terminé, et que ça ne pourra qu'aller mieux demain.

— Bonjour, Joana! Pardonne mon retard.

Je reconnais la voix légèrement éraillée de Joël. Je ne peux m'empêcher de sourire chaque fois que j'aperçois sa tête ébouriffée et son hilarité coutumière. Je me demande comment il fait pour afficher une bonne humeur perpétuelle. Mais ce type respire l'honnêteté. Il a la conscience claire; c'est sans doute là l'explication. Ce soir, cependant, sa jovialité semble plus crispée, davantage forcée.

— Tu as des ennuis, Joël?
— Je te raconterai. Viens, sinon nous allons perdre notre réservation au restaurant.

Joël s'est mis en marche, d'un pas trop rapide pour le suivre à mon aise. Je ne voyais d'ailleurs pas la nécessité de courir ainsi. Une réservation peut bien attendre quelques minutes; nous n'étions pas si en retard. Joël s'est enfin arrêté devant un escalier en pierre de taille. Il s'est tourné vers moi, avec un air qui respirait la fierté de quelqu'un ayant commis un bon coup. J'ai levé la tête et j'ai aperçu une horrible porte, en bois d'acajou, pleine de fioritures, agrémentée de petits carreaux en verre gravé et soulignée par un éclairage tamisé. En lettres de laiton au-dessus de la porte, le nom du restaurant affichait ses couleurs d'élitisme et de ségrégation de classe. C'est donc ici que Joël voulait m'amener, et, en plus, il en éprouve une satisfaction imbue. Pauvre pomme! J'ai senti malgré moi une bouffée de colère me monter à la gorge. Il me semble que Joël me connaît assez bien pour savoir que j'exècre ce genre d'endroit. On y bouffe du bout des lèvres et cela prend un temps interminable. J'allais donc avoir le postérieur écrasé toute la soirée, alors que j'éprouve une démangeante envie de déambuler et de visiter la ville. Sans compter que je vais ingurgiter des prétentions culinaires qu'il va me falloir trois jours à digérer.

Voyant mon hésitation, Joël m'a entraînée à sa suite. Nous avons gravi les quelques marches menant au perron. Avec une galanterie un peu affectée, Joël m'a ouvert la porte. L'intérieur du restaurant confirmait mes suspicions lorsque j'avais découvert le portail. C'était bien un suprême établissement du type «je suis riche et je l'affiche». Je me demandais aussi pourquoi Joël s'était affublé de la sorte, avec un veston ridicule et une cravate qu'il croyait bien nouée. Maintenant, je comprenais mieux. Seulement, moi, il avait omis de me prévenir. Je suis arrivée vêtue d'un simple jean et d'une chemise de coton. Je ne faisais évidemment pas beaucoup couleur locale. Ce que le maître d'hôtel ne se priva pas de souligner en me jaugeant avec un mépris manifeste. Il a quand même eu la bonté de nous mener à notre table où Joël, sans plus attendre, excité comme un gamin, a pris place comme si je n'existais pas. Cela nous a valu un dernier regard dédaigneux du maître d'hôtel avant qu'il ne réintègre ses quartiers à l'entrée. Je regardais Joël avec une fureur contenue. Monsieur veut frayer avec le gratin et il n'est même pas foutu d'en respecter les manières. Je lui ai sifflé entre les dents qu'il était censé m'aider à prendre place.

— Quand on sait vivre, dans un endroit comme ici, on prend soin d'aider son escorte à s'asseoir...

Évidemment, Joël s'est mis à rire. Je crois que même si je l'avais giflé, il aurait trouvé le moyen de prendre ça en rigolant. Le pire, c'est qu'il n'a même pas compris l'allusion. Sans s'occuper de moi, il a poursuivi son inspection de l'endroit. Il a bien fallu que je m'assoie à mon tour. Cela devenait gênant de demeurer debout comme une gourde. D'autant plus que je commençais à attirer les regards avec mon accoutrement peu seyant.

— Dis donc, ça doit coûter un empire ici. Je croyais que tu avais eu ta leçon sur les Champs-Élysées.

— Il n'y a rien de trop beau pour toi, Joana.

— Je t'en prie, tu n'as pas besoin de salamalecs avec moi. Pourquoi m'amènes-tu dans un tel endroit?

— Allons, Joana, j'ai déjà payé pour une discussion semblable avec Janine. Laisse-toi aller. C'est moi qui régale, et je souhaite que nous passions simplement un bon moment ensemble et ici.

Que pouvais-je y faire? Joël semblait léviter de bonheur. En rajouter aurait été inconvenant de ma part, et vexant pour Joël. J'ai pris sur moi de me calmer. J'étais d'une humeur assassine, mais je ne tenais pas à déclencher des esclandres. Joël était inconscient, il n'agissait que pour bien faire, pour nous agrémenter la soirée. Ce qu'il ignorait, puisque nous ne parlions à peu près jamais de notre passé, c'est que les restaurants de luxe, comme celui où nous nous trouvions, j'en avais déjà fréquenté pas mal. Et même un peu trop à mon goût. Lorsque mon père était vivant, il m'amenait fréquemment dîner dans des endroits huppés de ce genre, les seuls que sa profession de diplomate de haut niveau lui eût fait connaître. Au début, bien sûr, avec mon regard de petite fille comblée, ces endroits m'émerveillaient. Sans que mon père ait eu à me l'apprendre, je savais d'instinct me tenir, trop intimidée par l'aspect imposant et feutré de ces lieux pour penser à m'agiter. Mon père se contentait de m'indiquer certaines règles à suivre pour me conformer au protocole. Je m'appliquais à bien tenir ma fourchette, à essuyer discrètement ma bouche avec la serviette de table et à ne pas parler à voix haute. Nous avions fière allure, mon père et moi. Je pouvais sans peine observer chez les clients qui nous entouraient une sorte d'admiration attendrie à mon égard; j'en éprouvais bien sûr un intense plaisir orgueilleux. Et j'imagine que c'était encore plus impressionnant à l'époque où ma mère partageait ces moments avec nous.

Évidemment, pour mon père, c'était sa manière commode de me consacrer un peu de temps, joignant l'agréable aux nécessités de sa tâche. Souvent, il m'amenait également dans des réceptions mondaines où je servais à attirer la sympathie pour mon père et à lui fournir un prétexte pour filer quand il en avait assez des mondanités. Avec le temps, l'attrait du nouveau a fini par s'émousser. Lorsque les occasions se présentaient, je commençais à me dire que j'aurais préféré aller m'amuser au jardin, comme les filles de mon âge, ou encore simplement aller au cinéma avec mon père. Et puis, à force d'entendre toujours les mêmes banalités sur mon compte, lorsque j'étais présentée, je prenais conscience du côté un peu forcé des compliments, et des relations superficielles que mon père devait entretenir pour son travail.

Un jour, il est venu me chercher pour m'amener à une réception à l'ambassade du Japon. Mais cela tombait mal. Je m'étais disputée ce matin-là avec ma meilleure amie, et, comme il se doit, nous avions juré que plus jamais nous ne nous adresserions la parole. Comme les petits malheurs se déplacent toujours par grappes, j'avais échoué à la dictée, déchiré ma robe et trébuché sur un pavé. J'avais mal au genou, et, dehors, il pleuvait. J'avais autant envie d'aller me pavaner à une soirée que de me faire écarteler.

— Papa, je suis fatiguée. On pourrait pas remettre ça?
— Il n'en est pas question, ma puce. Madame l'ambassadrice a très hâte de faire ta connaissance. Je t'ai même acheté une robe pour la circonstance.

Et mon père de déballer une horreur informe et bizarrement colorée. Je me suis mise à pleurer. Ce qui décontenançait toujours mon père. Je pleurais d'une peine sincère, mais un peu appuyée, espérant ainsi infléchir sa décision de me traîner à cette réception.

— Allons, Joana, ma petite, si tu n'aimes pas la robe, tu peux mettre celle qui te plaît. Mais je t'en prie, dépêche-toi, car nous allons être en retard.

Me dépêcher, toujours me dépêcher. Et Joël qui me rejoue le même scénario. Je déteste être à l'heure. Il y a un côté servile à se présenter à une heure fixée par une autre personne. Il y a déjà assez de mon travail qui m'oblige à être ponctuelle, je ne m'en prive pas quand je peux éviter. Je prends même un malin plaisir à arriver ou trop tard ou trop tôt. Et je fais fi, peut-être un peu égoïstement, des remarques à peine voilées sur mon manque de respect ou sur mon attitude hautaine. J'ai trop besoin de cette manœuvre de liberté pour me préoccuper des clabauderies.

Mais cette fois, le ton sans appel de mon père ne me laissait guère le choix. J'ai toutefois cédé sans résistance, parce qu'un plan avait germé dans ma tête. J'allais gâcher cette soirée, une autre de ces réceptions où j'allais encore être l'objet d'attentions risibles et hypocrites. J'allais me venger de ces obligations idiotes qui me pesaient de plus en plus. J'ai mis l'affreuse robe pour amadouer mon père, puis je l'ai rejoint au salon.

— Comme tu es belle, Joana!

Tu parles, avec une défroque pareille sur le dos. Il faut croire qu'être aveugle ou l'absence de goût fait partie du métier de père. La limousine nous attendait pour nous mener à l'ambassade nippone. Une fois à l'intérieur, mon père a commencé à m'initier à tout ce beau monde. Il y avait plusieurs dames vêtues d'un kimono. Chaque fois que quelqu'un s'approchait de mon père, j'avais droit aux présentations d'usage et, bien entendu, à des compliments sur ma robe. J'ai attendu d'être présentée à madame l'ambassadrice, qui avait tant envie de me rencontrer. Elle aussi portait le kimono, servant mieux ainsi, je suppose, ses devoirs d'hôtesse. Lorsqu'elle se fut éloignée, après une remarque lancée de sa petite voix fluette à peine audible, j'ai prétexté un besoin pour échapper à mon père.

— Les toilettes sont par là-bas. Reviens près de moi ensuite.

Mais au lieu de me diriger aux cabinets, j'ai repéré le buffet. Je me suis approchée au moment où madame l'ambassadrice, qui avait tant envie de me rencontrer, se servait une assiette de hors-d'œuvre. Elle m'a jeté un regard en coin, avec le petit sourire niais qui convient à celui qui veut se montrer agréable sans en éprouver la moindre envie. J'allais lui faire ravaler son rictus, sans problème. J'ai commencé à mettre mes mains dans toutes les assiettes étalées sur le buffet, m'attardant plus longuement dans les bols de nourriture grasse, pour mieux en répandre le contenu. Madame l'ambassadrice ne riait plus, mais elle était tellement sidérée qu'elle n'osait rien dire. À la fin de mon petit manège, j'ai pris une pleine poignée de caviar, je me suis placée face à madame l'ambassadrice, qui avait de moins en moins envie de me rencontrer, et j'ai beurré son joli kimono brodé de fils d'or pour me nettoyer la main. Je suis partie avant qu'elle n'ait le temps de réagir. Tous les gens placés autour de la table me suivaient avec des yeux ulcérés, mais personne n'a levé le petit doigt, leur code de conduite ne prévoyant pas le comportement à adopter dans un cas comme le mien. J'ai retrouvé mon père en affichant un beau sourire innocent, les mains dans les poches de ma robe.

— Ça va, Joana? Tu t'amuses bien?
— Très bien, papa. Ça me plaît beaucoup ici. Y a plein de choses bizarres à manger.

Cette vengeance était tout ce qu'il y a de puéril, mais, à l'âge que j'avais, on ne pouvait pas m'en demander trop. Quelques semaines plus tard, j'ai surpris une conversation de mon père au téléphone. Il mentionnait que le contrat avec le Japon, qui semblait pourtant assuré, avait été inexplicablement annulé. Je me demande encore si j'ai été la cause de cet échec.

Je commençais à avoir faim. Joël lisait le moindre mot sur le menu et épluchait intégralement la carte des vins. Le garçon est venu trois fois pour prendre la commande, mais Joël n'arrivait pas à se décider. Ça devenait insupportable. Et il a évidemment fallu qu'il mêle le sommelier à ces ergotages. Finalement, nous avons réussi à passer la commande. Joël s'est même permis de regarder de haut le choix de mon entrée, un simple potage au basilic frais. Il prenait déjà les airs de la place. Je lui ai répondu un peu sèchement. Ce n'était pas le temps de me chercher. Mon attitude a cependant semblé l'attrister, ce qui m'a fait regretter ma manière un peu cavalière de lui répondre. Après tout, c'était lui qui m'invitait. J'ai alors décidé de me calmer et d'essayer plutôt de réchapper cette soirée, puisque, de toute façon, il n'y avait rien de mieux à faire. Joël semblait également animé des mêmes intentions.

— Alors, Joana, tout va bien pour toi?
— Oui, ça peut aller.
— Et le boulot t'élève toujours dans les hauteurs?
— C'est une manière de voir les choses. Ça va.

Joël faisait des efforts pour égayer le repas. Allons, Joana, mets-y un peu de contribution. C'est là que je me suis souvenue que Joël m'avait dit qu'il allait mal. C'était une bonne occasion de dériver la conversation sur lui.

— Et toi, Joël, qu'est-ce qui ne va pas?

Malédiction. C'est comme si j'avais ouvert les vannes de toutes les digues de Hollande. Joël avait un urgent besoin de se vider le cœur. Je lui offrais une occasion rêvée de s'épancher.

— Eh oui. On m'a foutu à la porte comme une vieille savate. Toutes ces années de service sans aucune reconnaissance du boulot accompli. Ce con de Jérôme. Je me demande comment ce sont les salopards de son espèce qui peuvent conserver leur emploi.

— Que s'est-il passé?

— Un matin, j'arrive en retard, à peine cinq minutes. Manque de bol, Jérôme était déjà là. Il semblait même m'attendre. Il m'a demandé de le suivre dans son bureau. J'étais un peu surpris et nerveux. En général, il ne se formalise pas trop des petits retards tant qu'ils ne deviennent pas une habitude.

«— Alors, panne de lit ou de moteur, cette fois-ci?

«— Que se passe-t-il, Jérôme? Je ne suis en retard que de cinq minutes à peine. Je compenserai en travaillant mon heure de dîner au complet, si tu veux.

«— Fais pas ton rigolo, j'aime pas. Je t'attendais, car j'ai à te parler. Tu me connais, je n'irai pas par quatre chemins. La situation n'est guère rose en ce moment. Je ne t'apprends rien. Seulement, je ne peux plus continuer à assumer les frais à ce rythme. J'ai dû prendre des décisions radicales, dont celle de te remercier. Je t'offre cette petite enveloppe qui contient un montant compensatoire. Je te souhaite bonne chance, mon vieux. Maintenant, tu m'excuseras, j'ai à faire.»

— J'étais estomaqué. Je tenais bêtement l'enveloppe dans mes mains. Je crois même que je me suis mis à trembler.

— Ça alors, il y va sauvagement, ce mec.

— Ne m'en parle pas. Attends la suite. J'ai fini par retrouver l'usage des mots.

«— Tu plaisantes, Jérôme. Qu'est-ce que ça signifie?

«— Je n'ai pas été assez clair peut-être? Je t'ai expliqué que nous avions des difficultés budgétaires, et que tu en faisais les frais.

«— Mais pourquoi moi? Il me semble que j'ai toujours bien accompli mon travail.

«— Ça pouvait aller. Mais je n'avais pas beaucoup le choix. Il me fallait couper une personne. J'ai choisi celle dont la fonction me semble la moins rentable.

«— Ah, parce que documenter l'utilisation des logiciels, tu trouves que ce n'est pas rentable?

«— Exactement. La plupart des gens ne prennent même pas la peine de lire les instructions. Je préfère placer ton salaire dans de la publicité.

«— Dans ce cas, explique-moi pourquoi tu n'as pas plutôt choisi Geneviève? Après tout, elle et moi, nous faisons sensiblement la même chose.

«— Je devais choisir entre vous deux. J'ai décidé de garder Geneviève, parce qu'elle est une femme. Tu les connais, nos gentilles femelles. Elles sont prêtes à tout pour prouver qu'elles sont aussi rentables et efficaces que les hommes. Tu ne le sais peut-être pas, mais elle me donne en moyenne dix heures de temps supplémentaire par semaine. Non rémunérées, bien entendu. Et jamais je ne l'entends se plaindre. Ça me plaît beaucoup.»

— Et là, il m'a balancé un sourire tout ce qu'il y a de perfide.

— C'est du fumier de première classe, ton Jérôme.

— Pas mal, hein? Il garde Geneviève parce qu'elle est une femme! Une pauvre cloche qui lui sert d'esclave parce qu'elle craint de ne pas être à la hauteur! Je me demande ce qu'il dira lorsqu'elle se retrouvera enceinte!

— Je n'apprécie pas beaucoup, Joël...

— Je suis désolé, Joana. Je perds un peu le sens des mesures.

— La grossesse ou l'insécurité ne devrait rien changer à l'appréciation du travail d'une employée.

— Je le sais bien. Mais je devrais faire quoi, moi? Travailler soixante heures par semaine pour montrer que je peux être aussi zélé qu'une femme?

— C'est son problème à elle. Les femmes ne sont pas toutes ainsi. Tu as été victime d'un pauvre con. Tu ne devrais pas pour autant juger les femmes au travail, sans compter que donner des heures gratuites à l'entreprise est loin d'être l'apanage exclusif des femmes. Au fait, il n'a pas le droit de te renvoyer pour un tel motif. Tu as pensé le dénoncer?

— Bien sûr. Mais il avait bien préparé son coup.

«— Et de plus, elle ne se paye pas des vacances à mes frais...

«— Que veux-tu dire?

«— Que tu m'avais caché ton intention de t'envoyer en l'air pendant que je t'attendais ici pour un mandat. Monsieur s'est offert des petites vacances à Paris, sans me prévenir? Et en plus tu as essayé de me refiler ta note d'hôtel. Ce n'était pas très malin de ta part. Je l'ai défrayée, car je sentais que ça me servirait un jour. Ce jour est arrivé. Tu ne me dois plus rien.»

— Je me sentais atrocement mal. J'avais commis l'inexplicable gaffe de placer la note de ma dernière nuit d'hôtel dans les frais de séjour à me rembourser. J'ignore comment il a su que je m'étais permis des vacances à ce moment, mais, dès lors, je savais que je n'avais plus aucun recours. Il avait maintenant beau jeu d'insister sur ma malhonnêteté. Je n'aurais jamais été en mesure de me défendre.

— En plein dans le mille.

— Comme tu dis. J'ai mis l'enveloppe dans mon veston, j'ai ramassé mes affaires et j'ai quitté le bureau la queue entre les pattes.

Je regardais Joël. Il me faisait un peu pitié. Il s'était fait piéger comme un pauvre pigeon sans ailes, tout ça pour économiser une malheureuse nuit d'hôtel. Un hôtel à Paris, je veux bien, mais tout de même. Cela m'étonnait de sa part. Je croyais Joël d'une intégrité à toute épreuve. En même temps, je trouvais son histoire malheureuse. Je pouvais sans doute m'estimer chanceuse. Je n'avais jamais eu la crainte, jusqu'à présent, de perdre mon boulot. J'avoue que je ne sais trop comment je réagirais à une telle perspective.

— Et comment tu t'en sors depuis?

— On passe un peu par tous les états. Au début, on est tellement incrédules, on n'arrive pas à y croire. Je me suis tapé de mémorables cuites, deux soirs de suite. Je ne me suis jamais autant marré que durant ces deux beuveries, d'ailleurs. Par contre, ça m'a ramené sur terre. Une fois dégrisé, lorsque j'ai véritablement réalisé que j'étais sans travail, j'ai plongé profond. Depuis, je passe par des hauts, plutôt brefs, et des bas, plutôt prolongés.

Joël marqua un silence. Je sentais qu'il en avait lourd sur le myocarde. Je l'ai regardé sans rien dire pour lui signifier qu'il pouvait continuer, si ça pouvait l'aider.

— Tu sais, ce qui me désole le plus, c'est toute la vision du travail qui est en train de péricliter. On vit tous, maintenant, avec la hantise de perdre son emploi. On ne se rend pas compte du minage social que cela est en train de produire. Les employeurs ont beau jeu. Ils ont de la matière ouvrière à profusion. Alors, ils ont développé l'art d'instaurer un climat de sursis, juste ce qu'il faut pour te maintenir sur le qui-vive et te résorber les humeurs revendicatrices. Tu me diras, «heureusement, il y a les syndicats». Tu parles! Il ne faut pas s'imaginer que ça va mieux dans ces endroits bénis où le moindre pas est régi par des articles de lois ou des conventions collectives. Sans compter que toutes ces histoires de contrats de travail permettent à nos chers gestionnaires de se retrancher derrière des alibis faciles, au lieu d'administrer comme il le faudrait. Prends un de mes amis. Lui, il s'est fait claquer simplement parce qu'il était le dernier à avoir été embauché. On n'y peut rien, qu'on lui a dit. C'est la convention. Nous sommes forcés de procéder par ancienneté. La belle affaire! Ça les dépanne bien, tu penses. C'est tellement plus simple ainsi. On regarde ce que les autres ont prévu dans telle ou telle situation, et on applique les règles, sans se poser de questions. De la sorte, ils n'ont pas à se remettre en cause, ni à affronter leurs responsabilités. Ils s'abritent derrière leurs petits contrats, et ils expédient les licenciements comme s'ils se commandaient une pizza. Ça m'écœure.

Joël était lancé. Je le regardais ingurgiter son vin au rythme de son débit cardiaque.

— Et ça va bien plus loin qu'on pense! Cet ami, il était le plus compétent de son groupe. Tu crois qu'on l'a regretté? Bien sûr que non! On a simplement demandé aux autres d'en faire un peu plus, en compensant, par l'augmentation du nombre d'heures de travail, les compétences qui venaient d'être perdues. Il y en a eu un d'assez naïf pour demander si les heures supplémentaires seraient payées. Tu sais ce qu'on lui a répondu?

— Je m'en doute.

— Facile à deviner, n'est-ce pas? En plein ça! «Nous venons de licencier parce que notre budget ne nous permet plus de garder tous nos salariés.» Conclusion? Vos heures supplémentaires rémunérées, vous pouvez vous les foutre où je pense. Personne n'a osé protester; on leur avait servi un exemple. Le plus compétent avait été remercié, alors chacun avait intérêt à se tenir tranquille et à bosser droit s'il voulait demeurer en place.

Le vin faisait son effet. Mais Joël n'en avait pas terminé. Je sentais que c'était la première fois qu'il pouvait vider son sac à fond. Des défoulements de ce genre sont recommandés pour la santé. Alors, je voulais bien lui servir de crachoir.

— Ce n'est sûrement pas l'idéal pour améliorer le climat de travail.

— Le climat de travail? Tu veux rire! Il y a belle lurette que les patrons s'en foutent éperdument, du climat de travail. Tout ce qui les intéresse, c'est d'économiser, afin que leur prime de fin d'année soit plus élevée. On s'en tamponne royalement de la productivité des employés. De toute façon, si ça ne suffit pas, ils travailleront davantage. Et si ça ne suffit pas encore, eh bien bonjour la compagnie. On se débarrasse de hauts salariés et on les remplace par de petits blancs-becs tout frais émoulus de l'école. Comme ils n'en reviennent tout simplement pas d'avoir trouvé un job, ils sont prêts à tout pour bien se faire voir, y compris, comme Geneviève, de travailler cinquante heures par semaine. Vraiment parfait pour la vie de famille. On sait bien, Geneviève est célibataire. Elle va sûrement le demeurer longtemps si elle passe tout son temps derrière un bureau. Pas étonnant que les agences de rencontre soient si prospères. Il faut maintenant s'en remettre à des spécialistes pour dénicher l'âme sœur. Je ne suis pas surpris, avec tout ça, que tant de gens se paient des dépressions nerveuses et soient si tendus. Hum, fameuse, cette bouffe.

Joël prenait tout de même le temps de savourer. Cela faisait un curieux mélange, dénoncer le monde du travail dans le cadre d'un restaurant de catégorie A, uniquement accessible aux individus nantis d'un travail lucratif.

— Le pire, c'est que les employeurs ne se doutent même pas de ce qui les attend. À déprécier autant leur force de travail, ils vont en récolter les conséquences avant longtemps. Déjà, on entend parler des problèmes de contrôle de qualité. Quand tu te surmènes sans arrêt, la concentration finit par en souffrir. Résultat?

— On commet des fautes.

— Eh oui. Et comme ceux qui sont chargés de vérifier sont tout autant vidés, on se retrouve avec des fours à micro-ondes qui éclatent au bout de trois mois d'utilisation. Ça ne laisse pas une très bonne impression du manufacturier. Ce n'est pas ce que j'appelle de la publicité idéale. Il ne faut pas beaucoup d'exemples de ce genre pour que la clientèle achète ailleurs. Et ça, c'est sans compter les employés qui se révoltent intérieurement contre cette situation d'esclavage à peine voilée.

— Que peuvent-ils y faire? Se déprimer davantage, non?

— Peut-être, mais il y en a qui vont chercher à se venger d'un employeur qui se fout autant d'eux. Si la compagnie pour laquelle je travaille me traite comme du bétail, pourquoi prendrais-je ses intérêts à cœur, tu veux bien me dire? Il y a même de fortes chances que je profite d'une occasion de fraude qui s'offrirait à moi. Ça se voit de plus en plus souvent. Ces fraudes sont alléchantes car elles permettent de compenser les faibles rémunérations et les conditions de travail dégueulasses. Pourquoi on en ferait un cas de conscience, quand on compte pour si peu dans les plans de l'entreprise? On peut penser à des arnaques d'importance, mais ce n'est pas nécessaire que ça aille très loin, un crayon par-ci, une disquette par-là, des photocopies personnelles, et ainsi de suite. Tout ça passe le plus souvent inaperçu. Par contre, le résultat, c'est que les compagnies perdent des millions de l'intérieur, souvent sans même vraiment s'en rendre compte. Chacun travaille pour sa poche. Tant pis si le voisin écope. Tout le monde se dit qu'il faut en profiter pendant que ça passe, et au diable les conséquences. Une véritable loi de la jungle. C'est à pleurer...

Et je crois bien que c'est ce que Joël se serait mis à faire si le plat principal n'avait pas soudainement surgi devant lui. Même moi, rompue aux fastes des présentations culinaires prétentieuses, je n'ai pu m'empêcher d'admirer la sophistication de l'assiette. Un feu d'artifice d'arômes se dégageait de nos plats respectifs. Cela forçait le respect.

— Bon appétit, messieurs, dames.

Ce serait apparemment sans problème. En tout cas, ça ne

pouvait mieux tomber. La première bouchée a fait l'effet d'un baume apaisant sur Joël qui a semblé retrouver un peu de son flegme. Il a même commencé à délirer sur les vertus de la haute cuisine. J'ai eu peine à me retenir de l'envoyer paître avec ses élucubrations gastronomiques. J'ai échappé à une scène inutile en offrant un toast à Joël.

— Je te souhaite la meilleure des chances, cher ami. Je suis certaine que tu trouveras bientôt l'emploi qui te fera oublier ces moments difficiles.

— À la tienne, Joana.

Joël a bu au compte-gouttes les derniers vestiges de ce vin qu'il estimait, à juste titre, je l'admets, comme le meilleur qu'il ait goûté dans sa vie. Puis, Joël a ramené les projecteurs de la conversation sur moi. Il m'a d'ailleurs prise au dépourvu, car sa question portait sur Ève et Henri. J'ai instantanément senti les sanglots affluer dans mon gosier. J'ai eu beaucoup de difficulté à me contenir. Et je me suis souvenue que Joël ignorait le décès d'Henri. Je lui ai annoncé avec retenue ce qui lui était arrivé. J'avais appris sa maladie durant le séjour que Joël et moi avions effectué à Orléans. Je me souviens encore à quel point j'ai été bouleversée d'apprendre cette nouvelle. Surtout, au moment où quelque chose de décisif s'annonçait pour moi. Perdre Henri à ce moment m'a fait craindre de retomber dans l'autisme dans lequel m'avait plongée l'assassinat de mon père. J'ai dû surmonter plusieurs nuits blanches, à lutter contre la sourde terreur qui me submergeait. Heureusement, il y avait le travail et l'altitude. À bord d'un avion, je parvenais à m'oublier tant bien que mal.

Chaque fois que je pouvais, je téléphonais pour demander des nouvelles. Ève, avec un doigté et une délicatesse qui lui valent toute mon admiration, me préparait doucement à la disparition imminente d'Henri. Sa santé déclinait de jour en jour. Ève trouva même le moyen de m'annoncer comment Henri avait plus ou moins planifié de mourir. J'ai alors décidé de prendre quelques jours de vacances, dès mon retour à Paris, et de me précipiter à Orléans. Hélas, lorsque j'ai débarqué à mon hôtel, un message m'attendait. C'était Ève. Elle me précisait qu'Henri n'avait pu l'attendre, car il souffrait trop. De plus, il souhaitait que je ne le voie pas dans l'état de déchéance où l'avait plongé la maladie, et que je conserve un souvenir plus heureux de sa personne. La fine écriture d'Ève dévidait ces quelques mots avec une douleur sereine qui me noue encore l'estomac, chaque fois que je relis ce petit mot, conservé précieusement dans l'album de photos de mon père.

Je suis immédiatement partie pour Orléans. Ève est venue m'ouvrir comme à l'accoutumée. De revoir cette scène familière, même en sachant qu'Henri ne m'attendait plus au salon comme autrefois, me fit beaucoup de bien. Surtout que, malgré les traits tirés et sa maigreur inquiétante, Ève affichait toujours le même sourire empreint de tendresse. J'ai fait l'effort désespéré de la prendre dans mes bras, ce que je n'avais jamais pu faire auparavant. Cette marque inattendue d'affection a eu raison de sa volonté. Elle s'est mise à sangloter silencieusement. Seules ses épaules tressautaient à intervalles réguliers, pendant qu'elle, si petite, enfouissait son visage dans le creux de mon bras. Curieusement, c'est grâce à ce moment, unique dans ma vie, que j'ai été en mesure de vraiment reprendre le dessus. Pour la première fois, je sentais que l'on réclamait mon soutien, alors que, jusqu'à présent, je n'avais toujours vu autour de moi que des visages fortifiés, déterminés à me soutenir et à me protéger. Avec le temps, je n'avais pas réalisé combien cette attitude, pourtant bienveillante, avait fini par me déstabiliser et avait contribué à me maintenir petite fille. Je percevais le lien très clair avec mon métier d'agent de bord, où je pouvais enfin inverser les rôles, et, à mon tour, venir en aide aux gens qui le réclamaient. De toutes les personnes proches de moi, c'était la première fois, à l'exception peut-être de Joël, que quelqu'un abandonnait cette façade inébranlable et se laissait aller à un moment de faiblesse en ma présence. Et curieusement, je ne me suis jamais sentie si forte qu'à cet instant.

Ève et moi sommes retournées à l'intérieur. Pleurer enfin sa peine avait semblé soulager Ève. Elle m'a offert un thé, ce que je ne refusais jamais en sa compagnie. Puis, elle m'a demandé si je voulais aller me recueillir sur la tombe d'Henri.

— Henri repose dans son cher jardin. Tu souhaiterais aller le saluer?

— Je le souhaiterais vraiment, Ève.

Ève a enfilé un petit fichu. Nous avons marché côte à côte, d'un pas lent et paisible. Le sentier était foulé. Visiblement, Ève avait déjà arpenté le trajet plusieurs fois. Henri lui manquait cruellement. Elle avait eu l'heureuse idée de choisir dans le jardin un emplacement marqué d'un rocher droit d'environ un mètre de haut. Elle avait fait graver l'épitaphe directement sur la pierre. Le tout était d'une sobriété qui s'accordait parfaitement à Ève. Nous sommes demeurées là un bon moment, silencieuses. Ève priait intérieurement. Je regrettais de n'avoir pu assister aux derniers moments d'Henri, qu'Ève m'avait racontés. J'aurais aimé le revoir une dernière fois. En même temps, je comprenais ce que pouvait représenter pour eux cet ultime instant passé en tête à tête. Henri gisait à présent au pied de ce rocher, et je l'imaginais comme s'il avait retrouvé la paix. Je pouvais même revoir son visage avec ses petits yeux rieurs.

Je suis demeurée quelques jours chez Ève. À mon grand plaisir, j'ai cru remarquer qu'elle recouvrait l'appétit. De même, elle retrouvait graduellement sa volubilité. J'étais heureuse de penser que c'était grâce à ma présence. Moi-même, je sentais s'installer une certaine paix intérieure. Je n'étais pas pressée de partir. Malheureusement, j'ai reçu un coup de téléphone, m'intimant de revenir, car la compagnie était à court de personnel. Je devais reprendre mon poste le plus tôt possible. Ève m'a semblé chagrinée, mais elle n'a rien dit. Comme toujours, elle a appelé le taxi et elle m'a raccompagnée à la porte.

— Je reviendrai aussitôt que possible, Ève.
— Va, ma grande. Je me débrouille déjà bien, tu sais.

Je lui ai donné une bise sur la joue. Lorsque le taxi a démarré, je me suis retournée pour lui envoyer la main par la lunette arrière. Je la vois encore lever le bras, avec un petit sourire indéfinissable, tandis que le taxi s'éloignait rapidement. C'est la dernière image que je conserve d'Ève.

Depuis, nous sommes demeurées en contact par lettres interposées. Ève me raconte sa routine et les petits événements qui émaillent son quotidien. Nous nous sommes également parlé au téléphone, à quelques reprises, lorsqu'un saut à Paris, entre deux avions, me laissait le temps de la contacter. Il y a une sorte de résignation dans le ton qu'elle utilise, mais je sens qu'elle n'est pas malheureuse. Seulement, elle s'ennuie. Et moi, je n'arrive pas à trouver un moment pour lui payer une petite visite. Comme elle refuse de venir me rejoindre à Paris, nos chances de rencontre sont plutôt minces. Je peste contre cette organisation de vie qui nous empêche même de voir les gens qu'on souhaiterait en permanence auprès de nous.

Joël avait finalement terminé son monstrueux dessert. Nous pouvions enfin partir. Je commençais à avoir des fourmis dans les jambes. Je souhaitais me payer une de ces longues marches nocturnes dont je suis si friande. Joël soupira en se levant. Je crois qu'il avait le derrière bien incrusté dans le rembourrage du siège. Plein comme il était, j'imagine que l'exercice de se redresser devenait périlleux.

— Bon, eh bien, puisqu'il le faut, allons-y...

J'ai fait semblant de ne pas entendre, car je n'avais plus aucune envie de m'éterniser ici.

— Dis, Joël, ça te dirait de marcher en ma compagnie? Je me sens d'humeur pour un tour de ville.

— Non, merci. Je t'ai déjà vue à l'œuvre et je ne m'en sens pas l'aptitude. Je crois qu'il vaut mieux que je réintègre le domicile, si je ne veux pas aggraver ma cause auprès de Janine.

À l'extérieur, l'air était magnifique. Ce que je peux aimer respirer ces airs doux et humides. Pendant un moment, j'ai senti une sorte de vertige, qui allait de pair avec l'alcool et le repas que je venais de m'envoyer. Pour une fois, je donnais raison à Joël de tant apprécier les repas soignés, dans ce qu'ils apportent de réconfortant et de bienheureux.

C'était le moment de dire au revoir à Joël qui partait dans une autre direction que la mienne. Je cherchais une formule appropriée pour le remercier de son invitation, quand nous avons été interrompus par un sympathique petit vieux, tout décharné, mais qui trouvait quand même le moyen de nous aborder avec le sourire. Il s'est adressé à Joël pour lui quémander un peu de monnaie. Je trouvais la situation cocasse. Ce type avait une stratégie intéressante. Il était difficile de prétendre ne pas avoir d'argent quand on venait de se taper un repas dans un tel endroit.

— Désolé, je n'ai pas de monnaie sur moi.

Et c'est justement ce que Joël se permet d'affirmer. Quel culot. Le type n'a pas insisté, mais il m'a fait pitié. Je me suis empressée de saluer Joël, en lui promettant de l'inviter lors de notre prochaine sortie. J'ai ensuite fait demi-tour pour rejoindre le pauvre homme qui s'éloignait lentement.

— Monsieur, un instant.

Je lui ai remis un billet d'un montant assorti de quelques zéros.

Le type était plutôt incrédule, mais manifestement très heureux de l'aumône.

— Vous ne seriez pas la fée marraine, par hasard?

— Hélas, non, mon ami. J'espère que ça vous aidera un peu.

— Oh, vous savez, ce n'est pas que j'aie tant besoin d'aide. J'aime ma vie, vous savez. Je me sens plus heureux aujourd'hui qu'à l'époque où je travaillais dix heures par jour. C'est le côté matériel qui est un peu plus difficile. Votre généreux billet va me permettre de m'offrir quelques repas chauds, quand le besoin s'en fera sentir.

Nous marchions côte à côte, comme de vieux copains. Il boitait légèrement. On aurait dit que ses souliers étaient trop ajustés.

— Il y a longtemps que vous avez décroché?

— Décroché? Tiens, je n'avais jamais envisagé ma situation ainsi. Vous êtes amusante, mademoiselle.

— Vous dormez où?

— Je crois que je vais simplement m'installer ici. Vous marchez d'un pas que mes semelles ne me permettent plus d'égaler. Je vous souhaite bonne nuit, chère bienfaitrice.

— N'en mettez pas trop. Au revoir, monsieur. À une prochaine fois peut-être.

— Je l'espère. Je vous présenterai mes amis. Ils seront heureux de vous connaître quand je leur aurai parlé de vous. Rassurez-vous, ils ne vous demanderont pas d'argent. Ils sont trop bien élevés pour ça. Vous serez notre invitée.

— J'apporterai le café.

— Excellent. Et même un café fortifié, si ce n'est trop vous demander, ce sera avec grand plaisir.

— Au revoir, monsieur.

— Vous savez, je ne crois pas être décroché. Auparavant, je ne vous aurais même pas remarquée, même si vous m'aviez donné le double d'argent. J'étais entièrement tourné vers moi-même et mes petits malheurs. À présent, je regarde les gens défiler. Je peux les apprécier pour ce qu'ils sont, même dans leurs défauts les plus facilement décelables. C'est un spectacle dont je ne me lasse jamais. Non, je ne suis pas décroché. Au contraire, je n'ai jamais été si proche des gens. Encore merci, mademoiselle. Bonne nuit.

— Bonne nuit à vous aussi.

Je suis repartie pendant qu'il s'installait dans un recoin un peu abrité. Lorsque j'ai enfin rejoint mon hôtel, aux petites heures du matin, je n'avais pas encore fini de méditer ses paroles.

Choisir n'est pas une vie

— Salut, Eugène!

À cette heure-ci, le café-bar déborde de peuple et d'activités. C'est heureux qu'Eugène, arrivé avant moi, ait pu dénicher une place. Je le rejoins et je m'installe sur le siège qu'il a conservé à mon intention et qu'il a vaillamment soutiré aux convoitises.

— Un tilleul-vodka, s'il vous plaît.

Eugène m'aborde de front, aussitôt ma consommation commandée. Il affiche un air inquiet, pour ne pas dire inquiétant, et je sais pourquoi.

— Tu as le moral de te taper un tilleul-vodka dans une situation pareille?
— Pourquoi pas?
— Tu as lu les nouvelles?
— Bien sûr.
— J'ai reçu une convocation ce matin. Je dois me présenter au Centre de recrutement demain matin à sept heures.

Je ne peux réprimer ma stupéfaction, n'ayons pas peur des mots. J'avoue que je ne m'attendais pas à un coup si dur.

— Je ne croyais pas que ça arriverait si tôt. Je vais sans doute recevoir la mienne aussi d'ici peu.

Je paye mon verre. La première gorgée est toujours la meilleure, mais je ne la déguste pas pleinement aujourd'hui. Les nouvelles dont Eugène fait mention, je les ai lues avant de venir. L'avancée de l'ennemi, comme ils disent, s'accélère. Pour faire face à la situation, l'armée régulière ne suffit plus. Ils ont donc commencé à recruter dans le civil.

— Que comptes-tu faire?

Eugène est visiblement atterré. Déjà, la perspective de porter les armes et de subir la bêtise militaire et l'abrutissement de la caserne ne lui sourit guère. Mais il sait également que peu de gens reviennent du front, ce qui est encore moins motivant.

— Quel est mon choix, d'après toi? Si je me présente, je dois entrer dans une sorte de système carcéral auquel je me suis toujours opposé. Tu sais à quel point je déteste l'armée et les institutions militaires. Par contre, si je ne me présente pas, je laisse aux autres la tâche de s'opposer aux Bochisques. Si ces derniers remportent la guerre, je deviens non seulement un traître, mais je dois de plus subir l'oppression de ces fascistes. Et si nous l'emportons, je suis également considéré comme un traître ou un lâche qui aura refusé de «défendre sa patrie».

Et Eugène ouvre les vannes toutes grandes. Je le retiens discrètement, du mieux que je peux, car il commence à attirer l'attention des autres. Il est vrai que tout le monde parle de la même chose. Il s'agit d'un sujet de conversation privilégié, qui en est même venu à supplanter les commentaires sur la météo, ce qui n'est pas peu dire. On a évidemment droit aux mêmes élans stupidement patriotiques qui caractérisent tous les débuts de guerre. Jusqu'à ce que les vacances de chasse au milieu des ruines et des copains morts tournent au vinaigre. La patrie, elle l'a profond dans ces cas-là. C'est bien la peine de se mousser la fibre nationaliste, si c'est pour finir répandu sur un raidillon.

— Tu te demandes quel est ton choix? Ça dépend un peu de l'importance que tu attaches à la préservation de ton pays, tu ne crois pas?

J'ai dit ça comme ça, histoire d'aider Eugène à orienter ses pensées et peut-être à y voir plus clair, face à la décision à prendre. Je savais cependant que je prenais un risque avec une remarque pareille. Eugène est plutôt susceptible sur les réponses approximatives. Il me regarde d'ailleurs avec tellement de commisération que j'en suis gêné.

— Tu ne vas pas me faire croire que t'es nationaliste?

Je m'attendais à pire. Mais maintenant que j'ai, avec insouciance, abordé le sujet, je ne vais pas me défiler. D'autant que le nationalisme, tel qu'on le connaît, déjection infâme aux yeux d'Eugène, n'existe que parce que le sentiment d'appartenance à un pays n'a jamais été clairement manifesté, autrement que par de dérisoires parades militaires ou par des relents racistes méprisables. Ce n'est pas le nationalisme en tant que tel qui est à condamner, c'est la forme qu'on l'a laissé prendre, en cédant la place aux réactionnaires. Mais comment faire comprendre ce point à Eugène?

— Bien, non, pas vraiment, tu sais bien. Je n'ai jamais compris qu'on puisse accorder de l'intérêt à des frontières fermées. Mais c'est comme ça que les choses sont établies, et il faut bien vivre quelque part. Alors, je me demandais finalement, vu la situation peu reluisante qui s'annonce si jamais les Bochisques s'installent, s'il ne valait pas la peine de s'y opposer, même si on doit piétiner nos principes.

— D'abord, être opposé à la guerre, ce n'est pas un principe, c'est une simple question de santé mentale. Ça devrait constituer une attitude naturelle, un réflexe à ne jamais questionner. D'autre part, ça m'en donnera beaucoup d'aller me faire éventrer sur le front, sous prétexte que ça empêchera peut-être les Bochisques de nous adopter.

— Tu peux te dire que ça servira aux autres. Beaucoup voient dans un tel destin la justification d'une vie.

Je cumule les gaffes. J'ai l'impression que si je continue sur cette lancée, Eugène va déjà faire l'apprentissage du meurtre sur ma personne.

— Quoi! Tu voudrais qu'en plus de «défendre mon pays», comme tu dis, je lutte...

— Calme-toi, Eugène.

— ... pour «l'avenir de la nation»? Non, mais ça va? T'es bien certain? Tu peux me le dire si tu souffres de delirium tremens.

— Je vais très bien, merci.

— On vit dans un monde malade, dégueulasse, médiocre, et tu voudrais que j'y contribue? Que je m'amuse à le perpétuer? À aller me faire décapiter sous prétexte que ça servira aux «générations futures» pour qu'elles puissent continuer à jouer aux détraqués?

— Écoute, on peut parler de ça plus paisiblement, tu ne crois pas? Il ne faut pas que tu oublies que tu es toi-même impliqué dans un choix à faire, et que sur ce choix repose ta décision de vivre ou non. Si tu n'en as rien à foutre du futur, je te comprends. Mais le futur, c'est aussi ton futur, et tu n'y es peut-être pas totalement insensible. Dans tous les cas, t'es baisé. Nous sommes baisés. Tu refuses le système? Alors, tu cours le risque soit de crever de toute façon, dans un bombardement par exemple, soit que les Bochisques l'emportent et que tu vives un cauchemar le restant de tes jours, dans un régime qui ne te conviendra jamais. Ou bien, soit que les Bochisques perdent, et alors, comme tu le disais, tu es perçu comme un lâche ou un traître parce que tu ne te seras pas impliqué dans le conflit; soit que tu joues le jeu du système et que tu participes aux manœuvres qu'on nous imposera. Dans ce cas, il y a encore différentes possibilités réjouissantes. Tu crèves sur le front, et alors, peu importe l'issue, tu ne seras plus là pour le savoir; si tu survis, il peut arriver que les Bochisques l'emportent quand même, et tu auras fait tout ça pour rien; ou enfin, nous l'emportons, nous mettons les Bochisques en déroute après en avoir massacré le maximum, et tu passes le temps qui te reste à vivre avec une blessure morale, peut-être également physique, qui risque d'être insupportable.

Eugène n'en peut plus. Il n'est pas le seul confronté à ce dilemme. On a tous à se poser les mêmes questions. Il faut être particulièrement innocent pour naviguer dans ce bourbier, sans penser aux conséquences.

— Alors, j'en reviens à ma question du début: qu'est-ce que je fais?

On recommence...

— Eh bien, il y a toujours le suicide, mais je le considère dans le meilleur des cas comme une simple mode, une manière pratique d'éviter un choix de vie. Il faut être mal pris pour en venir là. On n'a qu'une vie à vivre, comme on dit, et je crois que je prendrais quand même ce risque. On ne sait jamais ce qui peut arriver. Il te reste peut-être à t'expatrier?

— Tu n'y penses pas.

— Pourquoi pas? Beaucoup d'artistes, par exemple, des philosophes, des chercheurs, se sont réfugiés en Suisse pendant la Première Guerre mondiale ou aux États-Unis durant la seconde, où plusieurs sont morts dans la misère, il est vrai.

— La situation n'est plus la même. De nos jours, tous les pays sont hermétiques à l'immigration. Il n'est même plus possible d'obtenir un statut de réfugié, à moins de présenter une requête avec deux bras en moins, pour prouver ses dires. Quand on naît dans un pays, on est pris avec pour toujours.

Je réalise, moi aussi, que «la» solution n'existe pas. Du moins, pas d'après ce que je peux en déduire. Je n'avais pas encore envisagé toutes les hypothèses, mais ça n'apparaît pas réjouissant comme tel.

— Remarque que t'es pas obligé de servir dans les armes. Si tu travailles dans l'intendance, tu sauves les apparences, et tu risques moins ta vie.

— Tout le monde veut être dans l'intendance.

— Et puis, si jamais on perd la guerre, tu possèdes une cause, devenir résistant.

— Je ne comprends pas.

— Mais oui. Tu bosses dans l'administration militaire au lieu d'être sur le front. De la sorte, tu participes quand même à ce qu'on appelle «l'effort de guerre», tout en réduisant les risques d'être blessé ou tué, et tout en coupant court aux accusations de trahison ou de lâcheté ou de quoi que ce soit du genre. Si ça échoue, si on perd la guerre, on tombe sous la coupe d'un régime facho-totalitaire. Dans ce cas, on peut décider d'en faire une cause, de s'opposer à cette situation, et, du coup, de faire de la résistance. Il me semble que ça concilie les sentiments tourmentés dans une direction acceptable.

Eugène semble songeur. J'avoue que je ne suis pas pleinement convaincu de ce que j'avance, mais, enfin, c'est peut-être moins pire considéré sous cet angle. Devant le peu d'avenues qui s'offrent à nous, il s'agit peut-être là d'un moindre mal. Évidemment, Eugène n'est pas de cet avis.

— Faire de la résistance ou faire la guerre, même assis derrière un bureau, cela procède de la même chiasserie, qu'elle soit ou non enrobée d'un vernis idéologique commode. Quant à servir dans l'administration, je ne pourrais pas car cette possibilité est réservée à ceux qui sont inaptes à prendre les armes. Ce qui n'est pas mon cas, ayant la «chance» d'être en bonne santé.

Je roule ma dernière gorgée dans le fond de mon verre et je l'expédie dans le gosier. Je m'apprête à remettre ça avec un rhum-fraise, ma consommation des grandes occasions, malgré que ce soit un peu cher pour mes moyens. Je m'aperçois alors que le brouhaha a cessé tout autour et que les clients affichent soudainement une mine absorbée. Une seule voix émerge de ce silence mortuaire, celle d'un annonceur sur un poste de radio.

— ... que le gouvernement, par la voix de son état-major, vient d'accepter la reddition sans condition. Les Bochisques sont entrés dans la capitale immédiatement après. La population est invitée à déposer les armes et à cesser toute résistance inutile. Par ailleurs...

Un ordinateur,
c'est comme un robot culinaire

— Hum...

— Ça ne te plaît pas?

— Dis-moi, je me demandais, pourquoi n'utilises-tu pas un ordinateur pour écrire tes textes?

— Un ordinateur? Pour quoi faire?

— Comment, pour quoi faire? Tu sais bien que ces petites merveilles sont bien plus commodes pour la rédaction. On peut se relire facilement et apporter toutes les corrections voulues, sans ratures, proprement. On peut même conserver différentes versions, si ça nous dit. Je croyais que tu savais utiliser un ordinateur. Je n'imagine pas qu'on puisse s'en passer.

— Oh, ne t'en fais pas. Ce n'est pas nécessaire de jouer les êtres supérieurs. J'ai déjà eu l'occasion de toucher à cette bête.

— Et elle t'a mordue?

— Presque. J'ai failli me coincer un doigt dans un lecteur de disquettes!

— Tu exagères. C'est impossible d'y insérer un doigt.

— Je blaguais. Mais cela n'empêche pas que mes expériences avec tes ordinateurs ne m'ont pas convaincue de l'intérêt que je pourrais y trouver. C'est bien trop compliqué pour l'usage sporadique que j'en ferais.

— Comment trop compliqué? N'importe qui peut apprendre à utiliser un traitement de texte. Même ma fille aînée se débrouille déjà bien.

— Tant mieux pour elle. Moi, j'entends plus souvent qu'autrement des histoires d'horreur sur ces foutus engins.

— Comme quoi?

— Eh bien, il y a d'abord les problèmes qui arrivent à tout le monde tôt ou tard, perdre ses documents à cause d'une défaillance de l'ordinateur. Combien d'heures perdues, combien d'entreprises, même, en péril à cause de pannes ayant provoqué l'effacement des données.

— Ils n'avaient qu'à effectuer des copies de sécurité.

— Personne ne le fait.

— Personne ne le fait jusqu'au moment où l'inévitable arrive. Après, on devient des adeptes assidus de la copie, je t'assure. Effectuer des copies de sécurité fait partie du mode d'emploi de l'ordinateur. C'est comme pour la voiture. Si tu ne tournes jamais le volant, tu ne te rendras pas bien loin.

— N'empêche que cela arrive encore très fréquemment. Je peux te donner d'autres exemples. Comme cette personne qui utilisait la souris avec le pied, croyant qu'il s'agissait d'une pédale. Ou encore cet individu qui se plaignait que son support à tasse était défectueux.

— Son support à tasse?

— Oui, il avait confondu son lecteur CD-ROM avec un petit plateau où déposer sa tasse de café!

— Franchement, même si la bêtise humaine se niche n'importe où, ce n'est pas la peine de s'en glorifier.

— Moi, je prétends que cela arrive en raison de la complexité de ces appareils. Je n'ai pas du tout envie de me taper des années de répétitions, simplement pour écrire un texte de temps à autre.

— Cela ne demande pas des années. L'utilisation d'un clavier d'ordinateur ne se compare pas à celle d'un piano.

— Je ne suis pas si certaine. Je ne sais pas dactylographier. Le jour où je pourrai écrire à la main directement à l'ordinateur, je me laisserai peut-être tenter.

— Bientôt, tu pourras lui parler à ton ordinateur. Et il deviendra ton petit esclave docile.

— Ça me fera une belle jambe. J'aurais davantage besoin de quelqu'un pour faire la cuisine. Non, pour l'instant, très peu pour moi. Je reconnais les vertus de l'ordinateur, mais cela ne me convient pas. En ce qui me concerne, l'ordinateur ça se compare à un robot culinaire.

— Un robot culinaire? Mais encore?

— Un robot, c'est formidable pour râper les carottes ou couper les oignons en rondelles. Cela fait économiser du temps. On prépare un repas beaucoup plus rapidement. Mais que c'est long à nettoyer! Tout le gain de temps obtenu dans la préparation est perdu au moment où il faut nettoyer, puisque cela prend à peu près le même temps. Tu me suis?

— Tu veux dire que couper les carottes à la main revient au même que de le faire au robot à cause du temps qu'il faut consacrer à le nettoyer?

— Bravo, tu as compris du premier coup.

— Quel est le rapport avec l'informatique?

— Ah, je me disais aussi.

— Es-tu en train de te foutre de moi?

— Non, pas méchamment, en tout cas. Je compare l'ordinateur à un robot culinaire, car si c'est vrai que cela fait économiser du temps pour écrire du texte, tout ce que ça implique pour y parvenir, ou chaque fois qu'il se produit un problème, en annule, à mon avis, les bénéfices. Dans ce cas, je préfère m'abstenir. La bonne vieille méthode manuelle, plume et papier, me convient encore parfaitement.

— Tu es de mauvaise foi. L'évolution des ordinateurs ne serait pas ce qu'elle est si quelque part cela ne procurait pas un avantage. Quand il y a beaucoup de travail, rien ne remplace le recours à une de ces petites merveilles pour augmenter son efficacité.

— Tu mets exactement le doigt sur le point. Si j'avais des bouquins à écrire, des budgets compliqués à gérer, des données à conserver, des statistiques à calculer, bien sûr, je ne serais pas assez sotte pour me passer d'outils utiles. Cela vaudrait alors la peine d'y consacrer les efforts de domptage nécessaires. Mais pour les quelques lignes que j'écris de temps à autre, je n'éprouve aucune motivation à aller plus loin.

— Tes paroles exhalent un doux parfum d'anachronisme. C'est bien dit, n'est-ce pas? J'ai tellement souvent rencontré des gens déboussolés par les changements, réfractaires à tout effort qui les obligerait à remettre en question leurs certitudes ou leurs habitudes bien ancrées, qu'ils préfèrent se perdre en justifications oiseuses. Ils passent d'ailleurs plus de temps à argumenter leurs réticences qu'il leur en faudrait pour s'habituer au changement. Ils ne se rendent même pas compte qu'ils sont en train de se fossiliser, comme de vulgaires paquets d'os qu'on déterre de temps à autre dans des chantiers de fouilles. Ce que tu dis pour l'ordinateur, on le disait jadis pour les machines à coudre ou pour les voitures. Qui aujourd'hui irait remettre en question ces inventions?

— Eh bien, le cher dinosaure que je suis a le regret de te dire qu'il ne sait ni coudre ni conduire, et que non seulement ça ne manque pas à sa culture, mais que de plus il ne détesterait pas l'idée de vivre dans un monde libéré des bagnoles.

— Le pôle Nord serait parfait pour toi.

— Tu ne m'as toujours pas dit ce que tu pensais de mon texte.

— Ton texte... Ah oui, je me demandais également (en plus de ton rejet de l'ordinateur pour écrire) pourquoi tu as eu recours à des personnages masculins, au lieu de féminins comme dans d'autres de tes histoires?

— Ça me tentait. Par pure fantaisie, uniquement. J'étais justement curieuse de me mettre dans la peau d'un personnage que je ne pourrai jamais être, en l'occurrence un homme, qui en plus est très éloigné de moi sur le plan des idées. C'est d'ailleurs, pour moi, l'un des grands attraits d'écrire, cette possibilité que cela offre de sortir de ses frontières par personnages interposés. Tenter de se mettre dans la peau d'un autre pour mieux comprendre comment il réfléchit ou agit dans différentes situations est un exercice que je trouve fascinant et très instructif. Il me semble que cela aide à apprivoiser et à mieux comprendre ce qui nous entoure. De plus, écrire ainsi me laisse le temps d'aller au bout d'une idée, d'y revenir, de la modifier, voire de la renverser. Et cela au rythme qui me convient. J'éprouve une grande sensation de repos quand j'écris. J'aime donc non seulement m'insérer dans la peau de personnages imaginaires, mais également tenter de penser comme eux, prendre le temps de me représenter leurs réactions et leurs idées.

— C'est ce que tu as voulu faire ici?

— Oui.

— Tu voulais concevoir comment une personne idéaliste réagirait dans une situation de déclenchement de conflit?

— C'est à peu près ça.

— Et les idées défendues dans l'histoire te semblent éloignées de ce que tu ferais, toi, dans cette même situation?

— Exactement.

— Alors, pour toi, Joana, et non ton personnage, que ferais-tu si tu te trouvais plongée dans un tel dilemme? Quel aurait été ton choix à toi si tu avais reçu une convocation militaire dans une même situation?

— Je ne suis pas certaine que le fait d'être une femme changerait beaucoup les avenues qui se présenteraient à moi. J'ai l'impression qu'il n'y aurait pas plus d'issues que celles qui s'offrent à mes personnages. Par contre, il s'agit d'un débat qui me laisse plutôt indifférente. Le nationalisme, le patriotisme, la légitimité des frontières constituent des concepts très obscurs pour moi. Je préfère davantage me voir comme n'appartenant à aucune nation. Je ne me sens pas d'attaches envers aucun drapeau.

— Malheureusement, je trouve que ça paraît un peu dans ton texte.

— Que veux-tu dire?

— Il me semble que tes personnages ne savent pas vraiment eux-mêmes quoi penser. La situation m'apparaît d'ailleurs un peu artificielle, pour ne pas dire superficielle. Je doute beaucoup que la mobilisation militaire se déroulerait de nos jours comme elle se passait, disons, même encore à l'époque de la guerre du Vietnam. J'ai plutôt la conviction que tout se passerait par-dessus nos têtes, avec l'armée de métier. Avec tous les beaux joujoux qu'on leur met dans les mains, j'ai un peu l'impression qu'on ne perdrait pas de temps à recruter et à former de pauvres péquenots dans notre genre. On irait droit au but, si possible avant que l'adversaire ait eu le temps de respirer. Je n'aime pas tellement cette histoire. Son propos me semble désuet et dénué d'intérêt.

— Tu n'as pas aimé?

— Non, ça me semble faible de bout en bout, même avec le dénouement surprise.

— Je te trouve un peu salaud de me dire ça.

— Comment ça, salaud? Tu y vas fort, dis. Tu n'acceptes pas que je ne sois pas emballé par ton texte?

— Moi, j'étais plutôt contente de mon histoire. Il me semble que les débats sur le nationalisme sont au contraire plus d'actualité que jamais, surtout avec la montée des groupes d'extrême-droite. Tu me refroidis les ardeurs d'une manière plutôt brutale.

— Je ne crois pas. Je n'ai fait que répondre à ta question. Tu voulais savoir ce que j'en pensais. C'est ce que j'ai fait. Avec trop de franchise peut-être? Tu aurais voulu que j'enrubanne mon commentaire pour qu'il passe mieux?

— Disons que je te trouve un peu sévère.

— Je croyais qu'on se connaissait mieux que ça. J'apprécie quand on peut se passer des conventions, des périphrases et livrer sans ambages le fond de sa pensée.

— Quand même, cela m'affecte.

— Ça, c'est un risque à courir. Tu ne peux pas espérer toujours faire l'unanimité quand tu te confrontes à une opinion externe.

— Moi, je pense que quand deux personnes se comprennent bien, il ne devrait pas y avoir de mésententes de ce genre.

— Ce n'est pas une mésentente, c'est une différence de goût. Cela ne remet pas en question le fait qu'on se comprenne généralement bien.

— ...

— Allons, ne fais pas cette tête. Je crois que j'aurais trouvé plus intéressant que tu te mettes toi-même en situation dans ton histoire, plutôt que de passer par un personnage douteux, qui ne m'apparaît pas très sympathique.

— Pourquoi, pas sympathique?

— Comment expliquer ça? Il me semble un peu tordu, j'imagine. J'évite en général ce genre de personnage torturé qui manque d'humour. En même temps, je suis un peu d'accord avec lui. Je doute qu'à sa place je trouverais la chose plus simple. Finalement, c'est probablement le sujet lui-même qui m'apparaît rébarbatif.

— Bon, je tâcherai de faire mieux la prochaine fois. J'essaierai de me mettre dans la peau d'une informaticienne, tiens, une exaltée du clavier numérique dans ton genre.

— Tu n'as pas forcément à faire mieux. Pour quelqu'un d'autre, cette histoire apparaîtrait peut-être géniale. Ce n'est qu'une question d'affinités.

— Alors, je vais changer de lecteur!

— Quelle lâcheté! J'ai aimé tes autres histoires. Tu n'as pas besoin de te défiler sous prétexte que celle-ci m'a moins plu.

— Moi, je n'aime que l'unanimité.

— Alors, je vote à l'unanimité que nous allions terminer cette discussion au bistro, devant une bonne bière.

— Adopté!

Notre dernière rencontre

Il était 21 heures 20 minutes. Je m'en souviens encore avec précision. Je m'étonne toujours que, même dans les moments les plus bouleversants, notre mémoire soit capable d'engranger des détails aussi anodins. Il était donc 21 heures 20 et nous étions installés, Janine et moi, face à face, dans la cuisine. Et je l'écoutais, les doigts crispés sur ma tasse de café, impuissant à contrer ses salves dévastatrices contre tout mon système de vie. Toute l'organisation de mes pensées et de mes sentiments, forgée avec les années autour de notre vie de couple, autour de nos enfants, autour de notre position sociale et de notre travail, tout ça s'écroulait par pans entiers, sous le simple assaut de paroles et de mots acerbes.

Au moment où Janine m'annonçait non pas qu'elle pensait, qu'elle souhaitait ou qu'elle envisageait, mais bien qu'elle devait, avec toute l'affirmation sans appel revendiquée par ce terme, qu'elle devait donc me quitter, j'ai entendu la porte de la chambre s'ouvrir. Je percevais les petits pas mous de ma fille aînée s'approcher de nous. Éblouie par la lumière de la cuisine, elle est venue vers moi en se frottant les yeux. Elle m'a tendu les bras pour que je la prenne. Assise sur moi, elle me serrait fort et semblait triste.

— Que se passe-t-il, ma grande? Tu ne dors plus?

— Papa, j'ai fait un rêve. Il y avait un bruit dehors. J'avais peur et je t'appelais. Tu es venu et je t'ai dit qu'il y avait une bête dehors. Tu ne m'as pas cru et j'ai pleuré. Alors, tu m'as dit que tu allais voir. Tu es sorti, j'ai entendu du bruit. Là, j'ai regardé par la fenêtre, et j'ai vu la bête qui te sautait dessus et qui te dévorait. J'ai eu très peur et j'ai crié.

— Et c'est ça qui t'a réveillée?

— Oui.

— Tu vois, je suis encore là. Va te coucher maintenant. C'est fini. Dors bien, ma belle.

Elle est repartie vers sa chambre sans un mot. Quand j'ai entendu la porte se refermer doucement, je me suis mis à sangloter le trop-plein d'émotion. J'avais l'impression de vivre réellement le rêve de ma fille, et qu'en effet une bête impitoyable me dévorait, sous ses yeux, que ce qu'elle avait rêvé était réellement en train de m'arriver.

Il y avait déjà plusieurs mois que j'avais constaté un changement chez Janine. Elle était perpétuellement inquiète, sans qu'elle et moi puissions en éclaircir les raisons. Elle attribuait sa mauvaise humeur à différentes causes, les filles en particulier qui nous accaparaient sans cesse, ne nous laissant aucun moment de répit où nous aurions pu, Janine et moi, rapatrier notre intimité. À cela s'ajoutaient nos problèmes d'argent, accrus par la perte de mon emploi et la difficulté à en dénicher un autre. Je lui disais que c'était temporaire, que j'allais sûrement décrocher l'emploi de mes rêves, que c'était même la seule raison sensée d'avoir aussi injustement perdu mon travail, simplement pour m'obliger à chercher ailleurs et à trouver mieux. Je ne me rendais pas compte que mon angoisse d'être chômeur me pesait plus lourdement que je l'avais imaginé. Je n'étais pas si assuré de le cueillir bientôt, cet emploi rêvé. Cela me semblait de plus en plus plausible de me retrouver dans un boulot carcéral sous-payé et sous-qualifié, égrenant les heures dans l'attente de retrouver mes filles, que je n'aurais plus les moyens de gâter, et notre maison qu'il serait impossible de continuer à payer. Je dormais chaque nuit un peu plus mal, éteint par ces pensées moroses, révolté par une situation où posséder un emploi est devenu un luxe, de moins en moins accessible. Peu à peu, mon état nerveux a dû transpirer et contaminer Janine, malgré mes efforts pour épargner mes proches.

Et puis un jour, hier en fait, elle est partie se promener sur un coup de colère, criant qu'elle n'en pouvait plus de cette vie étriquée et de cette atmosphère mortuaire auxquelles je la condamnais. Elle a claqué la porte avant que je puisse me remettre de ma surprise, avant que je puisse la rattraper pour exiger des explications. Les enfants jouaient dans leur chambre. En entendant le raffut, elles sont sorties s'enquérir de ce qui se passait.

— C'est quoi, papa?
— C'est rien! Foutez le camp!

Ce fut plus fort que moi. Déjà excédé par l'angoisse des derniers mois, ulcéré de l'attitude de Janine alors que nous avions pourtant convenu de toujours régler calmement nos différends, d'entendre mes deux petites souris me harceler tandis que je n'étais pas encore remis du choc de la porte claquée, je m'en suis pris bassement à elles pour décharger la tension qui m'étouffait. Elles se sont mises, bien sûr, à pleurer en chœur. Les épaules voûtées et honteux de ma lâcheté, j'ai tenté de m'excuser. Mais elles étaient en colère, avec raison, et elles ont retraité dans leur chambre, en prenant bien soin, elles aussi, de claquer leur porte. Je tremblais de rage et de tristesse. J'ai tout de même laissé s'écouler cinq minutes, le temps de m'étendre et de retrouver une respiration normale, puis j'ai amorcé une reprise des pourparlers.

— Dites, les filles, ça vous dirait une petite glace chez le marchand du coin?

J'avais mis dans le mille. La porte s'ouvrit timidement. J'ai aperçu la plus jeune, le sourire aux lèvres, essuyer ses larmes avec son avant-bras. J'en avais le cœur en charpie. Dehors, le soleil était magnifique et je commençais à retrouver mon calme. Je tenais mes deux filles par la main et l'incident semblait clos. Je m'inquiétais pour Janine, mais de tels agissements n'étaient pas dans ses habitudes. Nul doute qu'elle reviendrait sous peu, et que nous aurions une discussion sensée. J'essayais de me rassurer ainsi.

Je suis demeuré un long moment sur le banc à me laisser étamer par le soleil. Mes deux filles, enduites de glace au chocolat, avaient plus prosaïquement choisi de s'installer à l'ombre. De retour à la maison, je m'attendais à retrouver Janine, avec son sourire conquérant, revenue à de meilleurs sentiments. Mais elle n'y était point, et j'ai senti une sourde angoisse affluer dans mes veines. L'intuition m'annonçait de tous ses phares une catastrophe imminente. Je refusais d'y croire, me disant que les choses allaient déjà bien assez mal comme ça, qu'il n'était pas nécessaire de dramatiser davantage.

L'heure du repas arriva. J'ai fait réchauffer des restes. Les filles bouffaient allégrement, renversant leur verre de lait, comme il se doit, et riant aux éclats au moindre prétexte. Ça me faisait du bien. J'étais incapable d'avaler quoi que ce soit. Une seule fois, elles ont fait allusion à l'absence de Janine.

— Elle est où maman? Dis, papa?
— Maman est sortie, les filles. Elle va revenir bientôt.

Je me contenais pour ne pas laisser paraître mon désespoir. Je voulais par-dessus tout les épargner de ce qui se passait. Puis vint l'heure du bain. J'ai pris place avec elles dans une baignoire remplie d'eau. Les filles étaient ravies. Elles s'amusaient à me verser de l'eau sur la tête et à cacher la savonnette. J'ai pris ma revanche lorsque ce fut le moment de leur laver les cheveux. J'ai fait exprès de leur rincer la tête plus que de coutume.

Nous nous sommes ensuite installés dans le salon, avec une couverture étendue sur nous. Je leur ai fait la lecture d'une longue histoire, lecture constamment interrompue par les mêmes questions que la fois précédente et par tous les pourquoi qui leur venaient en tête. Comblées par cette lecture exclusive, elles n'ont fait aucune difficulté pour aller se coucher. Et je me suis retrouvé, toujours seul, dans ce logement ramené au silence de l'adulte.

Je tentais de chasser mon anxiété en regardant la télévision. J'attendais un coup de téléphone qui n'est jamais venu. J'ai pris un verre de cognac qui a empiré mon état d'esprit au lieu de le calmer. À minuit, j'ai décidé d'aller dormir. Je devais quand même me lever le lendemain pour mener les filles à l'école. Bien entendu, j'ai été incapable de trouver le sommeil, troublé par le moindre bruit extérieur, espérant au passage de chaque voiture dans la rue qu'il s'agisse de Janine revenant de son escapade. Je commençais à craindre qu'il ne soit arrivé quelque chose, mais j'étais indécis, inapte à prendre une décision, comme trop souvent dans mon cas. Au matin, j'ai eu le temps de me doucher et de boire trois cafés noirs et bien tassés. J'ai préparé le petit-déjeuner des filles avant de les mener à l'école. J'ai éprouvé une immense bouffée de cafard lorsqu'elles m'ont dit au revoir en me serrant le cou, et que je les ai vues disparaître dans leurs vêtements tachés de la veille et avec les cheveux emmêlés que j'avais oublié de brosser.

J'ai rapidement regagné la maison, je me suis précipité sur le téléphone. J'ai appelé au bureau de Janine. C'est elle qui m'a répondu sur-le-champ.

— Oui, allô, Janine à l'appareil!
— ... Janine, c'est toi? Où étais-tu? J'étais fou d'inquiétude!
— Ah, c'est toi. Rassure-toi, tu n'auras bientôt plus à t'en faire. Tu m'excuses, j'ai quelqu'un dans mon bureau. On se voit ce soir.

J'ai entendu le vulgaire clic du combiné qu'on raccroche. Je suis demeuré sidéré, dans une pose catatonique, dont tentaient de me faire émerger les cris stridents du téléphone, signalant un appareil décroché.

J'ai passé la journée étendu sur le dos, catastrophé, incapable de saisir le sens des paroles de Janine. J'ai rassemblé le peu de courage qui me restait pour aller accueillir les filles à leur sortie de l'école. Nous sommes revenus à pied sous le même soleil éclatant de la veille qui semblait me narguer avec sa splendeur. Mes filles criaient pour se faire entendre. J'étais tellement angoissé que je percevais à peine leur présence. À l'approche de notre domicile, j'ai aperçu la voiture de Janine stationnée dans la rue. Je craignais que mes veines éclatent. Les filles se sont précipitées vers la porte entrouverte.

— Maman, maman!

Janine les a accueillies de son sourire unique, auquel j'avais tant de fois cédé. Cette fois, il me fit davantage l'effet d'une lacération. J'attendais comme un coup de guillotine les premières paroles de Janine. Elle me regarda à peine et m'envoya un petit salut froid qui me mortifia davantage, si c'était encore possible.

Le souper s'est déroulé comme si de rien n'était. Janine s'est occupée de tout. Elle a préparé le repas, fait la vaisselle, sans rien me demander. Elle a aidé l'aînée à faire ses devoirs et elle est allée border les filles au lit. Je demeurais statufié dans la cuisine, incapable du moindre geste, dans l'attente d'un verdict imminent. Lorsque Janine est sortie de la chambre des filles, elle a enfin daigné m'adresser la parole.

— On se fait un café?

Et sans attendre ma réponse, elle nous a préparé un de ces cafés embaumants qui m'a fait oublier, durant quelques instants, la tension du moment. Janine a déposé la tasse devant moi et elle a pris place sur la chaise en face.

— Tu sais ce que j'ai fait hier?

Il y avait un pointe de hargne dans son regard, un air de défi comme lorsqu'une décision irrévocable a été prise et que rien ne viendra infléchir. J'attendais en silence la suite, en la fixant droit dans les yeux.

— J'ai marché un long moment. J'ai marché jusqu'à ce que mes jambes ne me supportent plus, tellement j'étais à bout de nerfs. Là, je suis entrée dans le premier café venu et j'ai commandé un carafon de rouge. Comme tu le sais, le vin me donne du tonus... et des humeurs aphrodisiaques...

La méchanceté volontaire suintait de toutes ses paroles. Je commençais à me conditionner à du peu réjouissant.

— Comme par hasard, il y avait un mec parfait au comptoir et qui me jetait un regard de temps à autre. Et là j'ai fait quelque chose que je n'avais jamais osé de toute ma vie. Je l'ai invité à venir s'asseoir à ma table. Ça n'a pas été bien difficile, tu t'en doutes. Je connais mon pouvoir féminin, comme toute femme digne de ce nom, et j'ai décidé d'en faire usage. Et puis, tu m'as toujours dit que mon sourire était irrésistible...

Sa moue ironique m'a transpercé de part en part, mais j'ai accusé le coup. Je ne disais toujours rien. Janine, ou ce qu'il en restait, a pris une gorgée de son café, cherchant de toute évidence la tournure la plus efficace pour raconter la suite.

— Nous avons terminé le carafon de rouge. Puis, écoute-moi, tu n'en reviendras pas. Dans un moment d'inspiration, j'ai sorti ma carte de crédit de mon sac à main et je l'ai déposée devant lui. Et je lui ai dit ceci: «Voici un aller simple dans l'hôtel de ton choix pour y passer une nuit épicée.» C'est moi qui ai dit ça, moi, ta petite bourgeoise coincée comme tu m'appelais, tu te rends compte? C'est sorti comme ça, tout seul, sans effort! Le mec, il a été très bien. Il m'a prise par la main, il a réglé le carafon de vin et nous sommes sortis comme deux vieux amoureux. Nous nous sommes dirigés vers un petit hôtel de quartier qu'il connaissait de réputation. Il a commandé une bouteille de vin liquoreux. Au fait, tu savais que j'adorais le liquoreux?

Janine éclata de rire. Non, je ne savais pas qu'elle adorait le vin liquoreux. Je ne savais pas non plus qu'elle me détestait à ce point.

— Nous sommes montés à la chambre. À peine la porte refermée, j'ai jeté mes vêtements dans tous les coins et je me suis caressée devant lui, dans une pose conquérante. Le mec, tiens c'est vrai, je ne lui ai même pas demandé son nom, a doucement ouvert la bouteille. Il l'a approchée de moi et a versé deux petites flaques sur chacun de mes seins. Et là, bien sûr, il est venu lécher ce précieux liquide, pas question d'en perdre une goutte. J'ai cru que j'allais défaillir. Tu te rends compte, moi, la petite femelle rangée?

J'étais liquéfié, incapable de concevoir tant de cruauté de sa part. Mais en même temps, c'était comme si j'étais curieux de voir jusqu'où elle irait. Je n'allais pas être déçu.

— Je l'ai déshabillé, bouton par bouton. Lui se laissait faire. Parfait, je te dis. Quand j'ai enlevé sa petite culotte, il était flambant nu avec la plus belle érection que j'ai vue de toute ma vie. Bien membré en plus, j'étais vraiment gâtée. Je me suis accroupie et là j'ai fait quelque chose que je n'avais jamais faite à personne, une chose que pourtant tu m'as demandée des milliers de fois et que j'ai toujours refusée. J'ai-mis-son-sexe-dans-ma-bouche-et-je-l'ai-sucé...

Janine avait baissé le ton et elle avait martelé chacun des mots pour être bien sûre que j'en saisisse chaque syllabe.

— Oui, je l'ai sucé. Et il a éjaculé dans ma bouche avec un divin cri de jouissance qui sonne encore comme une musique dans mes oreilles...

Pourquoi est-ce que je la laissais faire? Janine a poursuivi sur le même ton pendant encore quelques minutes. L'essentiel de son dessein meurtrier était dit. Elle avait passé la nuit avec lui et ils avaient baisé sans arrêt, d'après ses dires. Elle en est venue à la conclusion que je connaissais déjà.

— Maintenant, je dois partir. Je dis bien, je dois partir. Moi d'un côté, toi de l'autre, et, autant que possible, pas dans la même direction. Fin de parcours, mon vieux. Moi, j'en ai assez vu.

J'ai encore eu la faiblesse de lui poser une question.

— Mais, et les enfants?

Son rire m'a écorché les oreilles. Janine avait sauté un fusible. Il y avait de la démence dans son regard.

— Tu t'en occuperas de tes chères filles! Si tu avais autant pris soin de moi que d'elles, on n'en serait peut-être pas là!

Elle s'est levée d'un bond. Je l'ai entendue fouiller dans sa commode. Elle rassemblait quelques effets personnels. Elle est revenue dans la cuisine avec sa valise.

— Je reviens chercher le reste de mes affaires demain. Tâche de ne pas y être.

Et elle s'est dirigée vers la porte d'entrée. J'ai bondi de ma chaise et je l'ai appelée avant qu'elle ne ferme le caveau.

— Janine!

Elle s'est retournée, l'air ennuyé.

— Janine, je te méprise...

Un éclat féroce a distinctement traversé ses yeux, mais elle s'est plutôt mise à ricaner et elle est sortie sans dire un mot. La porte a de nouveau claqué avec son sinistre signal de désarroi. «Je te méprise», c'est tout ce que j'avais trouvé à répondre pour conclure son sauvage assaut et nos seize ans de vie commune. J'étais accablé, éberlué. Seize ans qui me pèseront désormais sur la conscience comme une période de gâchis. Seize ans qui n'auront servi qu'à ruiner deux personnes au lieu de les rapprocher et de les souder. Et seize ans après lesquels mes deux adorables petites filles ne connaîtront jamais le cadre rassurant, mais peut-être utopique, de deux parents qui s'aiment et qui s'épaulent.

J'étais en proie à ces pensées funestes en attendant Joana. Mes sentiments étaient confus, mélange d'orgueil blessé et de profonde tristesse, mais également d'espérance joyeuse à l'idée de revoir Joana. Bien sûr je refoulais cette idée, biaisée par les circonstances, que Joana pourrait m'apporter le réconfort de quelqu'un qui aime, mais c'était plus fort que moi. Je le souhaitais de toutes mes forces. La dernière fois que nous nous étions vus, Joana et moi, il m'avait semblé que le courant avait mieux passé que d'habitude, elle pourtant si froide et si distante en général. Et ce soir, je me sentais heureux de la voir. Je me disais qu'il n'était pas vain d'espérer qu'un événement heureux vienne contrebalancer le cauchemar que je venais de vivre, que quelque chose me remette sur la voie de la confiance et des heureux hasards. Mais je devais être prudent, car j'ignorais tout des sentiments de Joana à mon égard, et je craignais affreusement, une fois de plus, d'éprouver une cuisante déception.

Quand je l'ai vue arriver, j'ai eu un choc. Je la trouvais belle, comme si je la voyais pour la première fois. Peut-être était-ce le cas, qu'il avait fallu un séisme dans ma vie pour me faire apprécier les gens autrement. Ou peut-être étais-je simplement aveuglé par l'obscur désir d'éprouver enfin un moment de bonheur et de réconfort. Joana était vêtue de son éternel pantalon de couleur sombre, mais elle portait une chemise de coton couvert d'un boléro qui lui allait à ravir. Et toujours ce foulard noué autour du cou, sa marque de commerce en quelque sorte. J'ai éprouvé un nouveau choc lorsqu'elle s'est approchée de moi avec un sourire enjoué et que, d'elle-même, elle m'a fait la bise, ce qui ne s'était jamais produit auparavant. Inspiré par tant de chaleur de sa part, je lui ai tendu le bras avec un regard moqueur. Elle a laissé éclater son rire de clochette et elle a entouré mon bras de sa main. Je sentais enfin un peu de répit dans mes états d'âme.

— Ça va, Joana? Ton envolée s'est bien déroulée?
— Ah oui, ça va. Envolée calme, mais j'avais hâte à cette sortie. J'ai besoin de prendre l'air.

Nous avions convenu de nous rencontrer au parc central où devait se tenir un concert en plein air. Après, nous projetions d'aller manger une raclette, bien arrosée de vin blanc. Chaque fois qu'une escale de Joana lui permettait de séjourner quelque temps, nous en profitions toujours pour nous revoir. Janine semblait irritée de ces rendez-vous, bien que je lui aie toujours affirmé qu'il n'y avait rien entre nous, et que l'amitié avec une fille ne signifiait pas que je devais la sauter ou la demander en mariage. J'aimais la compagnie de Joana, son intelligence aiguë, ses curieuses nouvelles qu'elle me faisait lire et son regard souvent chargé de détresse. Cela me semblait suffisant pour souhaiter la rencontrer de temps à autre. Je tenais mon bout devant les récriminations de Janine. Aujourd'hui, je me rends compte que j'aurais dû être plus attentif à ces symptômes de lézardes entre nous. Maintenant, il est trop tard. Ce soir, ce sont mes filles qui ont protesté. J'ai demandé à ma sœur de venir, pensant qu'une personne connue les aiderait à accepter ma sortie, mais ce fut peine perdue. Leurs pleurs m'accompagnent encore. Elles sont désemparées depuis que leur mère est partie sans même leur donner signe de vie. Et je me sens un peu coupable de les laisser ainsi, bien que cette petite soirée constitue pour moi une bouffée d'air frais essentielle.

Nous nous sommes approchés de la scène où les musiciens prenaient déjà place. Ils sortaient les instruments de leur étui et commençaient à les accorder. Le public s'amoncelait autour d'eux et il devenait difficile de trouver une place assise à même la pelouse. Enfin, le chef a fait son entrée sous les applaudissements chaleureux. La première œuvre au programme était le prélude de *Tristan et Isolde* de Wagner. C'était fabuleux. Les vagues dynamiques des cordes remuaient en moi toutes sortes de sentiments, brassant sans ménagement mes tourments des derniers temps. Joana sembla le remarquer. Elle m'a octroyé un petit sourire qui est allé droit au but. Je lui étais reconnaissant de cette connivence implicite.

Les premières gouttes de pluie ont commencé à tomber à la toute fin du prélude. Les gens applaudissaient au même moment, pendant que les musiciens affolés remisaient leur fragile outil de travail à l'abri des intempéries. Et, d'un seul coup, des trombes d'eau se sont écrasées sur nos têtes. Ce fut le branle-bas de combat pour s'abriter de la pluie. J'ai recouvert Joana de mon veston et ensemble nous nous sommes dirigés vers la scène où un petit rebord offrait un abri précaire. L'ondée fut courte, mais c'était suffisant pour faire avorter le concert et pour nous tremper entièrement.

À la sortie du parc, nous n'avions qu'une envie, trouver au plus vite un endroit chaud pour nous sécher et pour nous alimenter. J'ai déniché un petit restaurant où nous nous sommes engouffrés. Mes lunettes se sont instantanément embuées et j'ai dû les retirer pendant que nous prenions place sur une banquette libre. Joana a posé le veston sur un dossier de chaise et s'est passé la main dans les cheveux pour les assécher tant bien que mal. Le serveur est venu prendre la commande, en y allant de quelques petites plaisanteries amusantes. Pendant que nous attendions nos plats, Joana et moi nous sommes mis à rire, comme si nous venions de faire un bon coup. Dommage pour le concert, mais c'était un restaurant agréable et nous étions bien. D'énormes miroirs chapeautaient de magnifiques lambris comme on n'en voit plus. L'éclairage subtil étayait une atmosphère feutrée, et on sentait que la clientèle d'habitués y possédaient ici leur place et leurs souvenirs.

— Quelle averse!
— Tu as froid?
— Non, pas trop, on éprouve du bien-être ici.

Le garçon apporta la bouteille commandée. J'ai rempli nos deux verres et j'ai offert un petit toast à Joana. Le vin était superbe, mais je me suis abstenu de commentaires, ne voulant pas brusquer Joana à qui répugnaient les épanchements épicuriens.

— Dis-moi, Joël, tu semblais triste tantôt en écoutant la musique, je me trompe?

Je l'ai regardée en prenant un regard attendri, sans me forcer d'ailleurs car j'étais ému qu'elle en parle et qu'elle m'interroge à ce sujet. De plus, je sentais un immense besoin de me confier.

— Janine et moi sommes séparés.
— Oh, désolée.
— Elle m'a plaqué avec une telle violence que je ne peux encore croire qu'il s'agissait de la même personne que j'ai côtoyée durant seize ans. Je ne peux pas arriver à comprendre comment une personne qui a accepté de se lier à une autre personne et de partager avec elle seize années de sa vie puisse en venir à détester à ce point, à tout jeter aux égouts comme si ça n'avait rien signifié.

Je lui ai sommairement raconté le pénible épisode de la cuisine.

— Et toi, tu l'aimais encore?

— Tu sais, après seize ans c'est une question qu'on ne se pose plus souvent. C'est un tort d'ailleurs, on devrait, j'imagine, toujours se relancer l'un et l'autre et valider pourquoi on est ensemble. Mais le quotidien nous laisse trop peu d'échappées. Je crois qu'il faut deux personnes très solides pour que l'amour qu'elles se portent résiste à si peu de renforcements. C'est comme ça. Nous ne devions pas répondre aux critères de base. Il a fallu seize ans à Janine pour s'en rendre compte. Malgré tout, je crois que oui, je l'aimais. Il me semblait que nous avions atteint un point où les petits sentiments exacerbés qu'on éprouve au début d'une nouvelle relation amoureuse, petits sentiments bien pittoresques en soi, j'en conviens, mais qui ne durent qu'un temps, ont fait place à une autre dimension, qui, elle, met beaucoup plus de temps à s'installer et à se construire. Il n'y a rien que j'aime plus que de sentir la connivence avec une autre personne qui éprouve la même sécurité à ton égard. J'adore constater qu'à un certain niveau, la confiance qui s'est installée entre elles permet à deux personnes d'agir en toute quiétude, avec la conviction réciproque qu'elles vont toutes les deux dans la même direction. Et qu'en plus cette direction, elles la connaissent, la revendiquent, la nourrissent et surtout l'apprécient. Il faut plusieurs années pour arriver à un tel degré de complicité. Y parvenir constitue pour moi un accomplissement merveilleux. Dans notre cas, il faut croire que je m'étais illusionné. Ça rend les choses encore plus pénibles. Seize ans de travail à recommencer.

Joana prit une gorgée de vin.

— Eh bien, dis donc.

Elle semblait songeuse. Son regard si perçant, que j'avais tout de suite remarqué lors de notre première rencontre, laissait croire qu'elle ruminait d'importantes pensées. Je n'osais rien dire pour ne pas troubler son moment de réflexion.

— Il est bon ce vin, non?

J'ai levé la tête. J'avais bien entendu la voix de Joana, mais je ne pouvais croire que c'était elle qui avait émis cette opinion. Connaissant son mépris pour les individus qui glosent sur les qualités de tel ou tel vin, je ne m'attendais jamais à ce qu'elle-même se permette un commentaire, même aussi élémentaire. Mais son sourire en coin, sa tête légèrement penchée, l'œil un peu plissé m'indiquaient qu'elle agissait pour me faire plaisir et jeter un peu de baume sur ma tristesse. J'en fus bouleversé et sincèrement touché.

— Comment as-tu rencontré ton «ex»?

Je ne me souvenais pas d'avoir eu auparavant des discussions d'ordre privé avec Joana. Habituellement, nos conversations touchaient à plusieurs thèmes, mais rarement elles débordaient sur des aspects plus personnels. Ce n'était pas faute d'avoir essayé. À quelques reprises, j'avais posé des questions à Joana sur sa famille, son passé. Toujours, elle esquivait. Elle avait une façon d'éluder ce genre de question qui m'intimidait et m'ôtait toute velléité de continuer. Je ne savais trop si je devais conclure que Joana était une fille trop intellectuelle pour s'abaisser à ce genre de considérations ou si elle était tout simplement inhibée. Je ne saurai jamais, sans doute, mais pour autant que je me souvienne, c'était la première question que Joana me posait sur Janine. J'étais presque heureux. Joana faisait manifestement des efforts pour me plaire et c'était de bon augure. Ça me procurait un bien énorme.

— Eh bien, si ça ne t'ennuie pas, j'aimerais mieux ne pas utiliser cette expression, «mon ex». Malgré ce que Janine m'a fait, je ne peux oublier qu'il y a eu beaucoup de beaux passages entre nous. Et, en ce moment, il m'apparaît essentiel de me raccrocher à tout ce qui peut m'aider à sortir de ce cauchemar, même s'il ne s'agit plus que de souvenirs. Il y a des sentiments que je ne peux supporter:

l'amertume, le regret. Et me dire que j'ai passé seize années pour rien avec une autre personne est une idée intolérable pour moi. Je tente donc d'élaguer tout le mauvais côté pour n'en conserver que la substance principale. Ce que je veux, c'est pouvoir me dire, chaque fois que je m'adonnerai à y penser, que ce furent seize belles années, malgré la manière atroce dont ça s'est terminé. C'est pourquoi je refuse d'employer cette expression «ex». Je la trouve un peu dégradante. C'est comme ramener quelqu'un à un objet matériel, comme une vieille bagnole qu'on envoie à la casse. «Mon ex», ce n'est pas une période révolue de mon passé, c'est quelqu'un, comme je t'expliquais, qui occupe encore mon présent et qui occupera une partie de mon futur, ne serait-ce qu'en souvenir.

Je regardais Joana, un peu anxieux. Je déteste cette expression vulgaire, et je n'avais pu m'empêcher de le dire à Joana. Ce fut plus fort que moi. Le problème, c'est que pour une fois qu'elle me posait une question d'ordre personnel, je n'avais trouvé rien de mieux à faire que de la rabrouer.

— Pardonne-moi, Joana.
— Non, non, je t'en prie. C'est moi qui m'excuse. J'ai tellement entendu de fois cette expression que je ne croyais pas qu'on puisse la remettre en question. Alors, je me reprends, comment vous êtes-vous connus, Janine et toi?

J'ai souri à Joana. Je crois que je devenais amoureux d'elle.

— Je l'ai connue à l'université. Nous suivions les mêmes cours. Je l'avais remarquée dès le premier jour. Je me souviens comment elle était entrée dans l'amphithéâtre, accompagnée d'une copine. Elles avaient l'air de bien s'amuser et le rire de Janine est encore entièrement gravé dans ma mémoire. C'est fou ce que j'ai pu aimer le rire et le sourire de Janine. Au cours suivant, je me suis arrangé pour m'installer près d'elle. En fait, juste à côté d'elle. Je lui ai dit bonjour, comme il se doit, bonjour auquel elle a à peine répondu, comme il se doit aussi, étant entendu qu'il ne pouvait venir que d'un raseur, et que toute manifestation de bienveillance à son égard n'allait que rendre plus compliqué le moment où il faudrait s'en débarrasser.

— Oh, là, là. Quelle manière de voir les choses!

— Je blague. En fait, je crois que je lui plaisais, dès ce premier bonjour, mais je n'ai pas souvent rencontré de femmes capables de l'exprimer spontanément. Je comprends ça. Il y a tellement de mecs tordus. Bref, je suis demeuré plutôt discret ce jour-là, me contentant de petites remarques plaisantes, destinées bien sûr à lui faire voir quel type charmant et spirituel j'étais.

— Ah, ça m'éclaire sur la fois où nous nous sommes rencontrés, chez Patrick!

— Comme tu peux voir, je suis long à modifier mes recettes. La fois suivante, je suis arrivé tôt et je me suis installé de manière à être facile à repérer. Et, ô miracle, ce que j'espérais est arrivé. C'est elle qui est venue s'asseoir près de moi. J'étais très content, et elle a eu droit au salut le plus chaleureux de toute ma vie. Par la suite, nous avons pris l'habitude de toujours nous installer l'un près de l'autre. Nous prenions quelquefois un café après les cours. Mais surtout, elle était bien meilleure étudiante que moi. Elle comprenait la matière beaucoup plus aisément.

— C'était quoi tes cours?

— Ah, c'est vrai, je crois que je ne t'en avais jamais parlé. C'était des cours d'administration.

— Tu ne m'avais pas dit que tu avais rencontré Patrick dans des cours d'aviation?

— Oui, c'est ça, après avoir coulé mes cours d'administration, je me suis essayé à l'aviation. Mais pour le moment, je persévérais, et Janine, je dois dire, m'aidait énormément, avec un dévouement et une générosité qui m'émerveillaient. Tu vois, je ne veux pas gâcher ces souvenirs, même si je ne comprendrai jamais pourquoi elle a choisi de terminer tout ça en me crachant dessus...

— Je vois.

— Le jour de l'examen arriva enfin. Janine était débordante de confiance, savourant son succès à l'avance. Je ne pouvais en dire autant. Je la voyais dans un coin, absorbée, mais détendue, tandis que de mon côté chaque question me renvoyait à ma nullité. J'avais bien travaillé pourtant, mais aujourd'hui je réalise que ce n'était tout simplement pas mon domaine. Lorsqu'elle est sortie de la salle après avoir remis sa copie, elle m'a envoyé un petit sourire d'encouragement. Le reste fut une longue épreuve. J'avais hâte de la retrouver, mais je bûchais sur chaque question. Après, nous avons échangé nos impressions sur l'examen, et j'ai bien vu que j'avais loupé une bonne partie de mes réponses. «Allons, sois optimiste, attends à demain avant de te laisser abattre.» Le lendemain, en effet, les résultats étaient affichés. Janine avait de quoi être fière de sa note. Moi, bien sûr, j'avais lamentablement échoué. Nous nous sommes retrouvés à la cafétéria. J'étais attablé, passablement abattu, la tête appuyée sur mes bras repliés. Janine se trouvait à mes côtés. Et là, elle a eu un des gestes les plus tendres que j'aie jamais reçus. Elle a mis sa main sur ma nuque et l'a caressée quelques secondes, histoire de me réconforter. J'ai senti la chaleur de sa main me parcourir tout le corps. J'aurais voulu que ce moment dure des jours. En fait, il s'est prolongé, puisque le soir même nous avons passé la nuit ensemble. Un moment mémorable...

J'ai cru déceler chez Joana une certaine gêne. Je réalisais tout à coup que j'ignorais tout du passé sexuel de Joana. En fait, je réalisais même qu'elle était peut-être encore vierge. Je me souvenais soudainement que Joana n'avait pas cette démarche appuyée qu'affichent les femmes qui ont connu leur première relation. Elle avait davantage cette manière de marcher un peu gauche, caractéristique des jeunes filles pubères. À son âge, cela avait un côté un peu bizarre, quoique charmant.

— Allons-y, m'sieur, dame.

Heureusement, le garçon apporta une diversion opportune. Il nous livrait enfin notre repas. J'étais affamé. J'avais commandé un bœuf en croûte et Joana un carré d'agneau. J'ai immédiatement attaqué mon assiette et Joana en a fait autant. La bouffe était délectable. Je me suis même surpris à constater que, pendant au moins douze secondes, ma tristesse avait disparu.

— Et puis après, vous vous êtes mariés?

— Quelques années plus tard, oui. Nous avons vécu un long moment insouciants des problèmes quotidiens, trop occupés à nous connaître et à nous amuser ensemble. Je ne parle pas seulement du plan sexuel, bien sûr. Nous sortions pratiquement tous les soirs. Je crois qu'on pouvait dire qu'on menait la belle vie. Mais tout ça ne dure qu'un temps, évidemment. Janine avait déniché un très bel emploi. J'étais très fier d'elle. Elle menait sa carrière de façon plutôt brillante. Mais elle s'y consacrait à fond, ce qui nous a longtemps empêché de penser à une descendance. Et puis, un jour, alors que je commençais à me faire à l'idée que nous n'aurions jamais de progéniture, elle a eu un moment de faiblesse. Elle s'est mise à s'interroger sur les enfants et à être de plus en plus tentée par l'idée de devenir mère. Elle est finalement tombée enceinte. J'étais très heureux, mais la grossesse de Janine a été un cauchemar. Je crois qu'à ce moment elle a commencé à développer une certaine rancœur à mon endroit, mais je ne me suis rendu compte de rien. L'accouchement a été à la fois un grand et pénible moment. Je te fais grâce des détails. Au fait, tu as des frères et des sœurs?

— Je n'ai plus de famille, je crois que je te l'avais déjà mentionné.

— Ah oui, c'est vrai. Heureusement, nous avions un bon bébé. Je me suis tapé toutes les nuits où la petite pleurait, car bien évidemment Janine a repris le collier aussitôt qu'elle a pu. Et peut-être que ça aurait pu marcher ainsi encore longtemps. Mais Janine, après un soir de beuverie chez des amis où nous avions été invités, est accidentellement tombée enceinte. J'étais trop saoul et excité.

261

J'ai oublié toute précaution. Janine voulait se faire avorter, mais je n'ai pas voulu. Je tenais trop à avoir un autre enfant, un garçon peut-être. J'ai déployé tout mon arsenal de persuasion. Je disais à Janine qu'un enfant se devait de connaître un frère ou une sœur, qu'une deuxième grossesse était toujours plus facile que la première, ainsi de suite. Elle a fini par céder, à court d'arguments. Si j'avais compris quel poids ça représentait pour elle, j'aurais bien sûr accepté l'avortement, mais je n'ai rien vu, trop aveuglé par mes propres désirs. Et elle, elle a abdiqué, au lieu d'affirmer, de tenir son bout et de me faire comprendre pourquoi elle ne souhaitait pas un autre enfant. Je lui en veux un peu pour ça. Je n'ai rien de méchant pourtant, il me semble. J'aurais pu comprendre, j'en suis sûr. Résultat, nous avons fini par être tous les deux perdants.

— Tu regrettes d'avoir eu un deuxième enfant?

— Oui, par rapport à Janine, bien que je me rende de plus en plus compte que notre relation était destinée à éclater de toute façon. Non, parce que mes filles sont les plus belles choses que je connaisse dans ma vie. Il faut croire qu'on ne peut pas tout avoir...

Le garçon avait retiré nos assiettes. Nous terminions tranquillement le vin avec un délicieux fromage de chèvre. Je me sentais bien pour la première fois depuis l'affreuse scène avec Janine. Je n'avais jamais vu Joana si affable. Je vivais un moment de qualité.

C'est alors que s'est produit l'irréparable. Joana a commis un geste qui allait tout faire voler en éclats, d'une manière si véhémente que je ne pourrai jamais oublier l'expression de son visage, ni le trouble que j'ai ressenti. Jamais non plus je n'oublierai à quel point tout est fragile et comment n'importe quel moment heureux peut basculer d'une seconde à l'autre. Nos vêtements avaient séché, sauf le foulard de Joana, son éternel foulard dont je ne l'avais jamais vue se départir. Je voyais bien l'inconfort que lui causait le tissu mouillé, mais je n'osais pas lui suggérer de le retirer, me disant qu'après tout elle était bien assez grande pour savoir quoi faire. Mais, soudainement devant moi, je l'ai vue dénouer ce foulard maudit et le retirer, pour la première fois. Et là, j'ai aperçu, sur son cou ainsi dégagé, une atroce balafre de plusieurs centimètres de long. Une chose mince, un peu boursouflée et rosâtre, qui provoque un pincement de douleur lorsque ça surgit dans le champ de vision. Et là, moi, pauvre con de merde, incité par ce geste banal, mais combien chargé, que je percevais comme une ouverture à mon égard, aveuglé par cette petite soirée douillette si réconfortante, et croyant grossièrement que Joana, en retirant son foulard, m'ouvrait toutes grandes les portes d'une belle nuit à venir, j'ai commis un geste qu'encore aujourd'hui je fustige pour son manque de tact et son imbécillité. Je me suis penché vers l'avant, j'ai levé le bras, tendu les doigts, et avant même que Joana, absorbée par le rangement de son foulard, ne se rende compte de ce que j'étais en train de faire, j'ai effleuré la cicatrice de son cou.

— Hé, que t'est-il arrivé?

C'est là que l'éruption éclata. Joana s'est levée d'un bond, comme sous l'effet d'une décharge électrique. Elle m'a regardé, l'air insensé, les yeux exorbités, en proie à un tremblement convulsif. Elle a hurlé violemment, d'une manière insoutenable.

— NE ME TOUCHE JAMAIS!!! N'OSE JAMAIS PLUS ME TOUCHER, TU ENTENDS?

Elle a frappé la table de son poing, avec une force insoupçonnée. Puis, du revers de la main, elle a fait voler le contenu de la table, verres, assiettes, ustensiles, dans toutes les directions. Et comme si ce n'était pas suffisant, elle a agrippé par le goulot la bouteille de vin de la table voisine, et, avant que personne ne puisse réagir, elle l'a fracassée de toutes ses forces sur notre table. Aveuglé par le vin et par les éclats de verre, dont un me provoqua une profonde entaille au front, j'ai à peine eu le temps d'apercevoir Joana franchir la porte en coup de vent, sous les cris houleux des clients.

— Conasse!

— Non, mais vous avez vu?

— Qui c'est, cette folle?

Alertés par le bruit et les cris, le serveur et les cuisiniers surgirent en trombe de la cuisine. En constatant les dégâts, leur fureur a éclaté à l'unisson.

— Mais ça va pas? Ça vous prend souvent, dites, des scènes pareilles?

Et moi, pauvre cloche, hébété par ce qui venait de se produire, de répondre:

— C'est pas moi, c'est la fille avec qui je me trouvais.

— Eh bien, la prochaine fois, tâchez de régler vos problèmes ailleurs! Vous devriez la sauter plus souvent, ça la calmerait peut-être!

Tous les clients nous regardaient, courroucés, estomaqués d'un tel comportement. Je tentais gauchement de ramasser les débris pour donner une contenance à ma honte et à ma gêne.

— Ça va, ne touchez à rien! Je vous amène l'addition et vous foutez le camp!

Je me suis lourdement dirigé vers la caisse enregistreuse, feignant de ne pas entendre les commentaires venimeux à mon égard. Le serveur m'a présenté sèchement la facture. J'ai payé sans un mot le montant mirobolant, et je suis sorti le dos voûté, accablé par le poids de la vie, entièrement absorbé par le désespérant mode d'emploi de mettre un pied devant l'autre.

Notre dernière rencontre

Pauvre Joël. Il doit bien se demander quelle mouche m'a piquée. Mon comportement a été inexcusable, je l'admets. Comment Joël pouvait-il se douter de ce qu'il déclencherait en touchant cette plaie, encore tellement vive? Mais quelle idée aussi de mettre la main sur une personne sans y avoir été invité? Comment peut-on se comporter d'une manière aussi familière, du moins à mes yeux? Bien sûr, Joël ne pouvait pas s'attendre à de telles répercussions. Son geste se voulait bienveillant, j'imagine. Il faudrait que je lui écrive, que je m'explique, même si ça fait maintenant longtemps que c'est arrivé. C'est le moins que je puisse faire. Je lui dois bien ça, à ce cher Joël. Il avait toujours été correct avec moi, avant ce jour.

Cette cicatrice, cette infâme cicatrice. Si Joël avait pu venir dans l'appartement de mon père, il aurait sans doute remarqué qu'on n'y retrouve aucun miroir, même dans la salle de bains. Je les ai tous retirés lorsque j'ai repris possession de l'appartement. Quand je prends ma douche, c'est le seul moment, je dis bien le seul, où je retire le foulard qui camoufle, à mes yeux et à ceux des autres, cette infamie que je traîne à mon cou depuis longtemps et pour le restant de mes jours. Une seule fois j'ai failli à ce principe, une seule fois, dans un inexcusable moment de relâchement provoqué par différentes circonstances, j'ai, sans le vouloir, exhibé ma plaie à quelqu'un. Et cette personne, il a fallu que ce soit Joël. Au lieu de faire semblant de n'avoir rien vu, comme la plupart des gens auraient sans doute fait, au lieu même de simplement me demander comment j'avais hérité de ce stigmate, il a fallu qu'il pose ses doigts dessus, qu'il touche à ce tabou dont je ne saurai jamais me défaire. J'en ai encore des haut-le-cœur.

Depuis que c'est arrivé, ce mince et abject repli de peau nourrit en moi une haine intarissable. Il ne se passe pas une journée sans que je ne sente s'agiter les remugles de l'amertume et du dégoût. Je suis épuisée par cette haine, mais je n'y peux rien. Elle a emprisonné et empoisonné mon existence. Elle me maintient constamment sous son emprise. Elle règle dans leurs moindres détails mes comportements et mes sentiments. Je ne connais que de rares moments d'accalmie; lorsque je sens mon travail apprécié, lorsque j'étais avec Joël, quelquefois, ou lorsque j'écris. Écrire. Écrire ces macabres histoires que Joël a été le seul à lire. Je sens bien que le relatif apaisement que me procurent les sujets de mes histoires vient sans doute du fait que j'exhume ainsi une partie de ma haine. Elles sont aussi indirectement, de par leur contenu, reliées à la mort de mon père, et, par là, à cette cicatrice à mon cou. Mais je crois bien que je pourrais écrire des milliers d'histoires, la douleur de ces événements serait toujours présente.

J'avais huit ans lorsque ça s'est passé. Mon père avait fêté mon anniversaire, avec toujours la même dévotion qu'il affichait depuis la disparition de ma mère. Je sentais bien, même si jeune, qu'il cherchait gauchement à remplacer cette mère que je ne pouvais oublier. Ses occupations de diplomate lui laissaient peu de temps à me consacrer. Il en cultivait un certain sentiment de culpabilité qu'il tentait d'atténuer en m'inondant de cadeaux et d'attentions, surtout lorsque je franchissais la barrière d'un an.

— L'anniversaire de ma fille, c'est sacré. Je n'en raterai jamais un, tant que je serai de ce monde.

Il se plaisait à réciter cette formule. Pour lui, homme retenu, contraint de par ses fonctions à la pudeur et à la discrétion, il s'agissait du seul moment privilégié où il pouvait m'exprimer son attachement et son affection. Et toujours, j'attendais cette journée avec fébrilité. J'ouvrais les cadeaux pour faire plaisir à mon père. Je m'exclamais de joie à la moindre babiole offerte, même lorsque j'ignorais complètement à quoi elle servait, comme cette piste de course avec de petites voitures électriques que j'avais reçue cette année-là. Sa volonté, mais également sa maladresse, de me faire plaisir par tous les moyens m'allait droit au cœur. Par-dessus tout, mon anniversaire constituait la seule journée dans l'année où mon père m'appartenait entièrement. Il venait me réveiller le matin en m'apportant un petit-déjeuner que nous partagions ensemble dans le lit. Après, impatient comme un gamin, plus excité que moi, même, il m'attirait au salon où étaient réunis tous les cadeaux emballés. Je m'asseyais sur ses genoux pour défaire les rubans et les papiers. Lorsque le cadeau apparaissait, j'entourais mon père de mes petits bras, et je lui donnais une grosse bise sur la joue. Chaque fois, je provoquais des larmes, et j'aimais mon père pour cette tendresse qu'il me prodiguait. La journée se déroulait ainsi, en général avec une promenade au parc, avant qu'il ne m'amène souper dans le restaurant de mon choix. Il me bordait enfin, le soir venu, où malheureusement l'heure du coucher sonnait également le glas de cette attention exclusive. Le lendemain, en effet, mon père devait retourner à ses affaires mondaines, où souvent d'ailleurs il m'amenait, pensant ainsi me faire plaisir.

Le jour de mes huit ans fut cependant un peu différent. Le cérémonial que je commençais à connaître se déroula comme prévu, avec encore plus de cadeaux qu'à l'accoutumée. Mais mon père ne pleura pas cette fois. Il m'apparaissait même quelque peu absent, le front plissé par le souci, la bouche mince et sèche de la personne inquiète. Je me rappelle clairement lui en avoir fait la remarque. Cela a semblé le ranimer, et, le reste de la journée, il a fait des efforts manifestes pour m'être plus souriant. Mais quelque chose clochait. Durant l'après-midi, lors de notre traditionnelle balade, mon père a fait un détour inattendu. Je l'ai suivi sans dire un mot, me demandant où nous allions. Puis, mon père s'est arrêté devant un immeuble cossu, imposant. Il s'est tourné vers moi en pointant la façade du doigt.

— Regarde bien, Joana, n'oublie jamais cette banque.

Une banque? Qu'est-ce qu'une petite fille de huit ans peut bien fiche de retenir le nom d'une banque?

— C'est d'accord, papa.

Mais, bien entendu, j'oubliai immédiatement ma promesse. Et une fois dans le parc, je crois même que je n'avais déjà plus aucun souvenir du détour que nous venions d'effectuer.

Quelques mois passèrent. Mon père revenait de plus en plus tard. Je ne le voyais que furtivement le matin, lorsqu'il venait m'embrasser pour me dire au revoir. Après, la femme de chambre me servait à déjeuner, et je me rendais à l'école. Les journées s'écoulaient lentement, calquées sur ce déroulement morose.

Un soir, mon père arriva juste après le repas.

— Papa! Quelle surprise!

Je me suis jetée dans ses bras. Il m'a serrée très fort et s'est accroupi pour me parler à voix basse.

— Joana, va faire tes bagages. N'amène que tes vêtements, tes souliers et ton jouet préféré. Je t'expliquerai plus tard, mais, pour l'instant, tu dois faire rapidement.

— Mais, papa...

— Fais ce que je te dis, je t'en prie.

Son ton alarmé était sans réplique. Je suis montée à l'étage et j'ai commencé à rassembler mes effets pour en faire le tri. J'étais complètement incrédule, allant même jusqu'à penser qu'il s'agissait d'une plaisanterie. J'ai néanmoins entendu mon père saluer la femme de chambre à qui il venait de demander de quitter l'appartement. De longues minutes silencieuses passèrent ensuite. Elles fertilisaient mon anxiété, de plus en plus forte, au fur et à mesure que je prenais conscience que quelque chose de grave était en train de se produire. Finalement, les événements appréhendés se déclenchèrent. Je venais à peine de boucler ma première valise, quand j'ai perçu du bruit et des éclats de voix en provenance du rez-de-chaussée.

— Que faites-vous ici? Sortez! Vous n'avez pas le droit de pénétrer ici!

C'était la voix, mal assurée, de mon père. Elle fut aussitôt suivie d'un cri et du bruit d'un corps qui chute.

— C'est moi qui parle ici, tu m'entends?

Un nouveau coup suivi d'un autre cri de douleur de mon père. Folle d'inquiétude, je suis sortie en trombe à l'extérieur de la chambre et j'ai dévalé les marches jusqu'au milieu de l'escalier. Je me suis arrêtée en hurlant lorsque j'ai aperçu mon père gisant par terre. Quatre hommes se tenaient autour de lui. Je n'ai pu retenir aucun détail sur leur apparence ou leurs vêtements, tant je n'avais d'yeux que pour mon père, souffrant dans ses efforts désespérés pour reprendre son souffle.

— Papa!

Tout le monde tourna la tête vers moi. Mon père me regarda avec un air révulsé.

— Non, Joana! Cours, ne reste pas là!

Mais avant que j'aie pu réagir, un des hommes avait bondi et s'était emparé de moi. Il me tenait fermement par un bras en me conduisant sans ménagement auprès des autres qui attendaient au pied de l'escalier.

— Tiens, tiens, qu'est-ce que nous avons là? Mais c'est un tout petit gentil minois, cette jeune fille, n'est-ce pas, les gars? Tu ne nous avais jamais parlé d'elle, mon salaud.

Et il balança un nouveau coup de pied dans le bas-ventre de mon père. Je me suis mise à crier et à fondre en larmes.

— Papa, papa, qu'est-ce qu'ils font? Qui c'est ces gens?

Deux hommes relevèrent mon père devant celui qui venait de parler et de le frapper. Pendant ce temps, l'agresseur qui me tenait avait sorti un couteau. Il appuyait maintenant la lame bien étroitement sur mon cou. Mon père était terrorisé. Je ne l'avais jamais vu si défait et j'en oubliais même ma propre épouvante.

— Laissez ma fille tranquille, je vous en supplie! Elle n'a rien à voir dans tout ça!
— Peut-être, mais tu admettras que nous tenons là un merveilleux moyen de chantage, tu ne crois pas?
— Laissez-la! Laissez-la!

Les accents de la voix de mon père étaient tellement désespérés qu'ils sont encore parfaitement gravés dans mon souvenir.

— Certainement, avec plaisir... Mais uniquement lorsque tu nous auras remis les documents...

C'est à ce moment même qu'une brèche irréparable s'ouvrit. Un bref et furtif instant qui allait jeter mes jours dans un séisme dont je crains ne jamais pouvoir me relever. Une petite fraction d'existence qui s'inscrit à un tournant à partir duquel tout prend une nouvelle dimension. Lorsque j'y pense, je suis bouleversée de constater combien il faut peu de temps pour renverser le cours d'une vie. J'appréhende, depuis, une autre seconde aussi fatidique, sorte de hantise qui m'habite sans cesse. La panique me gagnait inexorablement, tandis que j'interprétais la situation et que je commençais à comprendre le péril qui menaçait mon père. C'est alors que la lame effilée du couteau, maintenue trop fortement afin de me faire tenir tranquille, commença à inciser ma peau. La douleur cinglante me fit hurler et effectuer un geste brusque. Mais au lieu de me libérer ainsi, je n'ai réussi qu'à provoquer un réflexe de la main qui tenait le couteau. La lame pénétra plus profondément; la plaie atteignit la taille dont je porte encore le témoignage aujourd'hui. Je saignais à flots par cette incision vive et béante. La vue de tout ce sang provoqua un choc trop violent pour mon père. Il perdit alors complètement la raison, se mettant à hurler à pleins poumons, se débattant comme un forcené.

— Non! Joana! Joana!

Les trois hommes frappèrent mon père pour le calmer. J'étais blanche d'effroi. J'en oubliais l'atroce brûlure à mon cou. J'ai ensuite vu les hommes procéder méthodiquement, selon un scénario manifestement prévu. Ils ont d'abord enroulé une corde autour des poignets de mon père, avant de tirer dessus de toutes leurs forces, écartant ses bras en croix. Pendant ce temps, le troisième homme préparait un sac de toile qu'il imbibait d'essence. Il s'est ensuite approché de mon père. Il lui a couvert la tête de ce sac et l'a fixé à la base du cou à l'aide d'une cordelette.

— Maintenant, ta minute de vérité est arrivée... Alors, ces documents?

J'apercevais mon père dans une position de crucifié entre deux hommes qui lui tiraient les bras comme à un jeu de tir à la corde, sa tête recouverte d'un sac de toile puant l'essence. Mais surtout j'entendais mon père crier sans retenue. Il avait à ce moment, j'en suis persuadée, perdu toute maîtrise de ses nerfs et toute lucidité. Ses hurlements déments trahissaient le trop-plein de tension qu'il avait dû supporter ces derniers temps. Le sang coulant sur ma chemise avait eu raison des derniers bastions de sa résistance. Plus rien ne venait maintenant endiguer sa terreur et maintenir le contrôle qu'il tentait encore d'exercer, il y avait à peine soixante minutes.

Mon père n'était plus en mesure de parler et de négocier. À ce moment, j'ai vu l'homme qui avait proféré des menaces les mettre à exécution. Il a sorti un briquet de sa poche et l'a approché de la tête de mon père. Il a activé le mécanisme. La flamme s'est instantanément communiquée à la toile imprégnée d'essence. En un rien de temps, le sac s'est transformé en torche. La tête de mon père est devenue une boule de feu, pendant qu'il était toujours maintenu devant moi, les bras tirés horizontalement à la hauteur de ses épaules. C'est la dernière image que j'ai emportée de lui. À cet instant, tout s'est assombri, tout est devenu silencieux.

J'avais huit ans lorsque je me suis endormie; j'en avais douze lorsque je me suis réveillée. Je me souviens encore du premier moment de conscience qui a suivi le martyre de mon père. Une tête blonde, frisée, cernant des yeux noirs, me regardait avec une curiosité tellement indiscrète qu'elle me fit oublier mon retour à la réalité.

— Vous m'entendez, Joana?

J'entendais quelque chose, en effet. J'entendais «Joana» et ce mot me rappelait quelque chose. Je voyais un visage inconnu et ce moment d'incertitude à tenter de le replacer et de l'identifier me fut probablement salutaire. Pendant les quelques minutes qui suivirent, cet exercice empêcha mon dernier souvenir de remonter à la surface. Et c'est sans doute ce qui me sauva. La jeune femme, consciente de cet intervalle inespéré, me prit en charge sans me donner aucun répit.

— Je me nomme Isabelle. Tenez, je vous apportais justement votre collation. Un jus de fraise et un biscuit à l'avoine, comme vous les aimez.

Isabelle? Une collation? Un biscuit à l'avoine? Pendant que je me posais ces questions, je prenais appui sur mon coude. J'étais dans une chambre austère, meublée d'une chaise, d'une petite table, d'un lavabo minuscule. La seule lumière provenait d'une lucarne au vitrage fendu et grisâtre. Isabelle avait amené la chaise près du lit sur lequel je me trouvais et y avait placé la collation. Trop éberluée pour comprendre, j'ai savouré le biscuit, sous l'œil bienveillant et attendri de cette jeune femme. Et tout à coup, à mon insu, sans qu'il ne soit aucunement possible de refréner mon émotion, je me suis mise à pleurer, à pleurer, comme lorsque le deuil d'une personne chère vous rattrape enfin et vous oblige à affronter le vide que ce départ a provoqué en vous. Je sentais la chaleur des larmes creuser des sillons dans mes joues. C'était comme si j'éprouvais pour la première fois la sensation de pleurer. Mais lorsque Isabelle a posé sa main sur mon bras, dans un geste de consolation, je crois que j'ai perdu connaissance, oubliant de nouveau tout souvenir pour un temps indéterminé.

Plusieurs semaines passèrent sans doute. Ma mémoire brouillée de cette époque ne me livre que des bribes de conversation, de bruits et d'images. Je prenais sûrement du mieux puisque je crois me souvenir d'un jardin, d'une salle à manger où chahutaient d'autres enfants, d'un orgue, même, dont les longues notes tenues évoquent encore aujourd'hui de mélancoliques moments. Tout cela atteste que je sortais de ma chambre pour partager jusqu'à un certain point les activités de l'orphelinat où je vivais. Isabelle avait semblé me prendre sous son aile. Elle constituait mon seul point d'ancrage avec une réalité floue, mais chaque jour plus concrète, heureusement. J'énonçais quelques paroles. Je posais des questions, vagues et naïves.

Il faut croire que ma résurrection suivait un cheminement encourageant. Un jour, j'ai été convoquée, en présence d'Isabelle, dans un bureau où se tenaient une femme aux cheveux gris et d'allure sévère, un homme au regard de chien battu qui semblait très nerveux et une petite dame au sourire crispé qui lui tenait le bras. La dame à l'aspect martial s'adressa à moi.

— Bonjour, Joana. Prenez place.

J'ai obéi sans dire un mot, attendant la suite.

— Isabelle me dit que vos progrès sont remarquables. Nous croyons le moment venu de faire le point et de vous présenter deux personnes qui ont beaucoup fait pour vous. Isabelle nous a mentionné que vous posiez maintes questions sur l'endroit où vous habitez. Votre désir du monde extérieur que vous manifestez depuis quelque temps constitue un signe très stimulant pour nous. Vous avez vécu une terrible épreuve. Nous ne pensions plus que vous pourriez vous en remettre.

— Que voulez-vous dire?

La dame marqua une pause, prenant le temps nécessaire pour préparer sa banderille.

— Joana, quel âge avez-vous?

Quelle curieuse question. D'autant plus curieuse que je n'avais pas la moindre idée de la réponse. De le constater brutalement à ce moment me fit l'effet d'une décharge électrique.

— Vous venez d'avoir treize ans. Votre père est décédé tragiquement lorsque vous aviez huit ans. Vous avez alors été recueillie, par les soins de monsieur Henri et de madame Ève, que vous voyez ici, et placée dans cet orphelinat. Pendant ces dernières années, vous avez vécu dans une sorte d'état à demi inconscient. Ce n'est que depuis quelques mois que vous semblez être revenue à une vie normale.

Je ne comprenais rien à ce langage. Mais je tremblais nerveusement, comme chaque fois que le souvenir de la mort de mon père me revient en mémoire, encore aujourd'hui. Par contre, pour la première fois sans doute, j'ai pu accuser le coup sans sombrer de nouveau dans cet état prostré dont me parlait la dame derrière son vieux bureau encombré.

La conversation s'est poursuivie ainsi durant un temps impossible à déterminer. Ma concentration faisait relâche et je n'étais plus en mesure de suivre le plan de réintégration qu'on était en train de me définir. J'ai compris plus tard que je demeurais à l'orphelinat, sauf pour les périodes où j'irais en congé chez Ève et Henri, à Orléans, que je suivrais un programme accéléré d'éducation pour rattraper les années perdues, que mes sorties en groupe seraient de plus en plus fréquentes, de manière à me familiariser de nouveau avec le monde extérieur. Désormais, je ferais partie des activités communes de l'orphelinat. Mon traitement de faveur s'achevait. Je dormirais au dortoir comme toutes les autres pensionnaires.

— Vous me suivez, Joana? Vous êtes d'accord avec ce que je dis?
— Oui, oui...
— Je voudrais te présenter madame Ève et monsieur Henri. Ce sont deux bonnes personnes qui t'aiment beaucoup et qui ont assuré ton séjour parmi nous.
— Bonjour, Joana.

J'ai levé la tête vers mon protecteur qui me semblait parfaitement inconnu, tout comme la dame qui l'accompagnait. Il était grand, avait les cheveux poivre et sel, était vêtu d'un complet gris et d'une cravate bleu nuit. Sa lèvre inférieure tremblait légèrement et il semblait très ému. Je ne savais quoi répondre.

— Tu ne te souviens pas de moi, bien sûr. Ton père et moi étions de grands amis. Sa mort a été une tragédie. Il ne se passe pas une journée sans que je ne le pleure. J'espère que tu es bien ici, n'est-ce pas, Joana?

— Oui, monsieur.

— Monsieur Henri reviendra te chercher le mois prochain pour que tu l'accompagnes dans une promenade.

J'ai compris que l'entretien était terminé. Je me suis levée pour me retirer.

— Merci. Au revoir.

Je possédais encore des réflexes de savoir-vivre. Mais j'étais abasourdie par tout ce que je venais d'apprendre. Je me suis rapidement éloignée, mue par l'urgent besoin de digérer seule ces informations. Personne ne m'a retenue. Même Isabelle, comprenant sans doute les innombrables sentiments qui m'agitaient, me laissa aller sans m'accompagner.

Les années qui suivirent furent dédiées à assimiler mon passé et à poursuivre mon apprentissage du présent. Je revoyais régulièrement Henri et Ève. Je m'attachais à eux. Leur gentillesse et leur dévouement à mon égard m'enveloppaient d'un confort lénifiant. Je ne comprenais pas bien en quoi je méritais toute cette attention, mais je savourais chaque minute passée en leur compagnie. Ce n'est que beaucoup plus tard, lors d'un séjour à Orléans, avec Joël, que j'ai compris les liens qui attachaient Henri à mon père et pourquoi il avait tant tenu à me prendre sous son aile.

Quelques années auparavant, lors d'une courte visite chez eux, j'avais évoqué, pour la première fois, l'appartement où j'avais vécu et où avait été assassiné mon père. Malgré la douleur mentale de cette disparition et malgré le rappel constant de ces événements que je portais comme un cilice à mon cou, je cherchais à revenir sur ce passé pour connaître ce qui avait suivi. Et peut-être ainsi alléger ma conscience, appliquant en cela une sorte de thérapie sauvage où le mal se guérit par le mal. Henri fut complètement pris par surprise. Nous étions attablés pour le déjeuner. Le soleil pénétrait par les volets à demi ouverts. Des bruits ténus et calmes nous parvenaient du jardin. Je me sentais assez forte pour passer aux actes.

— Dites-moi, Henri, qu'est-il arrivé après la mort de mon père?

Henri faillit s'étrangler avec son café. Il me regarda, stupéfait. J'ai jeté un regard à Ève. Elle aussi me scrutait avec gravité. Je ne savais pas trop ce que déclenchait ma question dans leur tête, mais l'expression faciale d'Henri emprunta toutes sortes de détours, avant de se fixer sur un sourire attendri, que l'humidité des yeux rendait encore plus attachant.

— Ma chère enfant...

Il prit une gorgée d'eau avant de poursuivre.

— Ta question me comble de joie. C'est le signe que tu as retrouvé la possession de tes moyens. Je t'ai connue jeune. Tu manifestais déjà des dispositions uniques d'intelligence et de sensibilité. Ton père t'aimait plus que tout au monde. À la mort de son épouse, cette chère et tendre amie, ton père s'est en quelque sorte jeté sur toi avec une dévotion qui lui a fait en partie oublier sa peine. Tu auras su le combler, sois-en certaine, et je crois qu'il tenait à ce que tu emportes le même sentiment à son égard.

Henri parlait lentement, manifestement très ému, tout autant que moi.

— C'est le cas, Henri, c'est le cas. C'est aussi pourquoi je désire à présent en connaître davantage.

— Je ne sais pas jusqu'où je peux te mettre dans la confidence, sans heurter des souvenirs douloureux, mais voici. Ce soir-là, cet horrible soir, ton père et toi deviez quitter le pays. Ton père avait découvert un secret, un très important secret que je ne peux encore te révéler. Je suis d'ailleurs la seule personne à avoir été mis dans la confidence.

— De quoi parlez-vous, Henri?

Il regardait ses mains, qu'il tenait devant lui sans bouger. Sa pensée subissait l'assaut de multiples hésitations. Je pouvais m'en rendre compte.

— Plus tard, Joana, plus tard. Un jour je te le dirai, c'est une promesse. Mais c'est encore trop tôt. Je poursuis. Les questions que posait ton père pour documenter sa découverte finirent par devenir suspectes et par mettre la puce à l'oreille. Un jour, ton père, par maladresse, posa une question trop directe à l'ambassadeur. Il était trop tard. Ton père le comprit immédiatement à la réaction de l'ambassadeur qui devint blême de rage. «Vous regretterez votre curiosité, monsieur, c'est tout ce que je peux vous dire.» Ton père quitta l'ambassade en vitesse et me téléphona d'une cabine publique. Il me raconta brièvement ce qui venait de se passer. «Va préparer tes bagages. Je prends les dispositions pour que tu quittes le pays immédiatement avec ta fille.» Aussitôt le téléphone raccroché, j'ai pris contact avec mes relations au port, afin que ton père et toi puissiez partir le soir même. J'avais convenu avec ton père que je l'attendrais sur le quai. Je lui fournirais alors les instructions d'embarquement.

Il prit une autre gorgée d'eau, le temps nécessaire pour effectuer le tri de ce qu'il fallait me dire.

— Les heures passaient. Ton père devait déjà être arrivé. Je m'inquiétais de plus en plus. Finalement, j'ai décidé de partir à son appartement, oubliant toute prudence, négligeant le fait que ma vie pouvait également être en danger. Je ne voulais pas téléphoner pour cette raison, mais me rendre à l'appartement était encore plus risqué. Tant pis. Si ton père avait besoin d'aide, le seul moyen de l'aider était de me rendre sur place. J'ai communiqué mes instructions à mon homme de confiance au port et je suis parti chez ton père. Il était une heure du matin. Ton père et toi aviez deux heures de retard. J'ai décidé, par prudence, de passer par l'escalier de service. Parvenu à l'étage, je me suis aperçu que la porte avait été forcée et laissée entrouverte. J'étais tendu jusqu'au point de rupture. Mais je n'entendais aucun bruit à l'intérieur du logement. J'ai pris une grande respiration et j'ai doucement ouvert la porte qui donnait accès à la cuisine. Là, j'ai un peu perdu la notion du temps. Il m'a probablement fallu plus de dix minutes pour me rendre au salon, tous les sens aux aguets. C'est là que je vous ai découverts, toi et ton père.

Henri me regardait de ses yeux bleus, intenses. Je comprenais qu'il cherchait à me ménager, qu'il craignait les répercussions de ce qu'il s'apprêtait à me décrire. Mais je me sentais préparée. Il le fallait.

— Je vous écoute, Henri. N'ayez crainte. J'apprécie ce que vous faites pour moi.

Je lui ai légèrement pressé la main pour l'encourager à continuer. Ève ne disait rien. Elle surveillait attentivement mes réactions, prête à m'assister au besoin. Ce ne serait pas nécessaire.

— J'ai poussé un cri déchirant, Joana. Je n'avais jamais rien vu de tel. Je t'ai vue en premier, gisant sur le dos. Tu avais perdu beaucoup de sang. Tes vêtements étaient détrempés. Heureusement, tu respirais toujours. Je me suis précipité à la salle de bains d'où j'ai ramené une serviette avec laquelle je t'ai fait un premier pansement. Pendant tout ce temps, j'avais en tête l'image de ton père que j'avais aperçu tout de suite après toi.

— Allez-y, Henri. Sa tête en feu est la dernière image que je conserve de mon père.

Ève s'est mise à pleurer silencieusement. J'étais blême, mais je ne disais rien. Henri a pris une grande respiration et a poursuivi son récit.

— Tu m'arrêtes, Joana, si tu ne te sens pas bien. Ton père était étendu sur le dos, lui aussi. Toute la partie supérieure de son corps avait brûlé. Ce n'est qu'à ce moment que j'ai pris conscience de l'odeur écœurante de chair brûlée. Cela m'a pris à la gorge. Et lorsque j'ai vu les orbites vides de son visage, la peau décollée de son crâne, son torse calciné, je me suis mis à vomir. Je me suis ressaisi pour m'occuper de toi. J'ai appelé la police et l'ambulance. Il s'en est fallu de peu. Tu es demeurée sous surveillance pendant plusieurs jours. Ta jeune constitution t'a probablement sauvé la vie. Tu as reçu des doses massives de sang et d'antibiotiques.

Il s'est arrêté pour une pause et pour vérifier comment je me portais. J'étais livide, je tremblais, mais je tenais le coup. Cela correspondait de toute façon à ce que j'avais imaginé.

— J'ai été longuement interrogé par la police. J'étais, bien entendu, un des suspects potentiels.

— Les coupables ont-ils été retrouvés?

— Jamais, Joana. Les diplomates de ton pays d'origine ont évidemment fait pression pour que l'enquête soit annulée, arguant le secret diplomatique. Au bout du compte, les enquêteurs d'ici ont reçu l'ordre de mettre fin à l'enquête. Il n'y a jamais eu de suite.

— Qu'est devenu mon père?

— Il a été incinéré et retourné dans ton pays. Je n'ai jamais su où il repose.

— Et moi, ensuite, que m'est-il arrivé?

— Dans ton cas, une fois sortie d'affaire, il fallait se méfier que les assaillants de ton père n'apprennent ta survie et décident d'en finir avec toi. Il s'agissait peut-être d'une crainte exagérée, puisque tu étais trop jeune pour connaître le secret qui a coûté la vie à ton père, mais il valait mieux ne pas courir de risques. De mon côté, j'ai vécu de longues années avec la conviction que des inconnus s'introduiraient un jour chez moi et me feraient connaître le même sort. Apparemment, cependant, la filière n'a pas été remontée. On a dû estimer que ton père était la seule personne préoccupante pour que l'affaire ne soit pas divulguée. Quoi qu'il en soit, dans ton cas, il y avait une autre complexité. C'était que, de toute évidence, tu avais perdu la raison. Tu as vécu dans une sorte de léthargie durant quatre années. C'est sur les conseils des psychiatres que tu as été placée dans cet orphelinat, où tous les soins nécessaires pouvaient t'être prodigués. Ève et moi te rendions régulièrement visite. Ta santé était bonne, tu avais de brefs sursauts durant lesquels tu prononçais quelques mots. Nous gardions espoir, car ces moments bénis devenaient de plus en plus fréquents. Jusqu'au jour où il était devenu évident que ta résurrection s'était produite. Tu as dû demeurer à l'orphelinat pour ton apprentissage scolaire, mais également par mesure de sécurité. Heureusement, il semblerait que rien ne surviendra maintenant.

— Ce secret, Henri, vous le possédez toujours?

— Oui et non, Joana. Je sais de quoi il s'agit, mais j'ignore où ton père a caché les documents qui prouvaient sa découverte. Sans ces documents, il n'y a pas grand-chose à faire. J'ai bien sûr tenté de les retrouver. C'était là le meilleur moyen de venger mon ami. J'ai fouillé l'appartement, aveuglé par la rage et la tristesse. Je n'ai cependant jamais rien découvert. Je le regrette.

— Et cet appartement, il existe toujours?

— Bien sûr, Joana. Il est même à toi. J'ai défrayé les coûts, taxes et menus travaux d'entretien, mais il est demeuré inoccupé depuis ce temps. Tu es libre d'en disposer à ta guise.

Je suis demeurée à l'orphelinat jusqu'à l'âge de dix-neuf ans. J'ai fait mes adieux à mes amies et à ceux qui s'étaient occupés de moi. On me fit un cadeau, une écharpe de soie. On avait bien sûr remarqué que je portais toujours un tissu enroulé autour du cou. Plusieurs comprenaient la raison, et ce petit cadeau de sympathie me toucha beaucoup. Je le porte encore quelquefois aujourd'hui. Ève et Henri m'attendaient à la sortie. Je suis demeurée quelques mois chez eux, explorant différentes possibilités pour un emploi, et prenant graduellement le pouls de ma nouvelle vie. Je me sentais forte et déterminée, malgré la fragilité que mes douloureux souvenirs faisaient resurgir. Finalement, j'ai choisi de devenir agent de bord. J'ai eu la chance de tomber sur une période d'embauche. Après une formation sans histoire, j'ai été assignée à mon premier vol, durant lequel, d'ailleurs, j'ai fait la connaissance de Patrick.

J'aime ce métier. Il me permet de porter un uniforme (ce qui m'évite de m'interroger sur la manière de m'habiller, n'ayant guère été initiée à cet exercice) et un foulard (ce qui m'évite les questions sur cette habitude, puisque j'en porterais un de toute façon). Surtout, il me permet de changer de décor fréquemment. Comme je ne dors pas beaucoup, mes longues promenades ne m'ennuient jamais car elles se déroulent toujours dans un cadre différent. Cela m'aide à parcourir mes jours, mes semaines et mes années.

Il y a également l'envol. Le moment où les tonnes de métal d'un avion se soulèvent et quittent le sol constitue pour moi un merveilleux mystère. À ce moment, je suis assise sur mon strapontin. En général, les passagers retiennent leur souffle. Le seul bruit que j'entends alors est celui des réacteurs. Je me sens comme baignée dans un petit cocon sonore. J'éprouve chaque fois un indicible et rare moment d'apaisement.

Henri aurait bien voulu que je demeure chez lui. Rien ne m'obligeait à quitter le confort douillet qu'il m'offrait. Mais j'étais incapable d'aucune attache. Il me fallait bouger, m'oublier, escamoter les souvenirs rattachés à des lieux connus. Mon travail était tout naturellement indiqué pour moi. Henri comprit mon besoin de naviguer seule et l'accepta, même si ma décision lui était déchirante. C'est beaucoup plus tard que j'ai compris combien il appréciait ma présence, comme si elle lui redonnait une seconde jeunesse. Il m'avait adoptée comme sa propre fille. Avec tout ce qu'il a fait pour moi, il aurait pu se sentir délaissé ou blessé par mon apparent manque de gratitude, mais il ne l'a jamais laissé paraître. Il avait sans doute compris que je l'aimais, et Ève aussi, avec une retenue qui n'excluait pas toute la reconnaissance que j'éprouvais pour eux.

Il m'a fallu beaucoup de temps avant de retourner m'établir dans mon pays. Il était trop associé à la mort de mon père. La révélation de son secret, cependant, m'a obligée à y retourner. J'y ai déniché un appartement et j'y ai redécouvert une existence que je n'avais connue que toute jeune. Les rudiments de la langue, toutefois, me revinrent rapidement. Je rencontrais les gens, je découvrais des habitudes de vie nouvelles. Peu à peu, j'ai appris à apprécier ses bons côtés, malgré la hantise que je porte à mon cou.

Auparavant, Paris constituait mon pied-à-terre principal, en raison de mon travail, mais j'y logeais toujours à l'hôtel, rarement deux fois le même. Henri m'avait un jour remis les clefs de l'appartement de mon père. Souvent, je prenais les clefs et je les contemplais longuement, comme si je cherchais à y déchiffrer les causes de la mort de mon père et le chagrin perpétuel dans lequel je vivais. J'étais cependant incapable de me rendre à l'appartement et d'y pénétrer. Il m'arrivait de me promener dans le quartier. J'examinais la façade, estimant approximativement où se trouvait l'appartement. Dès que les cris de mon père me revenaient en mémoire, je tournais les talons et je quittais ces lieux maudits. Je sentais néanmoins que je m'habituais peu à peu à l'idée d'y remettre les pieds, mue par le désir un peu morbide de retrouver des traces familières de mon père et de maintenir son souvenir vivace.

Un soir, comme cela se produit souvent lorsque des circonstances fortuites semblent comploter pour nous ballotter à notre insu, je me suis retrouvée sur le palier devant les lourdes portes de bois, tenant d'une main tremblante la clef principale et m'apprêtant à l'introduire dans la serrure. Ce jour-là, une gigantesque manifestation nationale avait attiré dans la capitale un afflux de contestataires, et il m'était impossible de dénicher une chambre. De plus, il pleuvait à boire debout. J'étais trempée, épuisée et frustrée. Il me fallait absolument récupérer avant le vol du lendemain. Je commençais à désespérer, errant d'une rue à l'autre, dans l'espoir de repérer un hôtel où il y aurait encore de la place, lorsque j'ai reconnu la porte cochère de l'immeuble abritant l'appartement de mon père. Comment mes pas m'avaient-ils conduite ici? Je me pose encore la question. J'étais plantée au milieu de la rue, irrésistiblement attirée vers cette porte, abasourdie par un tel hasard. Un coup de klaxon rageur m'a ramenée à la réalité, et j'ai pris la décision, peu importe ce que ça me coûterait sur le plan émotionnel, de passer la nuit dans ce logement. Le moment était certainement venu de m'affranchir du passé. Le meilleur moyen consistait sans doute à l'affronter.

J'ai tourné la clef dans la serrure. J'ai entendu le cliquetis réverbéré du loquet qui se déplaçait. J'ai poussé la porte et j'ai enfin pénétré dans ce lieu que j'avais quitté, si près de la mort, lorsque j'avais huit ans. Un silence lugubre m'accueillit. À tâtons, j'ai actionné un commutateur et c'est un éclairage blafard qui m'a révélé le salon, identique à ce qu'il était lorsque j'y jouais. Une désagréable odeur de renfermé imprégnait les lieux. J'étais très troublée, mais ma décision était prise. C'est ici que je passerais la nuit. Ce fut une des rares fois d'ailleurs. Presque toujours, par la suite, j'ai continué d'opter pour l'hôtel où l'animation et la présence d'autres personnes m'étaient nécessaires.

J'ai très mal dormi, tremblant de froid et pleurant la majeure partie de la nuit. J'avais retrouvé ma petite chambre d'enfant. Mes jouets et les valises que j'y avais laissées avaient, bien sûr, disparu, mais le lit s'y trouvait toujours. Malgré mes vêtements encore humides, je me suis couchée tout habillée, sur la couverture, ne pouvant me résoudre au contact de ces draps fanés. Au matin, dès que j'ai aperçu la lumière du jour, je suis descendue au rez-de-chaussée, j'ai revêtu mon uniforme et je suis aussitôt partie pour l'aéroport.

Je me souviens distinctement m'être dit, en verrouillant la porte d'entrée, que je reviendrais une autre fois pour laver les draps de mon petit lit. De fait, c'est ainsi que j'ai investi lentement les lieux, revenant de temps à autre, au hasard de mes escales et de mon emploi du temps, pour aérer l'appartement et l'explorer chaque fois un peu plus. Mes sentiments étaient mitigés dans ces vastes pièces encore meublées et sans vie. J'étais heureuse de constater que je résistais aux pressions des souvenirs, que je pouvais endiguer les résurgences de la terreur que j'avais ressentie autrefois. Mais, en même temps, c'est comme si je me demandais ce que je faisais ici, ne sachant comment intégrer ce logement à ma vie actuelle.

Un jour, j'ai ouvert les tiroirs des quelques commodes éparpillées dans l'appartement. Je me demandais si elles contenaient encore quelque chose. Un des tiroirs, gonflé par l'humidité, me résistait. Je l'ai tiré d'un coup sec. Au moment même où le tiroir me tomba sur le pied, j'ai entendu distinctement un petit bruit métallique, celui d'un objet qui venait de heurter le plancher de marbre. Combattant la douleur de mon pied, je me suis penchée sous la commode et j'ai aperçu une petite clef. Je l'ai prise dans mes mains et je me suis dirigée près de la fenêtre pour l'examiner à la lumière du jour. Il s'agissait d'une clef anodine, dont j'ignorais l'utilité. Je l'ai rangée avec mon trousseau, sans plus y penser.

Quelque temps après, le souvenir de cette clef m'est revenu en mémoire d'une façon fulgurante. J'attendais, dans une file, mon tour pour passer aux guichets de ma succursale bancaire. C'était le jour de l'arrivée de Joël qui venait pour affaires à Paris. Je devais retirer un peu d'argent, et je pestais intérieurement, comme chaque fois que la moindre obligation m'impose d'attendre derrière des inconnus. Pour passer le temps, j'observais les clients.

— Ma foutue clef ne fonctionne pas!

Un impatient brandissait une clef au nez d'un préposé. Je comprenais qu'il s'agissait d'une clef permettant d'ouvrir un coffret dans la voûte de la banque. Et c'est à cet instant que la révélation explosa dans ma tête, sous le choc conjugué du constat que la clef trouvée sous la commode était du même genre, et des paroles de mon père, me disant: «Regarde bien, Joana, n'oublie jamais cette banque.» Tout à coup, je comprenais que mon père possédait probablement quelque part, dans une banque dont il m'avait un jour pointé la façade, un coffre qui recelait quelque chose d'important, puisqu'il avait pris la peine d'effectuer un détour et de me désigner la banque pour que je ne l'oublie pas. Naturellement, j'ai tout de suite pensé aux documents auxquels Henri avait fait allusion et que lui-même n'avait jamais pu retrouver. Ces documents prouvaient, semble-t-il, les assertions de mon père qui lui coûtèrent la vie.

— Madame, c'est à vous!

On me ramena de mes pensées qui se bousculaient à toute allure. J'étais fébrile. Je n'avais qu'à retrouver la banque de mon père et à prendre possession du contenu du coffret, avec l'aide de cette clef qu'il avait soigneusement cachée dans une commode de l'appartement. Mais, à présent, comment retrouver cette banque? Je n'avais aucun souvenir du parcours emprunté par mon père lorsqu'il me l'avait montrée. Il existe des centaines de succursales bancaires à Paris. J'ignorais même le nom de l'institution à laquelle appartenait ma clef. Peut-être même avait-elle disparu, sous l'effet des fusions d'entreprises et de la rationalisation technologique qui a provoqué la disparition pure et simple de plusieurs comptoirs bancaires traditionnels. La seule personne qui pouvait m'aider était Henri. Lui saurait sûrement où cette clef pouvait servir.

J'ai pris les dispositions avec lui pour aller le rencontrer. Lorsque je lui ai annoncé que j'avais trouvé la clef d'un coffret bancaire, il pensa tout de suite, lui aussi, que s'y trouverait certainement ce qu'il cherchait. Il m'avoua avoir des choses graves à me confier et il souhaitait que je me déplace à Orléans. La présence de Joël ne l'incommodait aucunement, mais il fallait absolument qu'il soit tenu à l'écart des confidences qu'il s'apprêtait à me faire.

Notre entretien a eu lieu le lendemain de notre arrivée. Lorsque j'ai rejoint Henri au boudoir, il était tôt, mais il m'attendait déjà, l'air à la fois triste et serein. Henri se rappelait très bien le nom de la banque, sans toutefois connaître la succursale, ce qui était mieux que rien. Je saurais bien la retrouver. Puis, il me toucha délicatement le bras, sachant combien les contacts physiques me sont difficiles. Il voulait cependant s'assurer d'obtenir toute mon attention. Le moment était venu de m'informer de ce secret, qu'un jour mon père lui avait révélé.

— À présent, Joana, tu dois bien m'écouter. Tu n'auras sans doute guère de peine à retrouver le coffret. Je suis certain que la succursale existe toujours, car je crois me souvenir qu'il s'agissait d'un immeuble prestigieux. Mais tu t'apprêtes peut-être à ouvrir une boîte de Pandore, la même qui a eu raison de ton père.

— Je le sais, Henri. Mais si j'ai une mince chance de venger sa mémoire, je suis prête à courir le risque.

— Alors, écoute-moi. J'attends ce moment depuis très longtemps. Le secret de ton père est lourd à porter, surtout pour un vieil homme déchu comme moi. Tu es la seule personne à qui je peux en parler. Et encore, ce n'est que parce que tu as une chance de poursuivre le dessein de ton père. En l'absence de preuves, je n'aurais été cru de personne. En outre, j'aurais inutilement mis en danger ma vie et celle d'Ève. Sans compter qu'on ne pouvait prévoir comment tu évoluerais, après le traumatisme que tu avais subi. Je ne t'en aurais jamais parlé, mais, au fond de moi, j'entretenais le vague espoir qu'un jour tu pourrais réussir là où ton père et moi avons échoué, que tu pourrais étaler sur la place publique des faits qui incriminent les hautes instances de ton pays et qui démontrent l'iniquité des hommes.

Après cette phrase un peu solennelle, il prit une pause, rassemblant ses souvenirs.

— Peut-être n'aurais-je jamais dû apprendre ce que je sais. Ton père et moi étions, comme tu le sais, de grands amis. Je crois que tu l'ignores, mais c'est moi qui avais présenté à ton père la femme qui allait devenir son épouse et ta mère. Nous étions, lui et moi, liés par une confiance inébranlable. Nous aurions été prêts à tout l'un pour l'autre. Un soir, comme souvent à cette époque, nous devions nous retrouver pour l'apéritif. Il était en retard, et j'avais commencé sans lui. Je me sentais un peu ivre et d'humeur joyeuse. Ton père arriva enfin.

«— Ah, te voilà, traînard! Tant pis pour toi, j'ai déjà ingurgité ta consommation!»

— Je riais aux éclats, mais je me suis brusquement arrêté en constatant combien sérieux était ton père. Son teint était cireux, ses yeux fixes et cernés.

«— Viens, je connais un coin retiré dans ce troquet.»

— J'ai entraîné ton père dans une petite salle derrière le comptoir où le propriétaire du bar me laissait souvent discuter avec des clients.

«— Je t'écoute.»

— Ton père m'a regardé d'un air suppliant. Il ne voulait pas me parler de ce qui le préoccupait, mais je sentais à quel point ce secret le démangeait.

«— Je t'en prie, Henri, je ne peux pas t'en parler.

«— Tu ne quittes pas cet endroit tant que je ne saurai pas tout!»

— En fin de compte, j'ai eu raison de ses résistances. Il s'est approché de moi et m'a parlé à voix basse, comme s'il craignait que quelqu'un d'autre entende notre conversation.

«— Il n'y a pas longtemps, un gendarme m'a téléphoné pour régler une difficulté avec un ressortissant de mon pays. Il avait été arrêté, complètement ivre, et il hurlait qu'il avait des choses capitales à raconter en haut lieu. J'ignore comment cette affaire s'est retrouvée entre mes mains. J'ai voulu protester et me défiler, mais je ne sais pas pourquoi, j'ai accepté de le recevoir et de délester la gendarmerie du fardeau qu'elle avait recueilli. On nous a laissés seuls. L'homme, de forte stature, s'était calmé dès qu'il avait su qu'il serait conduit à l'ambassade. En le voyant, j'ai eu confiance qu'il ne soit pas dangereux. J'avais tout mon temps. J'éprouvais une certaine curiosité et un amusement à l'idée d'apprendre ce qu'il avait de si important à raconter. "Que puis-je pour vous, monsieur?" Il m'a alors fait le récit suivant:

"J'appartiens aux forces armées de notre pays. Il y a quelques mois, la garnison où j'étais cantonné a été mise sur un pied d'alerte. Nous avons été mutés à une autre base, désaffectée, mais remise en état pour nous recevoir. Pendant quelques semaines, nous avons vécu en vase clos, ne voyant personne d'extérieur à la base et ne recevant que des nouvelles alarmantes sur un poste de radio au quartier général. On nous a annoncé la guerre, puis la destruction complète à l'arme nucléaire de grandes villes, l'exode de populations entières, et ainsi de suite. Nous étions atterrés, incapables de réagir à des nouvelles si accablantes. Puis, un matin, on nous a réunis dans la cour. Un général, arrivé par hélicoptère, nous a récité notre ordre de mission. Nous devions immédiatement nous rendre dans l'Antarctique afin de procéder à une opération d'évacuation d'un petit village, avant qu'il ne soit rasé. Selon ses dires, nos dirigeants s'y étaient réfugiés, suite à l'anéantissement de notre capitale, mais l'ennemi, ayant appris où ils s'étaient retranchés, s'apprêtait à rayer l'endroit de la carte.

"Nous étions soixante-dix soldats. On nous a transportés sur-le-champ par hélicoptère, jusqu'à un campement situé dans l'Antarctique. Le trajet avait duré plusieurs heures, et nous étions fourbus, abrutis par le bruit des rotors et l'inconfort du voyage. On ne nous a pas laissé le temps de dormir, ni même de nous reposer. Un officier nous a accueillis en hurlant qu'il fallait faire vite, qu'une explosion atomique pouvait survenir à tout moment. Nous devions nous rendre au village et ramener les occupants pour les évacuer aussitôt par hélicoptère. Dans notre état, apeurés par l'imminence d'une déflagration, personne ne se posa la question, à savoir pourquoi les hélicoptères n'avaient pas atterri au village."

«— Il a pris une pause, attendant que je réagisse. "Oui, au fait, pourquoi?" Il s'est alors penché vers moi, en me fixant droit dans les yeux.

"Parce que ce village, monsieur, n'a jamais existé! Nous nous sommes mis en route, à pied, piétinant les lichens et les plaques de neige qui résistaient encore à l'été. Rompus pourtant à nous comporter avec bravoure, nous étions, malgré nous, conditionnés d'ailleurs par plusieurs jours de nouvelles effarantes, terrorisés à l'idée que, d'un instant à l'autre, allait peut-être s'abattre sur nous une ogive nucléaire. Nous avons marché ainsi durant une heure, jusqu'au moment où nous commencions à nous questionner sur l'emplacement du village. C'est alors que nous avons entendu un bruit terrible, au même instant qu'une lumière aveuglante. Nous avons senti un souffle chaud et tout le monde, sauf moi, a perdu connaissance. Par le plus grand des hasards, je m'étais éloigné pour me soulager. Je dois sans doute au fait d'avoir été abrité par des rochers la chance de me retrouver ici aujourd'hui. Je suis sorti en courant de ma cachette pour apercevoir tous les hommes de la troupe étendus par terre, sans connaissance. Je me suis approché d'eux, ahuri. J'ai juste eu le temps de constater que la plupart, heureusement, semblaient encore vivants. Puis, à mon tour, ne sachant alors à quoi l'attribuer, je me suis également évanoui.

"J'ai repris mes esprits, je ne sais pas combien de temps plus tard. On m'avait placé dans une chambre. Bientôt, cela s'est avéré davantage être une cellule. On m'apportait de quoi manger et boire. Je n'avais pas le droit de quitter la chambre, qui était d'ailleurs verrouillée dès que je m'y trouvais. À d'autres moments, on venait me chercher pour me conduire dans un petit bureau où un médecin m'examinait longuement, effectuant des tas de relevés, et me posant d'interminables questions. J'ai fini par comprendre que nous avions été victimes d'une explosion nucléaire. Le médecin m'a dit que j'étais l'unique survivant et que j'avais eu beaucoup de chance. Je n'ai rien répondu, mais j'étais tout à fait certain que les autres soldats respiraient encore lorsque je me suis approché d'eux. J'avais peine à croire qu'aucun n'avait survécu.

"Ces examens sont rapidement devenus routiniers. J'étais encore sous le choc d'avoir vécu l'expérience d'une explosion atomique, et surtout de m'en être sorti. Les questions tournaient toujours autour de mes souvenirs, de mes rêves, de mes sentiments, sans trop discerner ce à quoi on voulait en venir, sinon qu'on insistait pour comprendre comment je me sentais suite à un tel choc. Je posais des questions sur la guerre, mais personne ne daignait me répondre. Un jour, je me suis retrouvé seul dans le cabinet d'un médecin. Il a commis deux graves erreurs, celle de laisser traîner ses documents et celle de me mésestimer, calculant que dans mon état «post-traumatique», comme il disait, j'étais complètement inoffensif. Quelqu'un a cogné à la porte et a demandé le médecin d'urgence. On avait besoin de lui pour calmer un patient. Le médecin m'a ordonné de l'attendre sans bouger. Un patient? Si j'étais dans un hôpital, pourquoi n'avais-je jamais le droit de sortir de ma chambre, sauf pour les examens? Pourquoi gardait-on ma porte verrouillée? De plus, l'attitude hautaine du médecin commençait à sérieusement m'indisposer. J'ai alors entrevu des papiers qui traînaient sur le bureau. Je me suis approché, décidé à en apprendre un peu plus sur ma situation, espérant trouver dans le fouillis du bureau des informations utiles. Je n'allais pas être déçu. Vous n'avez rien à boire?"

«— Je lui ai servi une eau minérale. Je m'intéressais de plus en plus à ce récit, sans toutefois être bien certain que je n'avais pas affaire à un fabulateur.

"Je remuais des papiers à tout hasard. Je suis alors tombé sur un document caché sous une pile, avec en-tête officiel. Je me suis mis à le parcourir, de plus en plus estomaqué. Il s'agissait d'un ordre de mission à caractère confidentiel. L'objectif de la mission était de recueillir le maximum de renseignements sur le comportement, les réactions et les pensées d'individus ayant été placés dans une situation de survie à la suite d'une explosion nucléaire. On voulait ainsi étudier le traumatisme subi par les cobayes, et en tirer des enseignements en cas de conflit nucléaire. Je comprenais soudainement que les cobayes, c'était nous, les soldats envoyés en mission. Mais il y avait pire encore. Le document racontait que tous les individus testés subiraient des doses massives de radioactivité et qu'aucun ne survivrait à moyen terme. On voulait également étudier les effets des radiations nucléaires sur le corps humain. On éliminait par la même occasion des témoins gênants. Tout se mettait en place dans ma tête. Je revoyais toute la scène. Tout ça était un coup monté. Nous n'avions pas subi une véritable explosion nucléaire. C'était impossible, d'ailleurs, les satellites l'auraient immédiatement repérée. On avait plutôt monté une mise en scène dans une zone inhabitée. Je ne sais pas encore comment on s'y est pris, mais il y a eu un bruit énorme, probablement des haut-parleurs cachés, une lumière aveuglante, sans doute une sorte de mécanisme produisant des éclairs, et surtout, il y a eu une projection massive de radioactivité, à laquelle j'ai partiellement échappé, car je me trouvais derrière des rochers à ce moment. On voulait donc nous faire croire qu'il y avait la guerre et que nous avions été victimes d'une explosion nucléaire, afin de tester notre comportement, sans doute pour obtenir des données utiles qui permettraient d'anticiper les réactions de populations survivant à un conflit nucléaire. Et surtout, afin de vérifier concrètement l'effet des nouveaux armements sur le corps humain et leurs répercussions à long terme. Nous avions été délibérément sacrifiés comme de vulgaires poulets, pour servir les fins d'une expérience ignoble. J'étais étourdi de rage et d'indignation.

"Le médecin a choisi ce moment pour revenir. En me voyant fouiller sur son bureau, il a écarquillé les yeux et s'est tourné pour appeler du renfort. Il n'a pas eu le temps de dire un seul mot. En un bond, je l'ai attrapé par un bras et je l'ai projeté de toutes mes forces dans le fond du cabinet. J'ai refermé la porte. J'ai saisi ce sale petit merdeux par le cou. Je me suis mis à le frapper aussi fort que je pouvais. J'étais dans un état second, aveuglé par ma colère, impossible à calmer. Puis, quand mes jointures ont été trop écorchées, j'ai étranglé le docteur jusqu'à ce que son visage devienne bleu. Pour finir, je l'ai relevé et je lui ai fracassé la tête sur le coin de son bureau, en m'assurant que le craquement produit était bien celui de son crâne. J'ai revêtu ses vêtements et endossé son sarrau. Je suis sorti en refermant la porte derrière moi avec une seule idée en tête, m'échapper de cet endroit. J'ai arpenté des couloirs au hasard. Heureusement, il n'y avait pas grand monde. Je regardais par les fenêtres de chaque porte, espérant trouver une issue. C'est alors que j'ai découvert un de mes amis au régiment, étendu sur un lit. Je ne pouvais entrer, la porte étant verrouillée. Mais j'apercevais distinctement son visage tuméfié et ses bras noircis. Tout cela confirmait mes doutes. Mon régiment avait été désigné pour cette expérience. Je n'étais pas le seul survivant, comme on me l'avait affirmé, mais j'étais par contre le seul, sans doute, à avoir échappé aux effets les plus directs des radiations. Pour combien de temps encore, je l'ignore. Je n'ai plus grand-chose à perdre. Il n'y avait jamais eu de guerre, rien qu'une cynique mise en scène pour une expérience menée sans scrupules."

«— Cette histoire était insensée. "Quelle preuve avez-vous pour affirmer de telles choses?"

«— Il m'a regardé avec un petit sourire en coin, comme s'il avait prévu cette objection. "Ceci." Et il a sorti de sa poche un document officiel.

"Il s'agit de l'ordre de mission dont je parlais tantôt. Je l'ai, bien entendu, amené avec moi. J'ai enfin réussi, sans trop de peine, à sortir des lieux. Un soldat en faction m'a salué, en me prenant pour un médecin. Dans les poches des vêtements que j'avais enfilés, il y avait un trousseau de clefs et un portefeuille. Je me suis dirigé vers le stationnement où j'ai retrouvé sans trop hésiter la voiture du docteur. Heureusement, cet idiot de toubib possédait une voiture sport, la seule à laquelle la clef en ma possession pouvait correspondre. Je faisais le plus discrètement possible. Je suis sorti, en saluant le garde à l'entrée qui ne m'a posé aucune question. Puis j'ai pris la direction de la ville. Nous n'étions plus en Antarctique, évidemment. Je me suis dirigé à l'adresse indiquée sur les papiers d'identification. Il n'y avait personne à l'appartement. Mon idée était faite. Avec un peu de mal, j'ai fini par mettre la main sur le passeport. Ayant déjà remarqué une certaine ressemblance entre le docteur et moi, j'ai pu apporter quelques ajustements à mes cheveux et à ma barbe pour correspondre approximativement à la photo du passeport. Je m'arrangerais le moment venu si je tombais sur un physionomiste. J'ai ensuite pris la direction de l'aéroport. J'ai demandé le premier vol en partance. C'était pour Paris. Tout a fonctionné comme sur des roulettes. Heureusement. Je me doutais qu'à cette heure, l'alerte avait été donnée. À la descente de l'avion, j'étais épuisé et nerveux. Il se pouvait qu'on ait eu l'idée de vérifier les vols en partance et qu'on m'ait ainsi déjà retracé. Dans ce cas, j'allais sans doute être arrêté dès que je franchirais la douane. Mais rien ne s'est passé. J'ai pris un taxi en vitesse et je suis descendu au premier café aperçu dans Paris. Et là, j'ai craqué. J'étais partagé entre un immense sentiment de liberté et de soulagement, et une trouille épouvantable à l'idée de ce qu'on nous avait fait subir à moi et à mon régiment. Nul doute qu'on mettrait tout en œuvre pour me retrouver. Ma peau ne vaudrait pas chère à ce moment. D'ailleurs, elle ne vaut déjà plus beaucoup. Regardez mes bras."

«— Il a relevé sa manche et m'a montré son avant-bras. Il était couvert de pustules dont certains avaient éclaté et purulaient.

"J'ai finalement été assez atteint pour prévoir que je vais bientôt, moi aussi, périr de radiations. Je me suis soûlé jusqu'à ce que le tenancier appelle la police. Mes nerfs me lâchaient. Au poste, j'ai exigé qu'on m'amène à l'ambassade. Comme mon passeport indiquait que j'étais médecin et que j'affirmais avoir des choses de la plus haute importance à révéler, on a fini par exaucer mes demandes. C'est pourquoi je suis ici et que je vous raconte tout ce que je sais. Je n'ai plus rien à perdre, il ne me reste sans doute que peu de temps à vivre. J'ai donc décidé de tout révéler. Je prends un énorme risque. Je ne vous connais pas et peut-être avez-vous déjà appelé des gardes qui me retourneront au pays les pieds devant. Mais vous représentez la seule chance que mon histoire soit connue avant que mon corps ne se mette à tomber en lambeaux."

«— Je lui ai alors demandé ce qu'il attendait de moi.

"C'est simple. Comme preuve de ce que j'avance, je ne possède que ce document officiel que je vous ai montré. C'est insuffisant pour que j'étale l'affaire sur la place publique. Personne ne me croira et j'aurai raté mon coup. Et pourtant, vous comprenez, je crois, qu'on ne peut taire des faits aussi graves. On ne peut pas accepter, vous en conviendrez, j'espère, que des individus comme vous et moi soient délibérément sacrifiés, au nom de soi-disant recherches scientifiques. Dans n'importe quel cas, mais encore davantage de la part d'un gouvernement, je considère cela comme inadmissible, inconcevable. Donc, si je veux dénoncer ces agissements et si je veux me donner une chance minimum de réussir, il m'est nécessaire de rechercher des preuves supplémentaires. Pour ce faire, j'ai besoin d'un contact en haut lieu. Je vous demande d'être cette personne."

«— Je réfléchissais à toute vitesse. Il fallait d'autres preuves, mais quoi?

"Je vois deux approches. La première consiste à mettre la main sur des documents reliés à cette mission, par exemple, des échanges de correspondance ou, mieux encore, des résultats déjà compilés sur l'expérience en cours. La deuxième approche serait d'obtenir les noms et les adresses de tous les soldats du régiment qui ont été immolés dans cette opération. Il faudrait ensuite contacter leur famille et obtenir la confirmation de la disparition de ces soldats. À moins, bien sûr, qu'ils aient choisi tout le monde comme moi, c'est-à-dire orphelin et sans attache, mais j'en doute. En mettant les familles dans le coup, on gagne également des chances que l'affaire s'ébruite plus facilement. On doit pouvoir réunir ces informations à partir des moyens mis en place dans une ambassade."

«— Je lui ai donné mon accord et un numéro privé où me joindre. De son côté, il devait me communiquer le nom de l'hôtel où il irait se planquer. Je l'ai ensuite laissé partir. Il m'avait laissé son document que j'ai relu de long en large. Je n'arrivais pas à le croire. Je savais que les autorités militaires de mon pays étaient capables de toutes les exactions, mais je n'arrivais pas à admettre que ça puisse aller aussi loin. Je savais aussi que je possédais de quoi faire tomber le gouvernement, ou au moins le discréditer complètement à un niveau international, ce qui revenait au même. Ce gouvernement a beau être mon employeur, je ne peux oublier combien mon pays souffre à cause de sa politique éhontée. Je ne peux oublier non plus comment mon frère a été liquidé, simplement pour avoir, un jour, en guise de protestation, aspergé de peinture un édifice gouvernemental.»

— Ton père s'est arrêté de parler. Je comprenais tous les sentiments qui l'agitaient. Je lui ai dit qu'il pouvait compter sur mon aide. Je pourrais sans doute lui procurer des renseignements, sans compromettre ses fonctions de diplomate. Nous nous sommes ensuite mis à la tâche. En relativement peu de temps, nous avons réussi à compiler suffisamment d'informations pour pouvoir communiquer l'affaire aux médias. Ça allait barder. Je ne connaissais pas le soldat qu'avait rencontré ton père, mais les choses ont commencé à sentir le roussi le jour où nous avons appris sa disparition. D'une manière discrète, je suis allé m'enquérir de la situation à son hôtel. Là, on m'a confirmé que des individus étaient venus le chercher quelques jours auparavant. Le soldat était ressorti bien encadré, et on ne l'avait pas revu depuis. Entre-temps, ton père a commis cette erreur fatale auprès de l'ambassadeur. Dans le détour d'une conversation d'usage, il a glissé une question concernant la disparition de son informateur. L'ambassadeur a changé de couleur. Il a tout de suite saisi que ton père était dans le coup, et que ça pouvait être dangereux. Il a manœuvré cependant avec maladresse, laissant partir ton père après avoir proféré des menaces, au lieu de tenter tout de suite de sonder ce qu'il avait pu apprendre. La suite, tu la connais.

Je la connais, en effet, pour l'avoir vécue de près. Des hommes de main, sans doute à la solde de l'ambassadeur, ont tenté de faire dire à mon père quels étaient les documents en sa possession. Ce sont ces documents que je devais à présent retrouver. Identifier la succursale bancaire ne fut pas une mince tâche. J'ai d'abord compilé la liste de toutes les succursales de la ville et des environs, en commençant par visiter celles à proximité de l'appartement ou de l'ambassade. Cette prospection prit beaucoup de temps. Je ne pouvais m'y consacrer que lors de mes escales, et encore à la condition que cela tombe sur les jours ouvrables des banques. Chaque fois, je demandais l'accès à la salle des coffrets en montrant ma clef. On me demandait quelquefois une pièce d'identité, mais dans l'ensemble j'ai pu opérer facilement, sans attirer l'attention. Une fois dans la salle, je repérais le numéro de coffret indiqué sur la clef, et je tentais de l'ouvrir. Je ressentais toujours une intense nervosité à ce moment, nervosité qui faisait place à une cruelle déception quand la clef ne tournait pas dans la serrure. Je rayais la succursale de ma liste et je passais à la suivante.

Je commençais à désespérer. Peut-être Henri s'était-il trompé d'institution bancaire. Peut-être même que ce coffret n'existait plus. Mais comme souvent lorsque l'on croit qu'on n'y parviendra pas, c'est à ce moment que l'inespéré se produit. Mon père avait délibérément choisi une succursale dans un quartier où il avait peu de chances de se faire reconnaître. Je me souviens du jour où j'ai enfin découvert le coffret. J'étais sans illusion. Je crois même que c'est la première fois que je n'éprouvais aucun trac en introduisant la clef dans la serrure. Mais lorsque j'ai senti la clef tourner et la porte se déverrouiller, j'ai perdu le souffle pendant quelques secondes. J'ai lentement ouvert la petite porte. Je me suis penchée pour vérifier le contenu du coffret. Il y avait une épaisse enveloppe, un peu d'argent liquide et un magnifique bijou, qui avait sans doute appartenu à ma mère. J'ai mis l'enveloppe dans mon sac à main, laissé le reste à l'intérieur et refermé le coffret. Mes jambes étaient empesées lorsque je suis remontée. Je me suis dépêchée de sortir. Je sentais que j'avais en ma possession ce qui avait coûté la vie à mon père, et cela me terrorisait. Dehors, je me suis mise à avoir très peur, comme si cette enveloppe pouvait attirer les regards et les suspicions. Les idées troublées, je craignais même d'être suivie. Je suis retournée à l'hôtel. J'ai pris un verre de porto au bar, pour me ranimer les esprits, puis je suis montée à la chambre. L'enveloppe contenait bel et bien ces fameux documents. Ils étaient en effet particulièrement accablants. Je les ai épluchés, froidement, un à un, imaginant un plan sur la manière la plus efficace pour leur faire atteindre la cible et pour venger mon père.

C'est à ce moment que je suis revenue m'installer dans mon pays d'origine. Il me fallait y nouer des contacts et bien préparer le moment où je frapperais le grand coup. J'ai dû prendre quelques risques, mais je crois que personne ne soupçonne ce que je m'apprête à diffuser, sinon d'une manière que j'espère assez vague pour ne pas attirer les soupçons. Le grand jour est en effet demain. Tous les médias recevront un dossier complet de l'affaire. J'ai comblé tous les trous afin que l'histoire soit la plus cohérente possible. Je cite les noms des personnes responsables de l'expérience, des médecins qui se sont prêtés à cette infamie et de tous les soldats envoyés à l'abattoir. J'ai recueilli les témoignages de quelques familles. Une manifestation est prévue de leur part dès la publication de l'affaire. Et pour être bien sûre que ça fonctionne, les principales chaînes de télévision étrangères recevront également une copie du dossier. Ensuite, nous verrons. Peut-être, à ce moment, aurai-je l'esprit assez libre pour tenter de retrouver l'endroit où mon père a été inhumé.

Parvenue à cette croisée des chemins, je réfléchis à la vie que j'ai menée jusqu'à présent et à celle qui se prépare. Comme pour marquer la transition, j'ai, aujourd'hui et pour la première fois, retiré mon foulard et touché ma cicatrice. Ironiquement, à l'endroit même où Joël a lui-même mis les doigts. J'ai senti une convulsion dans tout mon corps, mais j'ai tenu le coup. Il le fallait. C'était une sorte de catharsis destinée à me donner le courage de mener mon projet à terme, et de passer à une autre étape. Une étape où je serais en mesure de m'approprier et de vivre autrement que comme une bête sauvage et blessée.

Je n'ai jamais pu laisser qui que ce soit me toucher. Les contacts physiques, depuis le jour où j'ai senti cette lame de couteau sur ma peau, m'ont toujours fait l'effet d'une brûlure. Même donner la main ou embrasser quelqu'un sur la joue exige de moi des efforts démesurés. À Paris, où les bises sont de rigueur en toutes circonstances, je passe pour un être désaxé. Je n'ai jamais éprouvé la moindre attirance sexuelle, sauf peut-être avec Joël, la dernière fois que je l'ai rencontré. J'étais très heureuse à l'idée de le voir. Je crois d'ailleurs que c'était la première fois que ça m'arrivait. J'étais même parvenue ce soir-là à lui faire la bise. J'avais noté à quel point ce geste l'avait surpris et ravi. Il est vrai que c'était notre premier contact physique, et j'avais supporté l'effleurement de sa joue avec une facilité qui m'avait étonnée moi-même. Je me disais que le moment était peut-être enfin venu de toucher quelqu'un sur les lèvres. J'avoue que cette idée me remplissait de curiosité, mais également d'une excitation étrange, comme quelque chose que l'on vit pour la première fois et dont on ne soupçonnait même pas l'existence. J'attendais avec une certaine fébrilité la fin de la soirée, ce moment un peu magique où deux personnes ne savent pas comment prendre congé l'une de l'autre. Mais, bien sûr, le destin en a décidé autrement.

Depuis, j'ai découvert le coffret bancaire et les documents qu'il recelait. Je suis retournée dans mon pays. J'ai même démissionné de mon travail d'agent de bord. Et je n'ai pas donné de nouvelles à Joël depuis tout ce temps.

Parlant de nouvelle, j'en ai écrit une autre récemment. Une de mes plus sinistres. Encore une forme de défoulement inconscient, je suppose. Je suis curieuse de ce que sera ma prochaine histoire quand les coupables de la mort de mon père auront été désignés sur la place publique. Vais-je enfin changer de thématique? Nous verrons. En attendant, je vais faire parvenir mon dernier-né à mon lecteur privilégié. C'est sans doute la meilleure manière de renouer contact avec lui. Et de lui dire que je suis une nouvelle personne qui souhaite beaucoup le revoir.

«Mon cher Joël...»

Café?

En entendant la porte grincer, il se mit à hurler de terreur et de rage. Comme tous les matins depuis son arrestation, on venait, dès les premières lueurs de l'aube, lui fouetter la plante des pieds à l'aide d'une lanière de cuir tressé et renforcée d'une tige d'acier. La douleur est insoutenable. Pourtant, il doit s'y soumettre de son gré. Chaque fois, en effet, qu'on doit l'immobiliser pour parvenir à le frapper, il reçoit dix coups, au lieu de seulement cinq s'il est docile.

C'était le quatrième jour. Déjà, la plante des pieds n'était plus qu'une plaie vive et purulente. Bien sûr, il ne pouvait plus marcher. Les élancements continuels le harcelaient et l'empêchaient de dormir. Sans compter l'anxiété de revoir les tortionnaires au matin et de subir de nouveau leurs coups.

Le lendemain de son arrestation, on lui avait expliqué la règle du jeu. Apeuré, hébété, il s'était machinalement étendu sur le ventre, la plante des pieds exposée. Dès le premier coup de fouet, cependant, la douleur fut si intense qu'il ne put s'empêcher de se dresser en hurlant. On dut s'y mettre à quatre pour le faire tenir tranquille. Il reçut neuf autres coups.

Les jours suivants, il avait résisté, au prix d'efforts démesurés, à la brûlure de la lanière, et on s'en était tenu, comme convenu, à cinq coups. Mais ce matin, à bout de force, sous-alimenté, épuisé de résister à la douleur de ses plaies, il lui fut impossible de se contenir. Fou de colère et d'impuissance, fou de l'horrible douleur à venir qui allait se surajouter à celle déjà intolérable qu'il endurait, il se mit à frapper, faiblement, à se débattre, à vouloir à tout prix échapper à ce qui l'attendait.

Il n'était évidemment pas de taille. Le premier garde le saisit au cou et le repoussa violemment d'un seul geste contre le mur, suintant, visqueux. Assommé, il fut facile de l'étendre par terre contre le carrelage humide et de le tenir en place. Il perdit connaissance au troisième des dix coups qu'on lui infligea.

Lorsqu'il reprit conscience, la cuisante douleur de ses pieds le percuta de plein fouet. Il faillit de nouveau perdre connaissance sous le choc. Il se mit à vomir et à trembler de manière convulsive. Les geôliers qui attendaient son réveil le saisirent et le projetèrent contre une paroi dure et glaciale. On lui attacha les poignets pour le forcer à se tenir debout. Ses pieds ne pouvant plus le supporter, il tentait de diminuer le poids en se tenant par ses liens. Mais les bracelets métalliques qui lui retenaient les poignets étaient trop acérés pour qu'il puisse se suspendre. On éteignit la lumière et on le laissa.

Il ne se souvenait pas quand on l'avait ramené dans sa cellule. On avait dû lui faire des pansements aux poignets. Il perdait tellement de sang qu'il risquait de s'anémier. Ce soir-là, il eut droit à un bouillon. Puis il tomba endormi d'épuisement.

Il ne reprit vaguement conscience qu'au petit matin. Immédiatement, il sentit une vive épouvante le gagner, s'attendant à voir surgir les gardes. Pourtant, rien ne se produisit. Il passa le reste de la journée à trembler de faiblesse, d'anxiété et de douleur. Il ne sentait même plus le froid de sa cellule.

Le soir, il entendit la porte s'ouvrir. Il cria de peur, avant de s'apercevoir qu'on lui apportait son premier repas de la journée. Il engouffra des choses indistinctes, mais pouvant lui redonner des forces.

Après une nuit agitée, le cliquetis de la clef dans la porte le paralysa. Terrorisé, il ne s'aperçut pas qu'on venait le chercher et non lui fouetter la plante des pieds. On le transporta, les yeux bandés, à travers d'interminables couloirs, en prenant bien soin que ses pieds nus traînent par terre. Les aspérités du sol réveillaient les plaies qui avaient profité d'une précaire accalmie.

On lui retira enfin son bandeau. Un projecteur, directement braqué, lui déchira les yeux. On le fit brutalement asseoir. À travers le brouillard de ses larmes, il apercevait des ombres confuses qui semblaient le fixer. Peu à peu, ces ombres prirent les contours d'uniformes, de bottes, d'une table. Un officier, selon toute apparence, s'y affairait avec un air absorbé. Il tenait, devant un chalumeau, une pointe métallique semblable à une aiguille à tricoter.

La pointe vira bientôt au rouge. L'officier ganté s'amena devant le prisonnier, les bras et les chevilles rivés à la chaise. On lui passa une ceinture autour de la taille pour lui immobiliser le bassin. L'officier fit un geste. Quelqu'un s'approcha et dégrafa le pantalon du prisonnier. On lui agrippa le pénis en le maintenant fermement. L'officier s'inclina à son tour, tenant toujours sa pointe en métal, rougie au feu. Il s'empara de la verge et, d'un geste brusque, il introduisit la pointe incandescente à l'intérieur. Une odeur âcre empesta soudainement l'air, au milieu des hurlements démentiels.

La guérilla sévissait depuis quelques années déjà. Ceux qui avaient pris les armes s'opposaient à un régime discriminatoire et brutal. Chaque camp occupait des positions qui semblaient inexpugnables. Toute parcelle de terrain était âprement disputée. Cette situation tendue avait fini par lacérer les nerfs de chacun. On assistait à une escalade dans la barbarie, et on ne comptait plus les exactions commises de part et d'autre. Les méthodes destinées à procurer un avantage devenaient chaque jour plus sauvages et plus perfides. Le conflit avait maintenant dégénéré dans une guerre sans merci, où aucune pitié ne pouvait être espérée de l'adversaire. C'était chacun pour soi. Tous les traités internationaux qui régissent le sort des prisonniers ou des populations civiles ne valaient pas plus que le poids de leurs signatures. On profitait donc des prisonniers pour leur arracher n'importe quelle bribe de renseignement pouvant éventuellement conduire à une brèche dans les défenses de l'autre. Et, peu importent les moyens imaginés, il semblait qu'il y avait toujours une manière encore plus impitoyable de procéder, des raffinements toujours plus cruels pour extirper des confidences aux prisonniers.

Écrasé dans sa cellule, il n'était plus en mesure de réfléchir sur les circonstances de son arrestation. Sa capture avait revêtu les apparences d'une banale arrestation; maintenant, on le traitait comme un prisonnier de guerre pouvant livrer des secrets d'État. Il avait sans doute été victime d'une délation, étant donné l'emploi qu'il occupait dans l'administration des forces armées. Il ne s'agissait pourtant que d'un emploi subalterne, consacré à des tâches routinières et secondaires. On avait certainement soupçonné, à tort, qu'il avait pu prendre connaissance de renseignements importants, ou qu'il agissait en tant que taupe des guérilleros.

Depuis, il subissait la libération des instincts de ses geôliers. Le conflit de plus en plus tendu semblait excuser le recours aux méthodes les plus sanguinaires. Tous ceux impliqués dans cette guerre de tranchées perdaient le sens de la mesure, n'étant mus que par la volonté de survivre et de protéger leur petit domaine.

On revint le chercher le lendemain, au matin comme toujours. Prostré sur sa paillasse, agité de tremblements incessants causés par la douleur et le désespoir, il sentit qu'on s'emparait de ses jambes. Le réveil cuisant de ses blessures lui indiqua qu'on le sortait de sa cellule. Comme précédemment, on lui avait bandé les yeux. Le parcours dans les couloirs lui parut sans fin. Lorsqu'on lui retira le bandeau, il vit qu'on l'avait mené dans un local différent. Devant lui, un officier prenait tranquillement des notes derrière une table. Il ressentait une peur convulsive, mais cette mise en scène lui laissa espérer qu'on allait peut-être l'interroger au lieu de le torturer. Après tout, on ne lui avait encore posé aucune question depuis son arrestation. On le fit asseoir. Il sentit qu'on lui attachait les poignets et les chevilles. Il ne réalisa qu'au dernier moment qu'il était nu.

Le peu de lucidité qui lui était revenu fut suffisant pour le terroriser. Il se mit à hurler, pris de panique. L'officier, imperturbable, prenait toujours des notes. Derrière le prisonnier, on entendait de vagues bruits, des froissements. On s'activait à quelques obscures intentions. Puis, un individu surgit devant lui. Il n'aperçut pas immédiatement la paire de tenailles que le tortionnaire avait à la main. Il la vit pourtant approcher près de ses yeux. L'individu pinça une arcade sourcilière à l'aide de la tenaille. Il tira violemment, d'un coup sec, en serrant la tenaille au maximum.

La douleur fut atroce. Il se mit à vomir de la bile. Il pouvait à peine respirer. La tenaille se resserra plus bas, cette fois sur ses mamelons. Il crut qu'on lui arrachait les poumons. Ses hurlements étaient si intenses qu'on le bâillonna. Puis, on lui détacha les bras, tout en les tenant fermement. On les souleva de manière à exposer les aisselles. La tenaille fut enfoncée une première fois, et une deuxième fois dans la plaie vive. Des lambeaux de peau gisaient par terre. On ramena une loque sanguinolente, toujours bâillonnée, les yeux exorbités, dans sa cellule.

Une incessante nausée, amère et bilieuse, s'ajoutait à ses brûlures, entre deux évanouissements. Un médecin était venu stopper l'hémorragie et panser les plaies. La douleur n'en était pas moins vive. Ce médecin, aussi coupable que complice, avait raconté des histoires indistinctes à travers le brouillard des élancements douloureux. Il crut cependant percevoir quelque chose comme la fin de la guérilla. On le laissa tout le jour, sauf pour lui apporter un repas. Un infirmier l'aida même à manger.

Le lendemain, la porte s'ouvrit comme à l'accoutumée. Hébété, traumatisé, il n'avait plus la force de hurler. On le saisit, mais différemment, avec plus de retenue. On le souleva doucement et on le supporta pour que ses plaies aux pieds ne soient pas en contact avec le sol. On ne lui banda même pas les yeux.

On le fit pénétrer dans une pièce mieux éclairée. On l'installa dans un fauteuil. Dans le local, il y avait un bureau jonché de piles de papier, un classeur, une machine à écrire. Un officier, vêtu de l'uniforme et de la casquette, s'affairait calmement près d'une petite crédence sur laquelle reposait une cafetière. Il en revint avec deux tasses, pleines d'un liquide noir et odoriférant. Un mince sourire compatissant bordait ses lèvres.

On ne l'avait pas attaché. Personne ne le tenait. La lumière du jour filtrait à travers les volets. Dehors, on percevait de vagues échos, des clameurs qui ressemblaient à des cris de victoire, des pétards comme lorsque l'on célèbre un événement. L'officier tendit une tasse au prisonnier et lui demanda d'une voix paisible:

— Café?

C'était la seule question qu'on lui avait posée jusqu'à présent.

La lettre

Monsieur,

Vous trouverez ci-joint un texte que Joana vous destinait, du moins d'après l'enveloppe dans laquelle nous l'avons trouvé. Vos coordonnées étaient en effet rédigées sur cette enveloppe, de la main même de Joana. L'enveloppe n'était pas cachetée; elle voulait sans doute y ajouter un mot qu'elle a commencé sur un feuillet posé sur la même table. Les seuls mots cependant étaient les suivants: «Mon cher Joël.» Ils furent manifestement les derniers qu'elle a écrits avant son arrestation.

Je ne sais pas si vous étiez au courant. Mon amie Joana a été arrêtée l'an dernier. La police a fait irruption chez elle et l'a, d'après des témoignages recueillis, immédiatement enfermée dans un fourgon qui a ensuite pris une direction indéterminée. Nous nous doutons qu'il s'agissait du Centre national de détention et d'interrogation, mais, malgré nos démarches, nous n'avons jamais pu obtenir confirmation. Comme vous le savez sans doute, si vous êtes quelque peu informé de l'actualité dans notre pays, ce genre de circonstances est malheureusement fréquent.

Il y a quelques jours, nous avons été autorisés à pénétrer dans son appartement. Les scellés avaient été retirés. Cela signifiait qu'il n'y avait aucune nouvelle de Joana, et que, passé le délai normal d'attente, il devenait plausible de croire qu'elle était décédée. Nul ne sait où elle repose, et c'est avec douleur que je vous annonce cette nouvelle.

À notre grande surprise, l'appartement était demeuré inchangé. Selon toute évidence, aucune fouille n'y avait été entreprise. Nous en avons fait le tour et c'est là que nous avons déniché l'enveloppe et le petit récit qu'elle contenait. Le texte nous a semblé curieux, mais, malheureusement, il nous a aussi semblé une sorte de *prémonition de ce qui a pu arriver à Joana. Peut-être vous éclairera-t-il davantage que nous.*

Je crois que Joana, où qu'elle soit, serait contente que nous vous fassions parvenir cette enveloppe qui vous était adressée. Du moins, nous estimons que vous êtes bien le Joël dont elle nous avait raconté l'amitié. Joana nous parlait quelquefois de vous. Elle semblait beaucoup vous estimer, malgré la retenue dont elle faisait toujours montre, retenue que vous avez sans doute remarquée vous-même.

Vous vous demandez certainement pour quels motifs Joana a été arrêtée. Nous aussi. Nous avons cependant cru comprendre qu'il y a un rapport avec la disparition de son père, il y a de cela plus de vingt ans. Mais nous n'avons pas encore été en mesure de déterminer le lien précis. Je ne crois pas que nous pourrons poursuivre beaucoup plus loin notre investigation, car cela risquerait d'éveiller des soupçons. Déjà, il semblerait que la police a eu vent de nos démarches, et cela devient périlleux pour nous. D'ailleurs, même vous faire parvenir cette lettre constitue un risque important. Puisse cela passer inaperçu, mais je crois qu'il était nécessaire de le faire, ne serait-ce qu'en mémoire de Joana.

Je vous salue, monsieur. Ayez une bonne pensée pour notre amie commune. Recevez mes salutations respectueuses.

Une amie de Joana

Je tenais la lettre dans ma main. Il m'avait fallu une concentration disproportionnée pour en achever la lecture, et maintenant mes yeux ne pouvaient plus s'en détacher. J'étais démoli, abattu. Ainsi s'expliquait le soudain silence de Joana. J'avais cru que cela faisait suite à la dernière fois où nous nous étions vus et où cela s'était si mal terminé. Je croyais que sa colère était telle qu'elle avait décidé de ne plus me revoir. Il m'avait fallu plusieurs semaines pour me remettre de sa... crise, je ne trouve pas d'autres mots. Mais le recul aidant, je me disais qu'il y avait sûrement une raison capitale pour expliquer de tels agissements. Ce n'était guère dans ses habitudes de s'emporter comme elle l'avait fait, elle, d'un naturel si paisible. J'attendais cependant qu'elle me contacte, estimant, à juste titre, il me semble, que c'était à elle de faire les premiers pas. Et puis un jour j'ai revu Patrick. Je lui ai demandé à tout hasard des nouvelles de Joana.

— Joana? Qui c'est, celle-là? Ah oui, mais, tu sais, ça doit bien faire une éternité que je ne l'ai pas vue. Elle doit être affectée à d'autres vols que les miens. Tu devrais contacter la compagnie aérienne. Ils pourront sans doute te renseigner.

J'ai effectivement téléphoné au service du personnel de la compagnie. Ils m'ont appris que Joana avait remis sa démission et qu'elle avait quitté l'entreprise. Ils n'avaient pas ses coordonnées, pas plus que moi d'ailleurs. C'était toujours Joana qui me contactait lors de ses escales. Nous n'avions jamais échangé de correspondance écrite, si bien que j'ignorais son adresse.

Je m'étais fait à l'idée que nous ne nous reverrions plus. Je lui en voulais un peu. Si le fait d'avoir touché sa cicatrice était si grave, elle aurait pu me l'expliquer. Et même, peu importe l'origine, peu importe la grossièreté de mon geste, est-ce que cela pouvait justifier un tel emportement? Je commençais à oublier Joana, quand j'ai reçu cette lettre un matin. Je n'aurais jamais cru y trouver de telles nouvelles, et, enfin, une explication au silence obstiné de Joana. Ne pouvant y croire, il m'est même passé par l'esprit que cette lettre était peut-être de la main même de Joana. Après tout, ce n'est sûrement pas une manie dans son pays d'écrire correctement le français. Ses amis aussi pouvaient donc se débrouiller en français comme s'il s'agissait de leur langue maternelle? Ça me semblait peu probable. Il n'y avait aucune adresse de retour sur l'enveloppe, donc aucun moyen de vérifier qui était l'expéditeur. Puis, par la suite, je me suis demandé pourquoi elle aurait inventé une chose pareille. Finalement, je crois qu'il faut bien conclure que je ne reverrai plus jamais Joana.

L'écriture de la lettre et celle du récit étaient d'ailleurs différentes. Ce récit, je n'ai pu le lire que plusieurs jours après. Quelle horreur. Dans quel état d'esprit se trouvait Joana pour écrire un texte aussi désespéré? Probablement son amie a-t-elle raison: Joana pressentait peut-être qu'elle serait arrêtée sous peu. Elle aurait imaginé ce qui l'attendait? J'espère que cela n'a pas été son sort. Cela semble tellement loin lorsque des actes de barbarie de ce genre sont relatés dans les journaux. Mais lorsque cela touche une personne qu'on a connue, cela devient franchement insoutenable.

Je ne reverrai plus Joana. Cette idée s'incruste lentement dans mon esprit. Je m'efforce ainsi d'évacuer la douleur qu'une disparition aussi brutale soulève en moi. Ma nouvelle compagne m'aide beaucoup, je dois dire. Elle est un peu surprise du trouble confus dans lequel je suis plongé depuis cette lettre. Moi aussi d'ailleurs. Après tout, Joana et moi étions bons copains, mais sans plus. Je me rappelle d'une manière particulièrement aiguë les sentiments que j'éprouvais pour elle la dernière fois que je l'ai vue, l'espèce d'euphorie retenue à laquelle je m'abandonnais ce soir-là, dans l'espoir innocent que Joana comblerait le vide existentiel où m'avait calé le départ de Janine. Ce fut la seule fois, pour autant que je me souvienne. Autrement, il n'y a jamais rien eu entre nous. Alors pourquoi suis-je si affecté par sa mort probable?

Ma compagne est très indulgente. Elle me fait confiance et je l'adore pour cela. Elle me pose toutes sortes de questions sur Joana, et de lui en parler m'aide justement à mieux circonscrire les motifs de mon chagrin. Je lui ai fait lire tous ses textes, que j'ai conservés. Je lui raconte nos discussions autour de ces petites histoires. Et je prends peu à peu conscience que Joana est la première femme que j'ai eue comme amie. La première femme avec qui les rapports ne reposaient pas sur de vagues remous à saveur sexuelle, avec tous les petits jeux de séduction souvent hypocrites qu'ils impliquent. Avec Joana, les choses, du moins au début, étaient claires. Nous n'avions aucune envie l'un de l'autre; il ne demeurait que le plaisir de nous côtoyer en copains et de nous apprécier mutuellement pour ce que nous étions, sans attendre un dividende au bout du compte. La plus grande erreur aura été de mettre fin à cette entente tacite quand j'ai eu le malheur de lui toucher le cou. Je ne me le pardonnerai jamais, et cela explique sûrement une bonne partie de ce que je ressens. Qui sait, peut-être est-ce à cause de cet incident qu'elle a démissionné de son travail, qu'elle est retournée dans son pays où elle aurait finalement trouvé la mort. Sans connaître les motifs de sa colère, ce soir-là, cette réaction me semble excessive, mais c'est quand même peut-être ce geste qui l'a conduite à son destin. Comment savoir maintenant?

— Justement, il n'y a plus moyen de savoir. Cesse de te tourmenter et de te culpabiliser. Cela ne donne rien.

Elle a raison, je le sais bien. Je sens que ça vient d'ailleurs. Mes filles grandissent. Depuis cette affreuse lettre, je ne m'occupe plus beaucoup d'elles. C'est ma compagne qui a pris le relais, et ce ne sont même pas ses enfants. Et cette amie, tombée du ciel à un moment où je n'y croyais plus, je m'attache de plus en plus à elle. Je lui devrai le support qu'elle me procure quand, à son tour, c'est elle qui en aura besoin.

Je crois que j'aurais préféré ne jamais savoir ce qui est advenu de Joana. Cela me ramène en mémoire tous ces moments où nous discutions de tout et de rien. Il me semble que nous étions toujours d'accord, peu importe le sujet de discussion. Il y avait une sorte de compréhension naturelle entre nous. Je crois qu'aucune ambiguïté ne s'est insérée dans notre amitié, et en cela je suis reconnaissant à Joana de m'avoir fait connaître ce paisible sentiment: savoir qu'on peut tout dire à l'autre sans avoir au préalable soigneusement préparé et remâché ses mots pour être certain de ne pas blesser ou de ne pas être mal interprété. Combien de disputes avec Janine pour un simple mot compris de travers? C'était épuisant et c'est aujourd'hui seulement, grâce à Joana, que je le comprends et que je commence à retrouver un usage plus libre des mots. Et c'est encore grâce à Joana que j'aime ma nouvelle compagne, car, par le biais de ce que notre amitié m'a appris, j'ai été en mesure de percevoir chez Julie des qualités et des dispositions qu'autrement je n'aurais même pas soupçonnées.

— Tu n'as jamais couché avec elle?

— Non, jamais, je te jure!

— Et tu vas me faire croire que ça ne t'a jamais tenté?

— Non, non, je t'assure. L'estime que nous éprouvions l'un pour l'autre n'avait aucun besoin de se transporter dans une chambre à coucher.

— Comment la trouvais-tu physiquement?

— Un peu quelconque, je dois dire. Son regard était attirant, c'est ce qui m'a d'abord frappé chez elle. Elle était petite, un peu trapue. En apparence, cela ne l'empêchait pas de mener sa barque avec détermination. Je me suis souvent demandé quel impact ça aurait eu dans ma vie si j'avais mesuré dix centimètres de moins. Ou même de plus. Ou alors, si j'avais une meilleure diction et une voix plus chaude. Ou encore, si j'avais eu les yeux noirs et non bleus. Il faut tellement peu de choses pour changer une vie.

— Il n'y a pas que les traits physiques. Moi, par exemple, je tente souvent de m'imaginer dans la peau d'une personne plus agressive, avec l'idée que je pourrais gagner du respect. Je me trompe sans doute, mais, souvent, je serais curieuse de vérifier comment les coups de poing sur la table et un ton de voix plus élevé contribueraient à ce qu'on m'écoute davantage.

— Tu ne parles pas pour moi, j'espère?

— Non, non, encore que... Non, je blague! Je pense surtout à mon milieu de travail.

— Je te préfère comme tu es.

— Oui, mais il en faut tellement pour être prise au sérieux que j'ai plusieurs fois le goût de sauter à la gorge au lieu de tempérer et de faire bonne contenance. C'est d'ailleurs là un autre problème, convaincre, répéter. Souvent, je souhaiterais que la transmission de pensée existe. Il me semble que ça serait plus simple et que ça réglerait bien des difficultés de communication. Je trouve ça pénible, les mots.

— Moi aussi.

— Et pourtant, tu affirmes que Joana et toi vous vous compreniez bien? Qu'il n'y avait jamais de malentendus entre vous?

— Il me semble. Bien sûr, cela fonctionne dans les deux sens. Pour être affirmatif, il faudrait que Joana puisse donner son avis sur la question, que nous puissions confronter nos points de vue pour être tout à fait sûrs que la compréhension y était.

— Mais il est trop tard...

— Je sais. Il est trop tard.

— Dans le fond, que t'importe de savoir si vous étiez tant d'accord? Ce qui compte, c'est le sentiment que tu en conserves, le sentiment que tu as appris quelque chose, que tu en as bénéficié, que cela t'a procuré du plaisir, et que maintenant tu peux encore t'en servir et en profiter, comme un acquis. Et si c'est une illusion, tant pis. Tant que ça demeure une illusion, ça ne fait pas de mal. Les illusions sont bénéfiques, quant à moi. Il n'y a pas toujours à les sonder pour en éprouver la validité ou la pertinence. Tu ne crois pas? Les illusions nous bercent tant qu'elles durent. D'autant plus que Joana n'est plus là pour tout remettre en question.

Je réfléchis quelques instants. Peut-être que la relation entre Joana et moi n'était qu'une illusion. Peut-être que la peine que je ressens de sa disparition vient du fait que je ne saurai jamais si son amitié était réelle ou non. Mais, en fin de compte, comme dit Julie, quelle importance? Il est sans doute préférable de cultiver un souvenir qui m'est cher que de chercher une réponse qui ne viendra jamais, et qui, si elle venait, ne ferait peut-être que me décevoir.

— Oui, tu as raison, Julie. Je crois que tu as vraiment raison.

Je regarde mes filles. Elles s'activent sur la pelouse, dont elles ont arraché une surface non négligeable. Elles sont maculées de terre et se chamaillent à propos d'un jouet qu'évidemment elles désirent toutes deux au même moment. Je souris en les voyant. Il serait temps que je réintègre leur univers et que j'abandonne mes tourments, tordus et inutiles. Et je souris de nouveau, dans ma tête, cette fois à Joana, dans une sorte d'ultime adieu mélancolique.

— Dites, les filles, ça vous dirait une petite glace chez le marchand du coin?

Table des matières

DISTRIBUTEURS EXCLUSIFS

Distributeur pour le Canada et les États-Unis
LES MESSAGERIES ADP
MONTRÉAL (Canada)
Téléphone: (514) 523-1182 ou 1 800 361-4806
Télécopieur: (514) 521-4434

Distributeur pour la France et les autres pays
HISTOIRE ET DOCUMENTS
CHENNEVIÈRES-SUR-MARNE (France)
Téléphone: (01) 45 76 77 41
Télécopieur: (01) 45 93 34 70

Distributeur pour la Suisse
TRANSAT S.A.
GENÈVE
Téléphone: 022/342 77 40
Télécopieur: 022/343 46 46

Dépôts légaux
3ᵉ trimestre 1998
Bibliothèque nationale du Canada
Bibliothèque nationale du Québec